사랑과 희망이 있는 이야기들

김형석 교수 강연집

사랑과 희망이 있는 이야기들

철학과 현실사

책머리에

대학 교단을 떠난 지 어언 30년이 되었습니다. 그동안에 내 생활과 사상에도 적지 않은 변화가 생겼습니다. 학원에 비하면 사회는 훨씬 복합적이고 다양한 문제를 안고 있었습니다.

나도 세상을 좀 더 넓게 보며 깊이 관찰하는 자세가 필요해졌습니다. 그리고 연륜을 쌓아간다는 것은 여러 가지 사회 현상을 역사적으로 보는 지혜를 더해준다는 사실을 터득할 수 있었습니다.

지금도 이야기를 하고, 글을 쓰고 있습니다. 좋은 후배 후학들과 자리를 함께하고 있음을 감사히 생각합니다. 그것은 아직도 내 생각은 늙지 않았다는 증거이기도 하고 세상을 좀 더 넓게 그리고 멀리 볼 수 있는 식견을 갖추었다는 것을 뜻하는 것이라고 자위하고 있습니다.

물론 그런 정신적 노력이 창의성을 동반하고 있다는 것은 아닙니다. 지적 창의력은 70대 말쯤으로 멈추는 것 같습니다. 그 내용을 유지하는 것은 80대 후반까지는 가능하다고 생각합니다. 나와 비슷한 정신적 영역에서 일해온 친구들의 대부분이 그랬던 것 같습니다.

나 같은 사람이 강연을 하고 글을 쓰는 것은 그동안 쌓아두었던 정신적 유산을 필요로 하는 사회에 나누어 주는 임무일 것입니다. 훌륭한 후배들이 나보다 더 값진 이야기와 글을 남기게 될 때에는 나는 그들에게 바통을 물려주면 됩니다. 빨리 그때가 오기를 기다리고 있습니다. 지금은 내 나이 향백(向百)의 저녁때가 되었기 때문입니다.

30여 년 동안 우리 사회는 많은 과제를 수행해 오늘에 이르렀습니다. 겉으로 나타나는 파도는 경제, 정치, 교육, 종교 등으로 보입니다. 그러나 그 저류에 깔려 있는 민족 사회적 갈망은 두 가지였습니다. 간격이 없는 상호간의 사랑과 미래를 위한 희망이었습니다. 이 두 역사 사회의 기반이 없다면 우리의 지금까지 노력은 모래 위에 집으로 그치고 말 것입니다.

제가 집필했고 여기에 모인 글들도 그 두 가지 소원에 대한 해답으로 태어난 것이라고 생각합니다. 그때 그 장소에서 주어진 사상들이기는 해도 그 흐름은 하나였습니다. 사랑에서 행복을 넓히고 희망에서 창조적 성장과 발전을 거듭하는 시대적 사명에 더 많은 사람이 동참할 수 있다면 그보다 더 보람 있는 삶이 없을 것 같습니다.

이 글들이 작은 도움이 된다면 필자로서는 더없는 기쁨이 되리라고 생각합니다.

2015년을 보내면서

김 형 석

차 례

I. 삶의 목적은 무엇인가

100세까지 행복하게 살 수 있을까

내가 어렸을 때는 마을에 회갑이 되는 노인이 있으면 큰 잔치를 베풀곤 했습니다. 장수를 축하해주는 행사였습니다. 70을 고희(古稀)라고 했으니까 지금의 100세쯤에 해당했을지 모릅니다. 내가 84세 때 중국에 갔을 때였습니다. 택시 기사가 80이 넘은 노인을 세 번째 본다면서 내 얼굴을 쳐다보던 생각이 납니다. 한때는 일본의 평균수명이 세계적으로 높다고 보도되었는데 지금은 우리의 평균수명이 일본과 비슷해지고 있습니다.

모두가 장수하니까 나도 오래 살고 싶다는 욕심을 부릴 만합니다. 그러나 90이 넘도록 살고 싶으냐고 물으면 "글쎄…"라면서 생각에 잠기게 됩니다. 가족이나 주변에서 90을 넘긴 노인들을 지켜본 사람들은 쉽게 대답하지 않습니다. 대부분의 노인들은 그 나이가 되면 병으로 누워 있거나 거동이 자유롭지 못합니다. 80을 넘기면서는 치매로 고생하는 사람도 눈에 띄게 늘어나고 있습니다. 자기만 고생하지 않습니다. 가족과 이웃 사람들에게도 어려움을 끼칩니다.

그런 체험을 직간접적으로 겪어보지 못한 사람들은 90이 지나도 지금의 건강 상태가 지속될 것으로 착각을 합니다. 그러다가 80대 후반이나 90 고개를 넘기게 되면 자기 몸이 종합병원이 되었다고 수긍을 합니다. 사는 것이 힘들어지기 시작합니다.

그래도 요사이는 적지 않은 수의 사람들이 90을 넘기면서도 행복을 누리면서 사는 경우가 늘어나고 있습니다. 나는 지금 96세가 되었습니다. 그런데 나와 비슷한 나이의 친구들이 건강하게 사회에 도움을 주면서 인생을 즐기고 있습니다. 앞으로는 그런 노인의 수가 증가해갈 것입니다.

그 첫째 조건은 역시 건강입니다. 건강을 잃으면 모든 것을 상실하기 때문입니다. 그렇다고 해서 건강의 특별한 비결이 있는 것은 아닙니다. 오히려 건강을 위한 건강에 매달리게 되면 인생의 더 소중한 것들을 놓치게 됩니다. 건강이 필수적이기는 해도 건강이 인생의 목적은 아닙니다. 그렇다면 누가 건강해질까요? 나는 일을 사랑하는 사람이 인간적 건강을 유지한다고 생각합니다. 건강은 일을 위한 수단과 방편이라고 봅니다. 내가 원하는 것은 일을 위한 건강입니다. 건강을 위해서는 여러 가지 조건들이 제시되고 있습니다. 그중의 하나는 운동입니다. 나는 건강을 위한 적당한 운동, 일하기 위한 적절한 건강이 자연스러운 삶의 길이라고 믿습니다.

만일 누군가가 건강의 기준이 무엇이냐고 묻는다면, 누가 일을 더 많이 하는가를 물어야 한다고 생각합니다. 그런 면에서는 지금 나는 누구 못지않게 건강한 셈입니다. 누구보다도 일을 많이 하고 있기 때문입니다.

사람은 얼마나 오래 사는 것이 바람직하냐고 묻는다면, 나는 일할 수 있고 이웃에게 작은 도움이라도 베풀 수 있을 때까지 사는 것이라고 대답합니다. 일도 하지 못하고 다른 사람에게 도움도 주지 못하면서 오래 살기만을 욕심낸다면 그것은 지혜로운 판단이 못 됩니다. 나는 100살이 되어서도 일하면서 이웃에게 행복을 나누어 줄 수 있다면 그것이 가장 행복한 인생이라고 생각합니다.

젊었을 때는 건강한 신체에 건강한 정신이 머문다고 합니다. 반면에 나이가 들수록 건강한 정신력을 지닌 사람이 신체적 건강도 유지하게 되어 있습니다. 정신적 건강은 건전한 인생관과 진취적인 삶의 자세가 있어야 합니다. 고여 있는 물은 생명력을 잃습니다. 자라지 못하는 식물과 동물은 쇠퇴하는 법입니다. 인간은 끝까지 배우고 공부하면서 성장해야 합니다. 신체에는 성장의 한계가 곧 찾아오나 정신적 성장은 나이와 상관없이 지속된다고 의학계에서도 권고해줍니다.

100세까지 행복하게 사는 또 하나의 조건은 경제적 뒷받침입니다.

노년기의 가난은 스스로 해결하는 방법이 없습니다. 미리 준비를 갖추어놓거나 도움을 받을 수 있어야 합니다. 지금은 우리 사회에서도 노년기의 복지가 점차로 좋아지고 있습니다. 언젠가는 우리도 선진사회와 같이 국가에서 노후생활을 보장해주는 제도가 정착할 것이라고 생각합니다.

현 단계에서 우리에게 가장 중요한 것은, 노후의 경제문제는 스스로 해결해야 한다는 생각입니다. 자식들이나 사회의 도움을 기대하거나 받겠다는 생각은 갖지 않아야 합니다. 따라서 일할 수 있는 데까지 일하겠다는 자세와 의무감이 있어야 합니다. 경제는 도움을 받는 사람보다는 도움을 주는 사람이 행복해지는 법입니다. 그러나 한편, 사회는 최선의 노력을 다하고도 도움이 필요한 노인들을 적극 도와야 합니다.

노후에는 모든 재산을 자식들에게 주고 늙어서는 효도를 받으면 된다는 사고는 시정되어야 합니다. 나는 주변에서 그 방법을 택했다가 고통을 겪는 사람을 자주 봅니다. 아들이 미리 물려받은 재산으로 사업에 실패해서 부모까지 길거리로 밀려나는 경우도 있습니다. 또 공짜로 물려받은 재산이 제구실을 하기는 어렵습니다. 자녀들은 사치에 빠지고 노부모는 구걸하듯이 자녀들에게 손을 내미는 일도 생깁니다. 재산을 딸은 제외하고 아들에게만 준다든지, 그것도 장남에게만 맡기는 일은 전체 가족을 위해서도 도움이 못 됩니다. 자녀들 간의 불화를 촉발할 수도 있기 때문입니다.

무조건 재산을 혼자 끝까지 차지하자는 것은 아닙니다. 자녀들은 스스로가 경제적으로 자립할 수 있도록 이끌어주고 노부모의 노후는 독자적으로 영위할 수 있도록 독립성을 유지하는 것이 좋습니다. 내 제자 한 사람은 70대 후반에 혼자되었는데 마음에 드는 여성이 생겨도 결혼을 못하고 있습니다. 자녀들이 아버지의 재산을 물려받기 위해 재혼을 가로막기 때문입니다. 그런 일은 모두를 위해 도움이 되지 못합니다. 지혜로운 판단이 필요합니다.

그러나 노후가 되면 가장 어려운 과제의 하나는 외로움입니다. 고독함입니다. 한때 세계에서 가장 행복지수가 높다던 덴마크에서는 노인들의 자살이 가장 많다는 통계가 발표되기도 합니다. 최근 우리 사회에서도 독거노인의 수가 대폭 증가되고 있습니다.

80까지는 부부가 해로하는 가정이 적지 않습니다. 그러나 그 뒤부터는 홀로 남게 되는 경우가 더 많아집니다. 그래도 여성들은 비교적 갈 곳이 생깁니다. 아들딸들이 환영하기도 합니다. 도움을 받을 수 있기 때문입니다. 그런데 남자의 경우는 그렇지 못합니다. 어디에서도 환영하지 않습니다. 쓸모가 없어집니다. 그러면서도 자식들에게 불평을 털어놓습니다. "내가 너희들을 키우지 않았느냐"라고…. 그리고 지혜롭지 못한 할아버지는 손주들 교육에 지장을 줍니다. 손주들의 교육은 부모에게 맡겨두어야 합니다.

그뿐만이 아닙니다. 어떤 노인은 건망증이나 치매가 생기면서 어린애 같은 감정싸움까지 벌입니다. 사실 여자는 가정적이기 때문에 혼자되어도 사랑의 둥지인 가정의 일원이 됩니다. 그러나 남자는 가족애가 적었기 때문에 밖으로 나가 친구들을 찾아다닙니다. 나는 후배나 제자들에게 70이 넘으면 무조건 아내에게 충성하라고 권고합니다. 아내와 사별한 그 나이의 남자들이 가장 불행해집니다. 고독 때문입니다.

나는 여성들의 모성애를 높이 평가합니다. 남자는 어머니의 사랑을 받으면서 어른이 됩니다. 결혼을 한 후에는 아내의 사랑으로 행복을 누립니다. 옛날부터 아내를 집사람이라고 칭했습니다. 남자는 그 집에서 행복을 얻습니다. 많은 아내들은 늙은 남편을 먼저 보내고 자기가 죽어야 된다는 생각을 갖습니다.

내 친구는 고등학교 이사장으로 있으면서 교회 장로이기도 했습니다. 친구의 부인은 자신이 건강해서 남편까지 보내고 뒤를 따라갔으면 좋겠다고 기도하는 마음을 갖고 지냈습니다. 남편은 91세에 세상을 떠났습니다. 내가 "섭섭하시지요?"라고 인사했더니 친구의 부인은 "그래도 마지막 책임까지 끝냈으니까 감사합니다"라고 말했습니다. 90이 된 늙은 남편을 혼자 두고 떠나는 것이 죄스러웠던 것입니다.

나는 좀 일찍 아내를 먼저 보낸 셈입니다. 60대 초반에 병을 얻은 아내는 23년 동안 투병을 해야 했습니다. 그리고 85세에 작고했습니다. 23년 동안 말은 하지 못했습니다. 뇌수술에서 언어 기능을 상실했기 때문입니다. 그래도 병중에 있을 때는 아내가 집을 지켜주었습니다. 집에 있기만 하면 됩니다. 아내가 떠난 다음 미국에 간 일이 있었습니다. 여정을 끝내고 LA에서 가족들의 환송을 받으면서 비행기에 탑승했습니다. 그런데 갑자기 나도 모르게 집으로 가고 싶은 생각이 사라졌습니다. 집이 비어 있었기 때문입니다. 가는 것이 싫어진 것입니다. 그래도 가야 했습니다. 해야 할 일이 있으니까…. 아내가 먼저 가면서 자기가 없어도 나에게 주어진 일에는 지장이 없어야 한다고 부탁했기 때문입니다. 아내는 말은 못했습니다. 그러나 나는 아내의 마음은 알고 있습니다. 자기가 건강하게 있어서 남편인 나를 곱게 보내주고 뒤따라가고 싶었는데…, 자기가 없더라도 나에게 주어진 그 많은 일에는 지장이 없어야 한다고 기도하던 마음을….

세월은 무심하다는 말이 있습니다. 그 다음부터는 가까운 지인들, 친구들이 한 사람씩 떠나가기 시작했습니다. 절친했던 서울대의 김태길 교수가 89세에 작고했습니다. 같은 때에 안병욱 교수가 병으로 집에 머물러야 하는 신세가 되었습니다. 모두가 동갑이었는데, 대문을 마주보고 살던 연세대 유 교수도 같은 때에 세상을 떠났습니다.

집이 빈 것만이 아닙니다. 주변도 허전해졌습니다. 90이 넘으면 친구가 없는 것이 또 하나의 외로움입니다. 대학 동창들은 물론 고등학교 동창들도 없어졌습니다. 김수환 추기경은 대학 후배였는데 87세를 넘기기 못했습니다. 집도 사회도 빈 것 같아지는 몇 해를 보냈습니다.

그래도 다른 사람들은 나의 행복한 노후를 축하해줍니다. 6남매 자녀들이 다 고르게 가정들을 꾸려가고 있습니다. 세 딸들은 미국에 있으나 떨어져 있기에 더 내 생각을 해옵니다. 아들 둘과 딸 하나는 서울에 살고 있습니다. 혼자 지내는 아버지를 잊지 않고 찾아줍니다. 지금은 손자, 증손자까지 다 자라고 있습니다. 또 고등학교, 대학교 때 제자들이 옛날 같지는 못해도 따뜻한 관심을 가져주고 있습니다.

생각해보면 나는 복 받은 사람입니다. 무엇보다도 감사한 것은 지금도 나름대로 바쁘게 열심히 일하고 있다는 사실입니다. 맡겨진 일을 담당하기 위해 모든 정성을 쏟고 있습니다. 그 일들에 차질이 생기지 않게 하기 위해 항상 준비하고 조심스러이 마음을 가다듬곤 합니다. 그러면서 기도를 드립니다. 좀 더 건강해서 오래 많은 일을 하게 해달라고…. 6 · 25전쟁이 끝날 때부터 나는 스스로를 지게꾼이라고 자처하고 있습니다. 묵묵히 주인이 부탁하는 짐을 지고 가는 지게꾼….

이상하게도 혼자 지내는 나에게 재혼을 하면 어떠냐고 상의하거나 걱정해오는 사람이 없습니다. 혼자 외롭지 않느냐고 위로는 해주면서도….

한번은 자주 다니는 식당에서 늦게 저녁을 먹고 나오는데, 식당에서 일하는 세 아가씨들이 나에게 왜 항상 혼자 오시느냐고 물었습니다. 내가 그러지 않아도 혼자 네 사람의 식탁을 차지하곤 해서 미안하다고 했더니, "아니, 그 얘기가 아니고요, 언제나 외로이 오시지 말고 사모님과 같이 오시면 보기도 좋고 그러실 텐데…"라는 것이었습니다. 나는 할 말이 없어 "어떻게 하다 보니까 자꾸 결혼이 늦어져서…"라고 했더니, 아가씨들은 "그랬었구나…"라면서, 또 한 아가씨는 늦어도 너무 늦었다고 걱정해주기도 했습니다. 그 아가씨들은 걱정해주는데, 아무도 재혼이라도 하라고 권고해주는 이가 없습니다.

그래서 한 방송에서는 2년쯤 더 지나 98세가 되어 일을 놓게 되면 여자친구라도 구해야겠다고 농담을 했습니다.

그래도 외로움은 외로움입니다.

인생은 늙으면 혼자 가는 길손인 것 같습니다.

그러나 생각해보면 나 한 사람의 외로움과는 비교가 안 될 정도로 힘든 짐을 지고 사는 사람들이 얼마든지 있지 않습니까.

이야기를 마무리하겠습니다.

사람은 일생을 사는 동안에 몇 번씩은 재출발을 하도록 되어 있습니다. 나는 지금도 내 인생에서 가장 황금기에 해당하는 나이는 60에서 80 사이였다고 생각합니다. 그 20년 동안이 가장 행복하고 보람 있는 시기가 아니었던가 싶기도 합니다. 그 이전에는 나 자신이 너무 미숙했고 그 이후에는 내 삶 자체가 내 뜻대로 되지 않곤 했던 것 같습니다. 억지로 연장한다면 85세까지는 그래도 좋았던 것 같습니다.

그것은 내가 60세쯤에 인생을 재출발할 수 있었기 때문입니다. 그래서 나는 60에 인생을 다시 출발하지 못하면 노후의 행복은 기약할 수 없다고 생각합니다.

재출발에는 여러 가지 선택이 있습니다. 60부터 10년 또는 그 이상 계속할 수 있는 공부나 일을 설계하는 일입니다. 그 나이가 되면 공부도 또 하나의 일이 될 수 있습니다. 일의 선택은 우리 사회가 나에게 무엇을 바라고 있는가를 물어야 합니다. 하고 싶은 일도 많지만 찾아보면 내가 할 일은 얼마든지 있습니다. 그때는 욕심을 가져서는 안 됩니다. 주어진 일을 통해서 나와 사회가 연결되는 것입니다.

60은 새 출발을 하기에 가장 적절한 나이입니다. 내 선배 교수는 제자가 70대 중반이라고 하면, "아주 좋은 나이로구먼"이라면서 부러워했습니다. 나도 그런 생각에는 공감합니다.

60이 되면 다시 한 번 내 소질과 취미 활동을 살려보는 것이 좋습니다. 모든 사람은 한 가지 면에서는 누구보다도 앞서는 장점이 있습니다. 그 취미를 가꾸어 꽃피고 열매 맺게 할 수 있다면 그 이상의 즐거움이 없습니다. 예능 분야의 소질은 더욱 그렇습니다. 독서를 통한 지적 성장이나 서예 등은 90을 넘길 수 있는 정신적 재산입니다. 그 숨겨진 행복은 경험해본 사람들만이 알고 있습니다.

더 큰 보람 있는 선택도 있습니다. 봉사하는 일입니다. 후배나 젊은이들을 위해 봉사해보십시오. 그 즐거움은 너무나 큰 선물입니다. 오래전 미국의 80이 된 은퇴 교수가 무보수로 신입생들에게 도서관에서 학업에 대한 안내를 해주는 것을 본 일이 있습니다. 그는 교수로 있을 때 못지않은 일의 보람을 누리고 있는 것 같았습니다.

나는 여러 해 전 미국의 LA 부근에 갔다가 중소도시의 시청 앞 광장 공원에 마틴 루터 킹 목사와 도산 안창호, 그리고 마하트마 간디의 동상이 있는 것을 보면서 하나의 큰 교훈을 얻었습니다.

'사랑이 있는 고생과 희생, 그보다 더 보람 있는 인생은 없다'는 다짐이었습니다.

킹 목사는 흑인들의 자유와 인권을 자신의 삶보다도 더 사랑했습니다. 그래서 그 꿈이 이루어졌습니다. 도산은 젊어서 그 일대의 오렌지 농장에서 노동하면서 민족 사랑의 뜻을 세웠습니다. 그 희생의 결실이 오늘의 조국을 탄생시켰습니다. 간디는 '모든 거짓과 폭력은 사라지고 진실과 사랑이 남는 세계'를 염원했습니다. 그 뜻이 지금도 우리의 정신을 일깨워주고 있습니다.

이런 고귀한 사랑의 정신이 있다면 그 정성은 우리의 나이와 무관하게 희망의 역사에 동참하는 삶이 될 것입니다.

삶의 목적은 무엇인가
― 건설적인 가치관을 위하여

　서울의 종로나 테헤란로를 휩쓸고 다니는 사람들에게, 무엇 때문에 이렇게 열심히 뛰고 있느냐고 물어봅니다. 그들은 개인적으로는 돈을 벌기 위해서이며 사회적으로는 경제발전이 목적이라고 대답합니다. 우리들 대부분도 같은 목적을 갖고 살아가고 있습니다.

　경제적 목적을 어느 정도 성취한 사람들은 광화문 주변이나 여의도 국회의사당 부근에서 뛰어다닙니다. 그들에게 무엇을 위해 애태우고 있는가 하고 물어보면 권력과 정치를 위해서라고 말합니다. 우리 주변에도 그런 사람들이 적지 않습니다.

　얼마 전까지는 이 두 부류의 사람들이 중심이 되어 있었습니다. 그러다가 최근에는 또 다른 직종의 사람들이 늘어나고 있습니다.

대전의 대덕단지에서 연구에 열중하는 과학자들, 대학이나 연구소에서 밤샘을 해가면서 기술과 기계 개발에 매달리는 사람들입니다. 자연과학의 발달은 메커니즘 사회를 탄생시켰고 기술과 기계의 위력은 새로운 세력으로 탄생했기 때문입니다.

아마 이 세 가지 일에 종사하는 사람들의 수를 따진다면 인류의 절대다수를 차지한다고 보아야 할 것입니다. 물론 우리들까지도 포함해서입니다.

그러나 생각을 정리해보면 이 세 가지는 우리의 삶과 사회적 존립을 위해 불가결의 것이기는 하나 그것들이 인생의 궁극적인 목적이 될 수는 없습니다. 돈을 벌기 위해 태어난 사람도 없고, 정치권력은 사회적 삶의 필요조건이기는 해도 그 자체는 목적이 아닙니다. 기계와 기술도 좀 더 편리한 생활을 위해 요청되는 것이지 그것들이 목적이어서 필수적인 것은 못 됩니다.

만일 그것들이 인생의 목적이 된다면 우리는 수단 방법을 가리지 않고 그것들을 소유하기 위해 경쟁과 투쟁을 거듭할 것이며 그 때문에 초래되는 개인적인 불행과 사회적인 고통은 계속 증폭될 것입니다. 부(富)를 위한 싸움이 인류를 고통으로 이끌었고 정권욕과 지배욕이 오늘도 우리를 고난과 전쟁으로 몰아넣고 있다는 현실은 누구도 부정할 수가 없습니다. 우리 민족의 분단과 갈등이 바로 그 현실을 입증해주고 있습니다. 기술과 기계의 개발과 이용이 인류의 행복을 높여준 것은 사실입니다. 그러나 전쟁무기의 개발과 핵의 악용은 인류의 파국을 예고해주고 있습니다.

그렇다고 해서 그것들이 없어져야 한다고는 생각하지 않습니다. 또 필요악이라고 보아서도 안 됩니다. 인간들의 삶을 위한 필수조건임을 부정할 수도 없습니다. 많은 사람들이 그 일에 매달릴 만한 이유도 있습니다.

그러나 이 모든 것들은 더 높은 목적과 가치를 위한 수단, 방편, 과정입니다. 그 자체가 목적이 되어서는 안 됩니다. 수단가치, 과정가치일 수는 있어도 목적가치는 못 된다는 것입니다. 그것들을 궁극적인 목적가치로 착각하는 데 우리와 인류의 어리석음과 과오가 있었던 것입니다. 불행과 고통을 넘어 파국의 경지로까지 이어져가고 있는 것입니다. 수단가치를 목적가치로 잘못 받아들였기 때문에 인생을 망치며 사회를 병들게 하는 사태를 거듭하고 있습니다.

우리들 스스로가 만든 역사와 사회악으로까지 발전하고 있습니다.

그러면 이런 수단과 과정으로서의 가치가 아닌 목적가치가 있다면 그것은 어떤 것들이겠습니까?

사람들은 돈, 권력, 기술 등은 가시적이며 물량적인 가치이기 때문이며 소유가 목적이 되는 성격을 띠고 있으나 정신적 가치는 그것들에 비해 목적가치가 될 것이라고 생각합니다. 학문과 진리의 가치, 예술과 미에 따르는 조화의 가치, 도덕적 가치로서의 선(善) 등은 물량적인 소유에 속하지 않기 때문에 목적이 되어 좋을 것이라고 봅니다. 이런 정신적 가치는 소유나 독점의 대상이 아닙니다. 가치를 창출해주는 학자나 예술가는 그 가치를 사회에 제공하며 원하는 사람은 그 가치를 공유하기 때문에 사회적 풍요로움을 더해주는 결과가 되는 것입니다.

칸트 같은 철학자는 일생에 걸친 정성 어린 탐구를 거쳐 그의 학설을 창출했고 그 결실을 고스란히 사상계에 남겨주었습니다. 그 자신이 소유한 것은 노고의 대가로 주어진 감사와 명예뿐이었습니다.

미켈란젤로는 각고의 심혈을 기울여 시스티나 성당의 벽화를 그렸고 조각들을 남겨주었습니다. 그 혜택으로 이탈리아 사람들은 막대한 관광 수입을 올리고 있어도 장본인인 예술가는 차지한 것이 없었습니다.

우리가 『논어』를 통해 엿보는 공자도 자신의 소유나 명예를 위해 노력한 흔적은 없습니다. 모든 교훈과 삶이 이웃과 사회에 도움을 주기 위한 것이었습니다.

그리고 이러한 정신적 가치는 제한된 내용의 것이 아닙니다. 칸트에 버금가는 철학자는 수없이 많이 탄생되었고, 미켈란젤로를 흠모하는 후계자는 오늘도 예술계를 채워가고 있습니다. 공자의 정신은 언제 어디서나 윤리와 도덕의 지평을 넓혀주고 있습니다.

돈, 권력, 기술 등이 이기적 경쟁의 대상이 된다면 위에 말한 정신적 가치는 선의의 경쟁을 통해 서로 혜택을 나누어주고 있습니다. 또 물량적 소유는 인간성의 타락과 향락의 유혹을 유발할 수 있어도 정신적 가치는 우리의 삶을 고상하고 존귀한 방향으로 이끌어주기도 합니다.

그렇다고 해서 이러한 정신적 가치 그 자체가 인생의 궁극적인 목적이 될 수는 없습니다. 학자에게는 학문적 진리가 목적일 수 있어도 모든 사람이 학자가 될 수는 없습니다. 예술을 감상하며 즐기는 일은 노력하는 사람들에게는 가능할 것입니다. 그러나 예술적 열정이나 소양을 누구에게나 요청할 길은 열려 있지 못합니다. 도덕이나 윤리적 가치도 더 값있는 삶과 고매한 인격을 위해 필요한 바이지 그 가치를 찾기 위해 인간이 존재하는 것은 아닙니다.

이렇게 본다면 돈과 경제, 권력과 정치, 기계와 기술은 수단과 방편은 될 수 있어도 목적가치는 못 되지만, 학문, 예술, 도덕적 가치는 먼저 것들에 비하면 목적가치가 될 수는 있어도 우리 모두의 궁극적 가치인 목적가치가 될 수는 없다는 결론에 이르게 됩니다.

그렇다면 우리는 다시 물어야 하겠습니다. 그 자체가 목적일 수는 있어도 수단이 되어서는 안 되는 가치도 실재(實在)할 수 있는가입니다. 여기서 "실재할 수 있는가"라 함은 가정(假定)이나 부분적인 존재여서는 안 된다는 뜻입니다.

어떤 사람들은 신(神)은 목적일 수 있다고 주장합니다. 그러나 신의 실재를 의심하거나 거부하는 사람에게는 답이 되지 못합니다. 불교의 정신을 이어받은 사람들은 석가의 교훈을 따라 법(法)을 목적화시킬 수 있을 것입니다. 그러나 불법(佛法)의 현실적 존재성은 실재성보다는 탐구와 요청의 대상이 되기 쉬우며 만인의 삶을 현실적으로 움직이는 내용은 못 됩니다.

그렇다고 그 자체가 목적가치에 해당하는 실체가 없다면 우리의 삶은 목표가 없는 마라톤을 하는 것 같은 경기로 그치고 말 것입니다. 삶의 의미와 방향을 상실하는 어리석음을 스스로 인정해야 할 것입니다.

그렇다면 그 자체가 목적가치일 수 있는 것은 무엇입니까? 지금까지 언급해온 두 단계의 가치관을 연장시키면서도 초월하는 삶과 인생의 가치는 어떤 것입니까?

그것은 우리들의 인격과 인간적 가치입니다. 인격과 인간의 가치는 다른 것들에 비해 최후의 목적가치가 되는 것입니다. 그것은 수단이나 방법, 과정으로서의 가치는 아닙니다. 그렇게 되어서도 안 됩니다. 모든 것은 인격과 인간의 삶 그 자체를 위해 존재하기 때문입니다.

우리가 생명의 가치를 최고, 최후의 가치로 여기는 것은 생명은 인격 및 인간적 존재와 삶의 기본이 되는 까닭입니다. 사람은 누구나 두 가지 사실에 대해서는 엄숙한 경건성을 갖습니다. 그것은 바로 탄생과 죽음입니다. 그리고 태어남과 죽음은 우리 모두가 직간접적으로 체험하는 최대의 관심사입니다. 태어나기 이전에는 나와 내 삶은 존재하지 않습니다. 죽음 뒤에도 모든 유(有)와 존재는 무(無)로 돌아가버립니다. 그 살아 있는 동안의 삶과 존재를 뒷받침하는 것이 생명입니다. 그래서 생명은 다른 어떤 것보다도 궁극적인 최후의 가치를 지니게 됩니다.

생명의 가치는 그 자체가 목적이 되어야 하고 되어 있습니다. 예로부터 살인과 사형의 문제가 거론되어온 것은 생명의 존엄성과 존귀성을 배경 삼고 있기 때문입니다. 생명을 빼앗거나 주는 것보다 더 엄숙한 사건은 없습니다.

우리들의 생명의 가치가 그렇게 소중하다면 생명에 인간적 가치를 부여하는 인격의 가치는 더 중요합니다. 인격은 그 사람의 사람됨이기 때문에 그의 개성과 그 사람됨의 가치를 가리키는 것입니다. 그래서 다른 사람의 인격을 무시하거나 훼손하는 일은 가장 두려운 죄악이 되는 것입니다. 우리가 우려하는 것은 경제적 목적이나 정치적 이유 때문에 이웃과 국민들의 생명은 물론 인격을 경시하거나 파괴하는 사회악입니다. 히틀러의 독재정권이나 일부 공산주의자들이 범한 과오가 바로 그런 것이었습니다.

제2차 세계대전을 계기로 전 지구 위에 자유를 찾는 사람들, 정신적 가치를 소중히 여기는 지성인들이 이민을 감행했던 것도 그 때문이었습니다. 지금도 계속되고 있는 탈북자들의 수난을 외면할 수 없는 이유가 거기에 있습니다. 인격의 생명은 자유인 까닭입니다.

UN을 비롯한 선진사회의 지도자들이 인권문제를 중요시하는 이유는 이러한 인간목적관을 잘 입증해주고 있습니다. 인격과 인간은 처음부터 마지막까지 목적가치일 수는 있어도 수단과 방편이 되어서는 안 됩니다. 생명, 인격, 인권의 가치는 언제 어디서나 목적가치가 되어야 합니다. 게르만 민족이나 유대 민족의 차이가 없고, 흑인이나 백인의 구별이 존재해서도 안 됩니다. 하물며 빈부의 격차나 지식의 다소로 평가될 과제도 아닙니다.

이러한 중간 결론에 도달하면 우리는 중요한 사실에 접하게 됩니다. 지금까지 있었던 사회악, 역사악의 큰 원인이 이러한 가치관 및 가치 체제의 전도에서 비롯되었다는 지적입니다. 인간과 그 가치는 언제 어디서나 목적은 될 수 있어도 수단이 되어서는 안 되는데도 불구하고 인간이 경제와 생산, 정치와 권력, 기계와 기술의 수단이 되어왔다는 사실입니다. 그리고 지금도 그 폐단이 계속되고 있는 현실입니다. 경제성장은 필수적입니다. 그러나 인간이 그 방편이 되어서는 안 됩니다. 민주주의는 정치사에 나타난 가장 훌륭한 이상이라고 말합니다. 그렇다고 해서 인간의 자유나 삶이 정치나 권력의 수단이 되어서는 안 됩니다. 과거 혁명이라는 미명 아래 정치이념을 다르게 하는 사람들이 희생당한 실례는 얼마든지 발견되곤 합니다.

이 거꾸로 된 가치관, 목적과 수단이 뒤바뀐 사회구조 때문에 인간의 존엄성과 인격의 절대성이 훼손되어서는 안 됩니다. 이런 가치관은 개인은 물론 모든 공동체와 사회에서 인정받으며 수용될 수 있어야 합니다.

그렇게 되면 또 하나의 소중한 삶의 지표가 밝혀지게 됩니다. 그것은 우리가 하는 모든 일과 삶 자체가 인간목적관에 귀일되어야 한다는 진리입니다.

선한 일과 삶은 그것이 더 많은 사람들의 행복과 값있는 인생을 위할 때 이루어진다는 것입니다. 기업가들이 부를 축적하되 그것은 단순히 소유와 향락을 위한 것이 아니라 가난한 사람들이 혜택을 받는 방향으로 쓰여야 한다는 당위성입니다. 정치인은 자기희생을 동반하는 지도자일 수는 있어도 국민을 탄압하는 지배자가 되어서는 안 됩니다. 온갖 기계와 기술은 전쟁무기가 아니라 우리들의 편의와 복지를 위해 개발되어야 합니다.

더 많은 사람들의 행복과 인간다운 삶을 위해서 무엇을 해야 하는가를 묻고 그에 따라 행동하는 것이 삶의 기본적인 가치에 순응하는 길입니다.

그렇다면 이러한 선택과 생활의 가치관적 성패는 어떻게 결정되는 것입니까? 쉽게 말하면 줄 수 있는 사람들과 받아야 할 사람들을 우선순위로 가리는 일입니다. 부와 경제를 취급하는 사람들은 가난한 대중의 처지를 생각하고 위해야 하며, 정치인들은 권력에서 소외된 시민들의 자유와 복지를 위해주는 절차가 중요합니다. 세상은 가진 사람이 못 가진 사람을 먼저 돕도록 되어 있습니다. 자유로운 선택과 선의의 경쟁에 의해 얻어진 것을 필요로 하는 사람들에게 나누어 줄 수 있을 때 주는 사람이 더 많은 것을 창출하고 소유할 수 있도록 되어 있는 것이 사랑의 질서입니다.

만일 이런 가치관이 받아들여지고 우리 모두에 의해 실천에 옮겨질 수 있다면 우리는 새로운 역사와 사회의 건설에 동참할 수 있게 될 것입니다.

자애심(自愛心)의 철학

　　오래전 KBS 방송에서 있었던 일입니다. 좌담에 임했던 한 노교수가 "요사이 우리 젊은이들과 대학생들까지도 개인주의가 되어 우려스럽다"는 얘기를 했습니다. 동석했던 숙명여대 총장이었던 윤태림 교수가 이에 대해 반론을 폈습니다. "저는 생각이 다릅니다. 서구의 젊은이들은 일찍부터 개인주의 훈련을 받았기 때문에 민주주의가 정착되고 사회발전이 가능했는데 우리 대학생들도 개인주의를 가급적 속히 터득할 수 있어야 할 것으로 생각합니다." 사회를 맡았던 아나운서가 "두 분 견해에 차이가 있는데 김교수님은 어떻게 생각하십니까?" 하고 내 의견을 청해왔습니다. 나는 이에 대해 이렇게 설명을 했습니다. "지금 우리와 주변 사람들은 개인주의와 이기주의를 혼동하는 때가 많습니다. 이기주의는 배제되어야 하나 개인주의는 성숙되어야 할 것입니다. 선진국의 젊은이들은 내가 살고 있는 사회의 모든 문제는 나와 관련되어 있으며 선한 사회질서와 잘못된 사태들은 나의 책임이며 내가 공동체의 권리와 의무를 수행할 수 있어야 한다고 믿고 있습니다. 바로 그것이 민주사회의 원동력이기도 할 것입니다." 지금도 우리는 이기주의를 그대로 개인주의로 혼동하는 지성인들 특히 연로한 이들의 발언을 듣고 아쉬운 마음을 갖는 때가 있습니다.

자애심(自愛心)이란 먼저 자아라는 자각을 찾아 키우고 그 자아를 사회에 적응하면서도 사회를 건설할 수 있는 인격체로 육성해 가는 권리와 의무를 말하는 것입니다. 후진사회에 가면 이런 자아의식이 빈곤하기 때문에 '군중'은 있으되 '나'는 없는 현상을 발견하게 되며 때로는 어리석은 군중의 우를 범하는 경우가 많습니다. 그런 사람들은 주견이 없기 때문에 군중심리에 휩쓸리며 이기적 본능을 극복하지 못하기 때문에 집단이기주의에 빠져 불행한 과오를 되풀이하는 현상을 보게 됩니다. 후진사회에서 흔히 볼 수 있는 사태들입니다.

자아, 즉 '나'는 본능적인 유혹과 가치를 추구하려는 이성적인 노력의 중간에 머물고 있습니다. 본능으로 내려가는가 아니면 가치를 찾아 올라가는가 하는 갈림점에 머물고 있습니다. 나를 먼저 생각하는가 아니면 공동체를 먼저 위하는가도 그 하나입니다. 혈연관계, 지역감정, 문벌, 학벌 등이 마침내는 집단이기주의적인 본능사회를 만들게 됩니다. 그보다는 합리적 판단과 객관적인 가치를 추구하는 선택적 노력이 나와 더불어 공동체를 번영과 향상으로 이끌어가게 되는 것입니다. 그것이 바로 개인의식이며 자애심의 기초가 되는 것입니다.

개인생활도 그렇습니다. 많은 사람들은 자신이 소유를 위해 존재하는 듯이 착각합니다. 무엇을 얼마나 소유해서 즐기는가가 삶의 목표가 되는 이들이 있습니다. 재물, 권력, 명예 등 유형무형의 소유의 대상을 따라가다가 자아를 상실하는 삶을 가리키는 것입니다. 황금새를 따라가다가 마지막에는 잡으려고 했던 새도 놓치고, 깊은 숲 속에서 돌아갈 길을 잃어버리는 우화의 주인공이 되는 사람들입니다. 소유가 없을 수는 없습니다. 그러나 소유의 노예가 되어서는 안 됩니다. 소유는 나를 따라오는 것이지 내가 소유를 따라가는 것은 결국 자아상실을 가져오게 됩니다. 필요한 소유에 그치고 나머지는 사회에 환원할 수 있을 때 자아를 보존하게 되며 자아를 빛낼 수 있는 것입니다. 그리고 만일 소유보다 더 고귀한 삶의 가치를 찾아 누릴 수 있다면 그것이 평범해 보이는 인간들 가운데서 자아를 찾아 빛내는 삶이 될 것입니다. 자아를 사랑한다는 것은 소유가 아닌 가치에의 사랑을 지향하는 길입니다.

자애심의 또 다른 하나는 나의 '나됨'을 사랑하는 일입니다. 하늘에는 수많은 별들이 각기 제자리에 있어 아름답고, 산과 들에는 여러 종류의 꽃들이 피어 아름다운 조화를 이루는 것입니다. 마찬가지로 사회에는 제각기 다른 개성을 지닌 사람들이 모여 풍요로운 삶을 누리도록 되어 있습니다. 어떻게 보면 동물들의 외형에는 큰 차이가 있으나 인간들의 신체적 모습에는 큰 차이가 없는 듯이 보입니다. 그러나 인간의 내면, 즉 정신적 삶은 상상하기 힘들 정도로 다양한 양상을 띠고 있습니다. 그만큼 인간의 '나됨'의 차이는 심하다는 뜻입니다. 사람은 모두가 각자 자신의 취미와 취향을 갖고 있으며 제각기 다른 소질을 갖고 태어났습니다. 하나도 똑같은 재능과 자질을 갖고 태어난 사람은 없습니다. 그 타고난 취미, 소질, 개성을 살려가는 것이 자애심인 것입니다. 예술가가 있는가 하면 학자가 있고, 정치를 해서 좋은 사람이 있고, 경제활동에 적합한 사람도 있습니다. 누구나 한 가지씩은 남보다 앞선 면이 있습니다. 그 능력을 유감없이 발휘할 수 있는 것이 자애(自愛)의 길입니다. 우리는 결코 자신의 취미활동을 소홀히 해서는 안 됩니다. 그것이 즐거움과 행복을 더해줌은 물론 그 쌓인 결과가 사회적 의미와 기여를 높여주는 경우는 허다합니다.

나는 1년에 한두 차례 서울 성북동에 있는 간송미술관을 찾곤 합니다. 다 알려진 일이지만 간송 전형필은 많은 부동산을 갖고 있었습니다. 일찍부터 한국 고미술품, 즉 문화재에 관심을 갖고 감상하기 시작했습니다. 고상한 취미생활인 셈입니다. 그 소양을 계기로 문화재 수집운동에 본격적으로 뛰어들게 되었고 그 결실은 국가적인 유업으로 남게 되었습니다. 그의 주변에는 언제나 동우회원들이 모여 예술과 문화재 감상의 즐거움을 나누게 되었던 것입니다. 그리고 결국 그 분야에서 역사적 업적으로 남게 되었습니다. 물론 뜻이 있는 재벌들이 만든 박물관들도 있으나 고예술품을 사랑하며 즐길 수 있었다는 면에서는 그를 따를 사람이 없습니다. 그는 그 일에서 즐거움과 행복을 함께 누릴 수 있었던 것입니다.

한 가지 예를 들었습니다만, 우리는 뜻이 있고 원하기만 한다면 한두 가지씩의 취미생활은 할 수 있으며 그런 삶을 통해 나 자신을 발견하고 사랑하게 되는 것입니다. 나의 삶을 사랑하는 길인 것입니다.

우리가 지니고 태어난 소질 또는 재능도 그렇습니다. 내가 갖고 있는 여러 가지 재능과 소질 중에서도 앞서는 것이 있는가 하면, 다른 사람들보다 탁월한 능력을 가진 이들도 있습니다. 그것을 발견하고 찾아서 키우는 것이 나를 사랑하는 것입니다. 누구나 할 수 있고 해야 하는 책임을 소홀히 여기거나 포기하는 것은 스스로를 불행으로 이끄는 결과가 됩니다.

아마 우리나라 미술사에서 가장 큰 비중을 차지하는 인물 중의 하나는 오원 장승업일 것입니다. 사람들은 그를 가리켜 기인(奇人)이라는 평을 합니다. 그가 기인이라고 불리는 것은 그가 크게 성공한 사람이기 때문입니다. 그렇지 못하다면 그는 이름 없는 졸장부의 하나로 누구도 알아주는 이가 없었을 것입니다. 오원은 자기 이름도 제대로 쓰기 어려웠을 정도로 지식을 갖추지 못한 사람이었습니다. 평생을 알코올중독자와 다름없는 생활을 했습니다. 사람들과 공동생활을 제대로 하기 힘들었을 정도로 무질서한 생활을 한 것으로 전해지고 있습니다. 그러나 그는 선천적으로 그림을 그릴 수 있는 천분을 갖고 태어났던 것입니다. 그 소질과 재능을 때로는 주변 사람들의 권유와 협조로 살릴 수 있어 금자탑을 쌓아갈 수 있었습니다.

20세기에 가장 특출했던 예술가의 한 사람으로는 파블로 피카소가 손꼽히고 있습니다. 피카소의 아버지는 학교의 미술 교사로 있었는데, 어느 날 아들에게 그림을 가르치다가 어린 아들의 그림 솜씨를 보고 부끄러움을 느꼈다는 것입니다. 물론 피카소는 그 그림의 재능을 원대한 예술적 안목과 탁월한 세계관과 연결시켰습니다만 그의 그 소질과 재능은 타고난 바였습니다. 우리는 때때로 톨스토이가 그 당시의 귀족들의 통념에 따라 법관으로 생애를 끝냈다면 어떻게 되었을까 하는 상상도 해보며, 차이코프스키가 공학도로 지냈다면 우리의 손실이 얼마나 컸을까 하는 추측을 해보기도 합니다. 성공한 훌륭한 사람들의 예만 들었습니다. 그러나 우리 모두에게도 크고 작은 차이는 있으나 취미와 소질의 가치는 그렇게 소중한 것입니다. 그런 자아가 성장해 그 사람의 개성이 이루어지고 그것이 나의 '나됨'을 뜻하는 자애심인 것입니다.

물론 우리의 삶은 나를 중심으로 벌어지지만, 그렇다고 해서 나만의 삶으로 완성되거나 그치는 것은 아닙니다. 나는 여러 사람과의 만남과 사귐을 통해 내가 되면서 또 다른 사람에게 영향을 주고받는 것입니다. 그런 관계를 개성 있는 나와 타자와의 인격적 관계라고 불러도 좋을 것입니다. 개성은 나의 것이지만 인격은 다른 사람들과의 공통성, 어느 정도는 보편성을 갖는 것입니다. 나의 '나됨'이 개성이라면 나의 '인간됨'은 인격에서 이루어진다고 보아야 할 것입니다.

내가 중학교에 다닐 때 영어 교과서에 실렸던 질문 한 가지가 있었습니다. 같은 시대에 미국을 대표하는 문인 중에 에드거 앨런 포라는 소설가와 존 그린리프 휘티어라는 시인이 있었습니다. 포는 특이한 작품으로 세상을 떠들썩하게 만들었으나 그의 사생활은 괴벽스러웠습니다. 그러나 휘티어는 크리스천 시인으로 인격적으로 존경받는 작가였습니다. 교과서에 실린 질문은 그 둘 중 누구를 더 존경하는가 하는 것이었습니다. 만일 누구를 더 좋아하느냐고 물었으면 대답은 간단했을 것입니다. 인간성을 떠난 작품세계에서 선택하는 것이기 때문입니다. 그런데 누구를 더 존경하느냐고 물으면 작가의 인품과 사람됨을 생각지 않을 수 없습니다. 우리가 어떤 사람의 소질과 재능을 높이 평가하면서도 그 사람의 인격을 물을 때는 다른 대답을 얻을 수 있습니다. 그런 면에서 우리는 인격을 말하게 되며 내가 나를 사랑하는 것은 내 인격을 사랑하는 것이 되는 것입니다.

그때 중요한 것은 그의 업적과 더불어 그의 인간됨이 우리의 모범이 될 수 있고 존경의 대상이 될 수 있는가 하는 점입니다. 만일 많은 중국인들과 동양 사람들에게 그런 사람을 꼽으라고 말하면 우선 공자 같은 스승을 떠올릴 것입니다. 그렇다고 해서 도덕군자나 훌륭한 정신적 지도자만을 뜻하는 것은 아닙니다. 인격을 갖춘 사람은 교육계나 종교계에 많이 있어야 하고, 정치인 중에도, 기업인 중에도, 군인 중에도 있을 수 있습니다. 또 있어서 좋은 것입니다. 그리고 그렇게 인격을 갖춘 사람들에게는 어떤 공통점이 있습니다. 그 공통점이 무엇이라고 말할 수는 없습니다. 그저 누구나 "저 분을 본받아 살아야 해", "나도 그런 품격을 갖춘 사람으로 성장해야 해"라고 말할 수 있는 공통점인 것입니다. 아마도 우리 사회에서는 도산 안창호나 고당 조만식 같은 인물을 연상하면 좋을 것 같습니다. 그러나 우리 주변에도 널리 알려지지는 않았으나 그런 사람들이 많이 있습니다.

나는 오랜 세월을 교육계에서 보냈는데, 수십 년 동안 거리감 없이 친구로 대하고 서로 존경하면서 일해온 몇 사람이 있습니다. 잊을 수 없는 것은 그런 사람들의 인품과 인격입니다. 믿을 수 있고 더불어 일하며 살아갈 수 있는 사람입니다. 문제는 나 자신을 그런 인물로 키워가자는 것이 자애심인 것입니다. 유명한 사람보다는 존경하고 싶은 사람, 사회와 역사는 바뀌어도 삶의 향기를 남길 수 있는 사람, 선한 사회질서를 함께 책임질 수 있는 사람들이 이에 속한다고 보아 좋겠습니다. 제자들은 그런 이를 스승이라고 부릅니다. 직장에서는 그런 상사를 따르고 싶은 선배라고 여깁니다. 그런 사람은 가난해도 부유한 사람의 존경을 받고 인기는 적어도 아낌을 받는 사람입니다. 인격이 최고의 행복이라는 말이 있습니다. 인격적 자애심을 갖춘 사람은 그런 인간을 가리키는 것입니다. 자신의 인격을 통해 값있는 삶과 행복을 창출해내는 사람입니다.

위에서 말한 내용들을 포괄적으로 정리한다면, 자아를 사랑한다는 것은 주어진 삶의 공간을 최선의 것으로 채워가는 노력이라고 보아 좋을 것입니다. 삶의 공간이란 약간 어색한 표현이기는 합니다. 그러나 나에게 주어진 시간의 빈 그릇을 가장 값있고 소망스러운 내용으로 채워간다는 뜻입니다.

신체적인 건강도 그 하나의 조건입니다. 건강을 잃으면 모든 것을 잃는다는 말이 있습니다. 노년기에 접어들게 되면 건강 유지가 삶의 목표이며 전부인 듯이 느껴지기도 합니다. 신체적 건강이 끝나면 죽음과 더불어 삶의 종말이 찾아오기도 합니다. 그러나 인생을 전체적으로 본다면 건강 그 자체는 삶의 궁극적인 목적은 아닙니다. 무엇을 위한 건강입니다. 병원을 찾아간 환자는, 건강을 되찾을 수 있다면 지금까지 하던 일을 계속하겠다든지 그 건강을 가지고 좀 더 가치 있는 일과 삶을 도모하겠다는 다짐을 합니다. 건강의 그릇 속에 무엇을 담는가가 문제인 것입니다.

나는 어렸을 때 대단히 병약했습니다. 그것이 계기가 되어 종교적 신앙생활에 들어서게 되었습니다. 그때 내가 드린 기도는 "하나님께서 저에게 건강을 허락해주시면 저는 건강이 유지되는 동안 아버지께서 원하시는 일을 하겠습니다"였습니다. 열네 살의 나는 아무 철도 없었습니다. 그러나 그때의 내 기도 속에는 '건강은 일을 위해서'라는 뜻이 깔려 있었습니다. 그리고 부끄럽지만 지금도 생각에는 변화가 없습니다. 그렇게 사는 동안에 건강도 유지되고 나름대로는 많은 일을 할 수 있었다고 믿습니다. 지금도 나는, 누가 더 건강한가를 물을 때는 누가 더 많은 일을 하고 있는가 하는 것이 그 해답이라고 생각합니다. 나를 사랑한다는 것은 일을 사랑하는 것이며 건강을 유지하는 것 또한 나를 사랑하는 하나의 조건이 되는 것입니다.

만일 누군가 왜 세상에 태어났는가라고 물으면 일을 하기 위해서라는 대답보다 더 적절한 해답은 없을 것 같습니다. 그래서 근면은 선 중의 선이며 게으름은 모든 악의 뿌리가 된다고 말해 좋을 것입니다. 일을 사랑하지 않는 사람은 나를 사랑할 수가 없습니다. 인생에 대한 평가는 간단합니다. 무슨 일을 얼마나 많이 했는가에 따라 판단해서 좋겠기 때문입니다.

많은 사람들은 신체적인 일이 일의 전부인 듯이 착각하기도 합니다. 공산주의자들은 노동자와 농민의 일을 지나치게 존중했습니다. 그들은 경제적 생산의 주역이기 때문입니다. 그러나 정신적 생산도 물질적 생산 못지않게 중요하며 지금은 지적 생산이 물적 생산보다 소중하다는 사실을 그들도 인정하고 있습니다. 정신적 생산은 어떤 면에서 본다면 정신적 가치의 생산입니다. 사상과 가치관을 가리킵니다. 학문과 예술은 물론 과학과 사회적 삶의 과제를 해결해야 하기 때문입니다. 현대사회에 있어서는 정신적 가치가 없이는 물질적 생산의 가치가 그 의미를 상실할 수도 있다고 우려할 정도입니다. 그러나 문제를 발전시켜보면 인격적 삶의 생산은 더 기초적이면서도 목적적일 수 있습니다. 모든 것은 인간목적관과 연결되어 있기 때문입니다. 자유와 그 가치는 무엇보다도 소중합니다. 정의와 평등의 가치를 위한 생산적 노력은 인간의 삶을 유지하는 필수적 조건이기도 합니다. 휴머니즘을 뒷받침하는 동정, 공감, 협력, 사랑의 가치도 인격적 가치와 공존하는 것입니다. 이렇게 본다면 일은 생산이며 그 넓은 의미의 생산은 일과 더불어 자아의 본분과 목적이 될 수 있습니다. 따라서 일을 사랑한다는 것은 자아를 완성시켜가는 길이며 자애심의 중심이 된다고 볼 수 있습니다. 그리고 이런 생각은 오랫동안 우리 생활의 상식적인 근거가 되어 있었습니다.

옛날부터 우리는 교육의 표준을 지(智), 덕(德), 체(體)에 두었습니다. 필요한 지식과 지혜를 배워야 하며 대인관계에서 덕을 쌓아야 합니다. 그러기 위해서는 건강이 필요했던 것입니다. 미국 같은 나라에서는 사회지도자를 기르는 대학교육을 받기 위해서는 운동능력, 우수한 학업성적, 예능 분야의 소질, 사회생활의 리더십, 봉사의 경험이 있어야 합니다. 운동을 신체적 가치로 본다면 학업과 예술은 정신적 가치가 될 것입니다. 그리고 리더십과 봉사활동은 인격적 가치가 될 것입니다. 그러한 가치 생산과 창조가 삶의 내용을 충족, 완성시키며 그 책임을 감당하는 것이 자아의 완성인 동시에 자애심인 것입니다.

그런데 이러한 일의 가치를 정리하다 보면 일은 자아의 본분이기도 하지만, 왜 일을 하느냐고 물으면 일은 나보다도 이웃과 사회를 위한 것임을 깨닫게 됩니다. 세상에 나 혼자 산다면 안 해도 되는 일이 허다합니다. 여럿이 공존하기 때문에 일은 값이 있으며 일의 가치는 사회적 의미임을 발견하게 됩니다. 시작은 자애심이었으나 자애심은 사랑(愛)을 타고 나와 다른 사람을 같은 삶의 주체로 만든 것입니다. 자애심이 곧 애타심으로 성숙, 발전한 것입니다. 나를 위하는 것이 이웃을 사랑하는 것이 되며 이웃을 사랑하는 일이 곧 나를 위하는 뜻이 된 것입니다. 인간은 본래가 사회적 존재이기 때문입니다. 나의 완성은 이웃과 더불어 가능하며 이웃의 노력과 사랑이 내 존재성을 높이게 되는 것입니다. 이때 나와 이웃, 즉 자아와 타인은 사랑으로 연결되는 것입니다. 이웃이 없는 내가 존재할 수 없으며 내가 없는 이웃과 사회는 존재의미를 잃게 됩니다. 다시 말하면 사랑은 모든 존재의 생명력이 되는 것입니다. "사랑을 위해 너희와 더불어 있는 내가 곧 길, 진리, 사랑"이라고 예수는 말했습니다. 공자는 그 뜻을 '어짊(仁)'으로 가르쳤고 석가는 '자비'로 표현했습니다. 그렇게 넓은 사랑의 세계 속에서 우리들 각자의 자애심은 사랑의 창조적 주체가 되는 것입니다.

그런 내용의 공감을 위해서 우리는 자애심의 철학적 가치를 찾아본 것입니다.

직장은 성공과 행복의 터전이다

한때 자신이 원하는 좋은 대학에 가기 위해서는 논술시험이 중요하다고 해서 논리(학) 공부가 성행했던 일이 있었습니다. 지금도 많은 사람들은 논리는 공부하기 위해 배우는 것이고 우리의 실제 생활과는 상관이 없는 것으로 생각하고 있습니다. 그러나 논리는 우리의 생활을 좀 더 합리적으로 높여가기 위해 탄생되었고 또 그런 도움을 주고 있습니다.

2,300년 전에 논리학의 아버지라고 불리는 아리스토텔레스는 지금까지 계승되고 있는 한 가지 원칙을 알려준 바가 있습니다. 사람이 어떤 사물을 보고 판단하여 행동할 때는 하나의 사물을 반드시 세 가지 측면에서 보아야 한다는 것이었습니다. 개체와 부분을 가리키는 특수체와 전체의 입장이라는 것입니다.

의사가 환자를 대할 때는 그의 전체적인 건강상태가 어떤가를 봅니다. 그리고 소화기능을 담당하는 위장에 잘못이 있다는 것을 밝혀냅니다. 그러고는 다시 위 안에 암세포 등이 있는지 검사를 합니다. 세포로서의 개체가 장애를 일으켰을 때는 위라는 특수체가 병들게 되고 그 결과는 그 환자 전신을 병들게 만듭니다. 그것은 자연스러운 현상입니다.

사회문제도 그렇습니다. 박정희 대통령이 쿠데타를 일으켰을 때는 국가와 민족 전체를 위해서였습니다. 그러다가 세월이 지나면서는 공화당 정권을 유지해야 한다는 특수체에 더 큰 관심을 쏟았습니다. 유신헌법을 강요할 즈음에는 자신의 영구집권을 위해서였습니다. 그런데 그가 남긴 업적을 보면 국가 전체를 위해 헌신한 노력은 산업화의 업적으로 남았으나, 공화당을 위한 노력은 남은 바가 없었습니다. 자신의 영구집권을 위한 유신헌법은 스스로의 파멸을 자초하는 결과가 되었습니다. 전체에서 특수체로, 다시 개체에 해당하는 자기중심이 되었을 때는 전체 국민과 특수체인 정당으로부터도 버림을 받을 수밖에 없었습니다.

그런 것이 역사의 원칙이며 사회의 규범입니다. 논리의 법리가 그대로 적용되는 것입니다.

우리 모두는 일을 하기 위해 세상에 태어났습니다. 누구에게나 주어진 일자리를 우리는 직장이라고 말합니다. 그 직장에서도 먼저의 원칙은 적용되고 있습니다. 나는 개체가 되고 직장은 특수체에 해당되는가 하면, 사회는 전체가 되는 것입니다. 따라서 모든 직장인에게 주어진 과제는 '나는 직장을 통해 무엇으로 사회에 이바지하는가?'로 귀착되는 것입니다.

　물론 처음에는 월급을 받고 돈을 벌기 위한 생각으로 직장을 찾습니다. 나의 목적과 나의 위치를 위하는 것은 당연합니다. 그러나 직장에 가서 어느 정도 경험을 쌓고 세월이 지나게 되면 나의 성공과 행복은 직장에서 이루어지고 있다는 사실을 깨닫게 됩니다. 때로는 나와 가정보다도 직장이 더 큰 비중을 차지한다는 생각을 갖게 됩니다. 직장에서 성공한 사람에게 더 큰 행복과 영광이 뒤따르기 마련임을 보기 때문입니다. 그러다가 직장의 직책이 높아지고 회사의 대내적 업무보다는 대외적 책임이 커지면서 우리 직장이 사회에 대해서 어떤 역할과 기여를 하고 있는가를 묻게 됩니다. 직장의 무대가 국제적으로까지 넓어지면서는 직장에서 해야 할 일을 사회 속에서 찾게 되며 기업의 성패는 사회를 위한 기여도 여하에서 결정됨을 인정하지 않을 수 없습니다. 그러니까 정상적인 직장인은 나로부터 출발해서 직장의 중견인이 되며 다시 경영부서로 가면서는 직장보다도 사회를 위해 무엇을 할 수 있는가를 묻지 않을 수 없습니다. 나를 위한 생각을 벗어나지 못하는 사람은 성숙된 큰 기업체에서는 시키는 일만 하든가, 때로는 버림을 받을 수도 있습니다. 직장에 열중하는 사람은 기업 내 업무를 위한 유능한 일꾼이 됩니다. 대개의 과장급까지가 그러합니다. 그러다가 고위 간부가 되면 기업체가 사회적인 역할에 동참하는 지도자로 올라가는 것이 보통입니다.

　노사간의 문제도 그렇습니다. 공산주의자들은 노동자들에게 회사의 주인이 차지하는 부를 공정하게 분배해주기를 원하다가, 마침내는 다수를 차지하는 근로자들이 경영에도 참여하고 가능하다면 소유주를 배제하고 기업체의 주권을 점유해야 한다는 주장을 펴왔습니다. 우리 주변에서도 그 결과로 회사가 문을 닫는 불행을 초래한 일들이 있었습니다. 회사라고 하는 닭을 잘 키워서 생산되는 계란을 나누어 먹어야 하는데, 닭을 잡아먹어버리는 것 같은 우를 범했던 것입니다.

그런데 그렇게 된 원인은, 회사에서 주어진 일을 하고 적당한 보수를 받으면 된다는 생각보다는 적게 일하고 많은 보수를 받으면 된다는 이기적 사고가 깔려 있었기 때문입니다. 만일 근로자들이, 회사에서 일을 함으로써 자신에게는 적당한 보수가 주어지고 회사가 사회에 기여하는 것만큼 더 좋은 회사가 되면 그 혜택도 또 자신에게 온다는 생각을 갖는다면 노사분규는 지혜로운 선택이 되지 못함을 깨닫게 될 것입니다. 지금은 대부분의 기업체가 한두 개인의 소유물이 못 됩니다. 주주들이 기업체의 소유자인 것입니다. 근로자들도 회사의 주식을 소유하면 피고용자가 아닌 고용자의 위치로 바뀔 수 있는 세상입니다. 19세기 중엽 마르크스가 펴낸 이론의 차원에서 몇 차례의 변신이 이루어진 것입니다. 오히려 노사가 협력해서 사회에 더 큰 기여를 할 수 있는 기업을 소망스럽게 생각하고 있습니다. 투쟁에서 협력, 협력에서 기여 체제로 올라서고 있을 정도입니다.

이런 자세를 갖고 직장에 임하게 되면 나를 위해서 회사를 이용하는 것은 이기적 발상임을 깨닫게 됩니다. 오히려 직장을 위하는 것이 나를 위하는 길임을 알게 됩니다. 그때 우리 모두에게 주어지는 과제가 있습니다. 그것은 '일을 사랑하는 마음'입니다. 그것이 나와 회사를 동시에 위하는 기본자세입니다. 그리고 그것은 자랑스러운 인간의 자세입니다. 일을 사랑하는 사람은 성공과 행복을 창출해내는 법입니다. 남보다 공부를 더 많이 해서 손해 보는 사람은 없습니다. 일을 더 많이 한다고 해서 손해를 보는 것도 아닙니다. 보람 있는 일을 얼마나 많이 했는가에 따라 그의 인생이 평가받습니다.

누구에게나 찾아오는 노년기도 그렇습니다. 젊었을 때는 말할 것도 없으나 늙어서까지 일거리가 있는 사람이 누구보다도 행복해지는 법입니다. 사람은 일을 위해 태어났기 때문입니다. 게으름은 악마의 유혹이고 근면은 모든 선의 근원이 된다고 말해 잘못이 없을 것입니다.

그런데 여기에 문제가 끼어듭니다. 많은 사람들은 일의 대가는 돈에 있고 돈이 있으면 일은 하지 않아도 된다는 잘못된 생각에 빠지는 것입니다. 다시 말하면 일보다도 돈을 더 사랑하는 데 잘못이 있습니다. 만일 일을 사랑하는 사람은 돈과 더불어 돈보다 더 좋은 것을 얻을 수 있으나 돈을 더 사랑하는 사람은 일도 놓치고 더 값 있는 삶의 가치도 상실하게 된다는 사실을 알게 된다면, 일이 더 높은 사랑의 대상임을 깨닫게 될 것입니다.

대학에 다닐 때 읽었던 글이 생각에 떠오릅니다. 아마 역사가 아놀드 토인비의 것이었나 싶습니다.

로마가 흥할 때와 패망할 때는 로마인들의 사고와 가치관에 차이가 있었다는 것입니다. 로마가 흥할 때는, 당신은 지금 어디에 가느냐고 사람들에게 물으면 직장에 간다고 대답합니다. 왜 가느냐고 물으면 일을 하러 간다는 것입니다. 일은 왜 하느냐고 물으면, 그런 어울리지 않는 질문도 있느냐는 표정으로 일이 중하니까 일을 하는 것이 아니냐고 반문합니다. 그렇게 되면 개인도 행복해지고 그 사회는 경제적으로 풍요로워집니다. 그러나 로마가 망할 때는 달랐습니다. 어디 가느냐고 물으면 직장에 간다고 말합니다. 왜 가느냐고 물으면 일을 하기 위해서라고 대답합니다. 일은 왜 하느냐고 물으면 돈을 벌기 위해서라고 자연스럽게 말합니다. 돈을 버는 목적은 무엇이냐고 물으면 인생을 즐기기 위해서라고 대답합니다. 그렇게 되면 그 사람은 정신적으로 타락하게 되고 사회는 도덕성이 병들게 되어 로마도 망했다는 것입니다.

그런데 우리 실정은 어떻습니까? 대학교육까지 받은 젊은이들도 돈을 위해 일하는 사람이 대부분입니다. 의사나 변호사 같은 지도급 인사들도 일의 목적은 일 자체가 아니라 수입이라는 사고가 일반적입니다. 일반 서민들은 말할 필요가 없습니다. 그들은 가난에서 벗어나기 위해 우선은 돈이 목적이어서 잘못이 아닙니다. 그러나 지도급 인사들까지 일보다 돈을 더 사랑하게 된다면 우리 사회도 크게 병들어 있는 것입니다.

한국 경제의 성장 과정도 그렇습니다. 서울대 사회학과 교수진이 발표한 일에 관한 의식구조를 조사한 내용을 본 일이 있습니다. 1981년에는 우리 국민에게, 먹을 것이 있고 생활이 안정되어도 일을 하겠느냐고 물은 데 대해 86퍼센트가 일을 한다는 대답이었습니다. 그리고 10년이 지난 1991년에 다시 같은 설문을 했습니다. 그런데 먹을 것이 있고 생활이 안정되어도 일을 하겠다는 사람이 28퍼센트로 떨어졌습니다. 그 결과가 IMF로 이어졌고 경제성장이 둔화된 원인이 된 것입니다.

1981년은 온 국민이 절대빈곤에서 벗어나야 하며 무엇이나 하면 된다는 의식구조가 팽배해 있을 때였습니다. 단군 이래 가장 열심히 일한 기간이었습니다. 그래서 산업화의 기틀이 잡혔던 것입니다. 그러나 10년 동안에 그 기풍은 병들기 시작했습니다. 일보다도 돈을 사랑하게 되었고 일은 하지 않고 돈을 버는 계층이 늘어나게 되었습니다.

내 친구 기업인의 말이 생각납니다. 그가 경영하는 봉제 회사에서 일하는 임직원들은 500명 정도 됩니다. 옷을 만들어 영국에 수출하는데 어려움이 한두 가지가 아니라고 합니다. 다행히 그의 회사는 강성 노조가 아니어서 그 걱정은 덜해도 된다고 합니다. 그는 자기 입장만 생각한다면 회사와 공장 부지를 팔아서 그 돈을 은행에 맡겨두면 편안히 잘 살 수 있다고 했습니다. 은행 이자만큼의 수입을 올린다는 일이 거의 불가능할 정도로 회사 경영이 어렵다는 것입니다. 하지만 그렇다고 문을 닫으면 500명의 직원과 그 가족들이 어떻게 되겠느냐고 하면서 그 친구는 이런 고충이 오늘의 현실이라고 말했습니다.

그 당시에는 부동산 투기를 일삼지 않은 기업이 없을 정도였고 돈이 있으면 은행 이자로 일 안 하고 살 수 있었습니다. 그러니까 일보다는 돈이 중했고 돈이 돈을 버는 때이기도 했습니다.

그 즈음에는 우리 사회에 오렌지족이 관심의 대상이 되어 있었습니다. 부동산으로 부를 축적한 사람들, 여유가 있는 가정의 자녀들이 아까운 젊은 시절을 사치와 낭비는 물론 하는 일 없이 퇴폐풍조를 만연시키고 있을 때였습니다. '오렌지족'이란 말은 우리가 만든 개념이 아닙니다. 일의 가치를 아는 외국 기자들이 우리 젊은

이들의 특수층을 지칭했던 대명사입니다. 그들은 일의 가치는 모르고 돈의 가치까지도 모르는 불로소득의 가정에서 자란 젊은이들이었습니다.

또 한 가지 사실을 지적해야 하겠습니다. 우리나라의 노동조합이 일을 사랑하기보다는 돈과 그에 따르는 부수적 가치를 노렸다는 사실입니다. 노조의 간부들은 일은 적게 하고 보수는 많이 받는 것이 노동운동의 본분인 것같이 조합원을 이끌었는가 하면 자신들은 좌파 세력의 정치운동을 노렸다는 사실입니다. 노동운동의 순수성도 상실했고 일을 사랑하는 정신을 약화시켰던 것입니다. 그 당시는 많은 근로자들이 그 숨겨진 속셈을 잘 몰랐지만 지금 나타나는 결과를 보면 노동운동의 본질을 이탈한 조합들이 오히려 우리 경제를 병들게 했던 것입니다. 투쟁 일변도의 노동운동으로 기업이 성공한 사례는 어디에도 없었습니다. 외국인들이 한국의 노조를 우려하는 이유도 거기에 있고, 우리 국민들도 한국 경제는 근로자들의 땀 흘린 일의 대가로 이루어진 것을 감사하면서도 노동조합이 경제발전에 기여했다고 보는 이는 없을 정도가 되었습니다. 일을 사랑하지 못하는 근로자들은 노동운동을 할 자격이 없다고 보아도 잘못이 아닐 것입니다.

일을 사랑한다는 것은 더 좋은 일의 성과를 창출한다는 뜻입니다. 그러기 위해서는 일에 정성을 쏟는 것과 더불어 생각하고 공부하면서 일하는 습관을 쌓아가야 합니다. 동물들은 생각이 없이 운동을 반복합니다. 그러나 인간은 생각하는 것만큼 수준 높은 일을 하게 되고 더 중요한 일을 위해서는 공부와 연구를 게을리해서는 안 됩니다. 특히 직장의 높은 직책을 맡을수록 공부와 연구는 필수적입니다.

여기 정부에 종사하는 세 부류의 과장이 있다고 합시다. A과장은 공부는 하지 않고 열심히 주어진 일을 합니다. 10을 알면서 10의 일을 하게 됩니다. 그런데 B는 공부를 게을리하지 않았습니다. 50을 알면서 10의 일을 합니다. C는 더 열심히 연구하면서 일을 합니다. 하는 일은 같은 10이지만 100을 알면서 10의 일을 합니다. 세월이 지나 과장의 임기가 끝나게 되면 A는 과장직으로 끝나야 합니다. 그 이상의 지식을 갖추지 못했기 때문입니다. B는 국장이나 차관까지 승진할 수 있을 것입니다. 50을 알고 있기 때문입니다. 그러나 C는 후일에 장관이 될 수도 있고 다른 분야에서도 사회의 지도자가 될 수 있습니다. 100의 여유를 갖추었기 때문입니다.

끝으로 한 가지만 더 추가하기로 하겠습니다. 모든 개인과 직장은 회사와 사회에 대하여 창의적 기여를 할 수 있어 그 존재의미를 갖게 되는 것입니다. 그것이 직장인과 기업의 본분인 것입니다. 아주 쉽게 설명하면 이렇습니다. 한 사람은 직장에서 100의 대우를 받고 있습니다. 예산은 물론, 일할 수 있는 시간과 데리고 있는 부하와 봉급, 모두를 합하면 100이 됩니다. 그런데 일의 결과는 언제나 80에 그칩니다. 또 한 사람은 주어진 같은 여건으로 일하는데 결과는 100이 됩니다. 득도 손도 없이 현상을 유지합니다. 그런데 또 다른 사람은 동일한 여건으로 일에 임하는데 120의 성과를 올립니다. 처음 사람은 그 직장에 머무는 동안 언제나 20의 손해를 가져오고 세 번째 사람은 20의 이득을 얻곤 합니다. 우리는 그 마지막 사람을 창의적 기여를 하는 직장인이라고 보는 것입니다. 직장인은 계속 공부하고 연구해야 한다는 것도 그런 결과를 초래할 수 있기 때문입니다.

회사나 기업체도 그렇습니다. 모든 회사는 창의적 생산과 운영을 통해 사회에 기여하는 바가 있어야 합니다. 그것이 기업의 사회적 의무이며 선의의 사명이기도 합니다. 그런 회사가 많을수록 그 사회는 경제적으로 부유해지며 그 직장에 머무는 사람들은 행복과 성취감을 얻을 수 있게 됩니다. 지금 세계적으로 작은 정부를 염원하는 이유도 마찬가지입니다. 국민들로부터 가장 적은 것을 부여받아 가장 많은 것으로 보답하는 것이 정부의 책임이기 때문에 창의력을 갖춘 소수의 유능한 공무원을 찾게 됩니다.

지금까지 우리가 언급해온 것은 논리의 기본적인 원칙에서 출발해 사회, 특히 산업과 경제계에 관한 정도(正道)를 찾아 제시해보았던 것입니다. 우리 모두의 선택과 일의 방향이 되겠기 때문입니다.

어떤 의미에서 나는 진보(주의자)인가
— 진보와 보수의 혼란 속에서

지난 초여름, 한 50대 신사의 말이 기억에 떠오릅니다.

"나는 나 자신이 진보적인 성향의 사상을 갖고 있다고 생각해 왔습니다. 정치관은 물론 사회 전반에 걸쳐 과거의 가치관에서 벗어나려고 노력하고 있기도 합니다. 그런데 요사이 주변의 좌경 세력들이 자신들이 진보라고 떠들어대기 때문에 나는 그런 진보는 아니라는 생각이 들었습니다. 그렇다고 대표적인 보수 인사들을 보면 탈보수는 필수적이라는 생각을 굳히게 됩니다. 진보도 보수도 아닌 제3의 길이 아직은 나타나지 않고 있습니다."

누구나 갖고 있는 고민인 것 같기도 합니다.

우리 주변의 선진국에서는 그런 문제가 큰 비중을 차지하지 않습니다. 진보나 보수나 다 같은 자유민주주의의 나무에서 뻗어난 두 줄기이기 때문에 정책의 차이가 있을 뿐입니다. 미국의 경우 공화당이나 민주당의 정책의 차이가 있을 뿐입니다. 그러니까 번갈아 가면서 정권을 바꾸는 것이 당연한 듯이 여기게 됩니다. 요사이 영국에서는 노동당의 정책과 보수당의 진로에 별로 차이가 없을 정도가 되었습니다. 더 많은 국민의 자유와 복지를 위해 선택의 길이 달라질 수 있기 때문입니다.

그런데 우리는 실정이 다릅니다. 자신들이 진정한 진보라고 주장하는 사람들은 사회주의보다는 마르크스나 북한의 이념을 따르기 때문에 그 뿌리는 공산주의 전통에서 자란 것입니다. 어떤 때는 180년 전의 교조주의를 들고 나오는 경우도 있습니다. 오히려 우리 주변에서는 보수 정당이나 진영에서 활동하는 사람들이 자유민주주의의 전통을 이어받고 있는 경우가 많습니다. 그들의 대부분은 미국이나 유럽에서 교육을 받았고 그곳의 정치 사회 이념을 계승하고 있기 때문입니다.

그래서 명칭이야 어떠하든 간에 우리의 보수와 진보는 두 나무에서 자란 줄기와 가지들이 얽혀 있는 것입니다. 따라서 두 세력은 견제와 보완 관계가 못 되고 대립과 투쟁의 상황으로 바뀌고 있습니다. 그 극단을 택하고 있는 것이 반미 친북 세력이 되고, 또 다른 극단은 반공과 자유민주주의를 수호하려는 우파적인 성향을 택하는 결과가 되었습니다.

다시 말하면 우리는 탈이데올로기의 과정을 밟지 못하고 있는가 하면, 세계적으로는 이미 끝난 냉전 시대의 이념 갈등이 투쟁의 국면에서 사라지지 못하고 있는 실정입니다. 일본은 물론 중국에서도 찾아보기 어려운 후진적 혼란을 거듭하고 있을 정도가 되었습니다. 북한 정권이 그대로 존재하는 동안은 불가피한 역사적 과정일 것 같기도 합니다.

그렇다면 이런 불행한 과도기적 혼란의 국면에서 벗어나는 길은 무엇이라고 생각합니까?

우선 중요한 것은 극좌도 극우도 아닌 중간 세력의 공간을 넓혀가는 일입니다. 정치이념의 노예가 되지 않고 대립과 투쟁이 아닌 경험과 현실적 가치를 추구하는, 투쟁의 무대에 나서지 않고 대화를 통한 객관적이고 실용적인 가치를 국제무대에서 추구하는 다수가 탄생되어야 한다는 뜻입니다. 우리는 더 이상 세계 역사에서 심판을 받은 극좌 이념을 따를 수는 없습니다. 그렇다고 기득권에 안주하려는 과거의 연장이 그대로 미래가 되기를 원하는 사고방식에 빠져들어도 안 되는 것입니다. 냉전 시대의 진보나 보수는 모두 우리의 선택이 될 수는 없습니다.

그렇다고 해서 우리의 역사가 정지되어 있는 것은 아닙니다. 어떤 선택이 필요한 것은 사실입니다.

이때 우리는 선진국에서는 어떤 길을 택하고 있는가를 살펴보는 것이 필요하다고 생각합니다. 그들은 우리의 오늘과 같은 현실을 이미 반세기 전부터 정리해왔기 때문입니다.

그 대표적인 예의 하나는 열린사회로 가는 것과 닫힌사회로 머무는 것 둘 중 어느 편을 택하는가로 규명되고 있습니다. 개방된 사회로 가는 편을 진보라고 생각하며 폐쇄된 사회를 택하는 쪽을 보수로 보는 경향입니다. 꼭 진보와 보수라는 명칭을 붙이지 않아도 좋을 것입니다. 개방사회는 미래지향적이면서 소망스러운 역사의 방향이 되나, 폐쇄사회는 대립과 갈등을 조장시키는 타당하지 못한 역사의 길이라고 보는 것입니다. 열린사회를 방해하는 적(敵)들이 무엇인가를 사상적으로 살피는 저서가 등장하고 있을 정도입니다.

이런 생각은 학문이나 사상적 관념에 그치지 않습니다. 현실 역사가 보여주고 입증해주는 그대로이기도 합니다. 일본은 우리보다 백 년 앞서 개방했습니다. 근대화에서 그만큼 선진국이 되었습니다. 종교문화권도 그러합니다. 이스라엘과 이슬람 문화권은 신앙적인 교조주의 때문에 열린사회로 갈 수가 없었습니다. 그러나 기독교 중에서도 개신교들은 개방된 활동을 먼저 전개했기 때문에 그에 비례되는 발전을 이끌어왔습니다. 일본은 제2차 세계대전에 패함으로써 더 넓은 개방사회가 되었고 오늘의 번영을 누리게 되었습니다.

최근 우리는 공산주의 국가들의 붕괴를 목격했습니다. 그들은 고정된 정치이념과 편협된 가치관을 고수했기 때문에 스스로 문을 닫는 폐쇄사회를 굳혀왔습니다. 정치적인 배타주의와 경제적인 고립주의가 스스로의 종말을 재촉했던 것입니다. 중국도 결국은 개방정책을 택함으로써 오늘의 발전적 변화를 이끌어가고 있습니다. 그리고 이런 현상은 세계 역사의 추세이기도 합니다. 이제는 지구촌 시대입니다. 인류가 한 단위로 새로운 역사를 개척하는 단계가 되었습니다. UN의 탄생과 사명이 바로 그런 것입니다.

정신사적인 면에서도 같은 흐름을 보고 있습니다. 사상가들은 19세기를 절대주의 시대라고 보면서 우리가 지나온 20세기는 상대주의 시대였다고 평합니다. 그러나 지금 21세기는 다원주의 시대로 보고 있습니다. 다양한 민족과 문화가 공존할 수 있어야 하며 그 다원성, 다양성이 미래 역사의 원동력이 될 것으로 보고 있습니다. 다원 사회를 먼저 성취시킨 미국이 세계를 영도하고 있는가 하면 유럽 국가들도 또 하나의 다원 사회를 구상해가고 있습니다. EU의 탄생이 바로 그 길을 택하고 있습니다. 우리가 중국에 관심을 갖게 되는 것도 아시아에서는 유일하게 다원 사회의 가능성을 유지해왔기 때문입니다. 일본이나 한국과 같은 단일 민족 사회는 다원 사회의 가능성이 희박하지만 중국은 다양한 민족의 단일화 사회이기 때문에 바른 방향으로 성장한다면 제3의 다원 사회가 될 잠재력을 갖춘 것으로 보는 이들도 있습니다.

그런데 불행하게도 같은 공산주의 국가 중에서도 북한만이 닫힌 국가, 폐쇄사회를 고집하고 있습니다. 그 폐쇄성을 유지하기 위해 유일사상 또는 주체사상을 표방하고 있으나 그것으로서는 오늘의 경제 사회적 파국을 극복할 수가 없게 된 것입니다. 세계가 모두 걱정하고 있는 상황이 되었습니다.

우리가 더욱 이해하기 어려운 것은 그러한 폐쇄사회를 그대로 유지하고 지속시켜야 한다고 주장하는 사람들이 자신들이 진정한 진보 세력이라고 주장하는 현실입니다. 180년 전의 마르크스의 경제 사회적 역사관은 이미 그 틀 자체를 벗어난 지 오래이며 그 이념을 역사의 절대적 고정관념으로 받아들이고 있는 사상은 이미 설 자리를 잃었습니다. 자본주의 경제관에 대조되는 사회주의 정책을 택하는 사람들이 스스로를 진보 세력으로 자칭해온 것은 그들이 비교적 열린사회의 다수를 위한 경제관을 택했기 때문입니다.

그러나 언제 어디서나 가장 우려스러우면서도 위험한 것은 선입관념이나 고정관념의 노예가 되는 일입니다. 보수적인 종교가 교리주의에 빠질 때 그 위험을 더하게 되며 공산주의자들이 마르크스의 이론을 절대적 진리로 받아들일 때 같은 불행을 초래하기 마련입니다. 지금도 세계적으로 폭력 테러를 감행하는 집단들이 바로 그 세력들인 것입니다. 진리는 영원불변한 것이어야 한다는 절대주의적 사상이 그 뿌리를 형성하고 있기 때문입니다. 사회과학적 진리는 영원불변의 것이 아니라 영원히 창조적이어야 하는 것입니다.

그래서 우리는 폐쇄적인 사회를 지향하는 진보주의보다는 개방적인 사회를 위해 개척해가는 보수주의를 더 소망스러이 여기는 것입니다. 진정한 진보 세력은 열린사회를 창출하려는 정신에서 탄생되기 때문에 더 소망스러운 것입니다.

우리들의 문제는 일단 해결된 셈입니다. 그러나 이러한 열린사회를 뒷받침하면서도 그 바른 방향을 제시해주는 어떤 지표와 방향은 불가능한가 하는 과제는 여전히 남아 있습니다. 물론 그것은 오늘의 과제는 아닙니다. 그렇다고 해서 그 막중한 책임을 덮어둘수는 없습니다. 언제나 진실의 문은 열려 있으며 역사의 방향은 혼돈스러운 것만은 아닙니다.

그리고 그 대답은 간단합니다. 예로부터 휴머니즘으로 불려온 정신이 바로 그것입니다. 다른 모든 주의나 사상은 일시적이거나 시대적인 산물입니다. 그러나 인도주의, 인간목적관으로 불릴 수 있는 휴머니즘은 모든 정치이념이나 주의, 사상의 목표이면서 영구한 것입니다. 민주주의는 인민으로부터 인민에 의한 그리고 인민을 위한 정치라고 부릅니다. 그때의 민주주의는 휴머니즘과 부합되는 것입니다. 휴머니즘은 더 많은 사람들의 인간다운 삶을 증진시켜주는 데 그 목적이 있습니다. 인간을 구속해서가 아닙니다. 인간을 도구로 삼아서가 아닙니다. 인간의 자유로운 능력과 이성과 양심의 자발적인 창의력에 의해서 이루어지는 것입니다.

어떤 이들은 "자본주의는 영원한가?"라는 질문을 던졌습니다. 영구할 수도 있고 불가능할 수도 있습니다. 휴머니즘과 하나가 되는가, 못 되는가가 해결해줍니다. 자본주의의 연장이라고도 보이는 시장경제의 본질과 운명도 마찬가지입니다.

흔히 제3의 길을 모색해보기도 합니다. 그것은 기존의 대립적인 두 이념보다 더 인도주의(휴머니즘)에 가까워질 수 있을 때 가능한 것입니다.

우리가 소망하며 염원하는 것은 휴머니즘에 입각한 열린사회인 것입니다.

Ⅱ. 우리에게도 희망은 있는가

자유로 가는 역사의 길

철학자 헤겔은 인류의 역사는 자유를 확장시켜가는 과정이라고 말한 적이 있습니다. 먼 옛날에는 임금을 비롯한 소수의 인물들만이 자유를 누렸으나 귀족사회가 되면서 많은 사람들이 자유를 차지하게 되었고 근대에 와서는 대부분의 사람이 다 자유를 누릴 수 있는 사회로 발전했다는 견해였습니다. 오늘과 같은 성숙된 민주사회에서는 자유롭지 못한 사람이 없을 정도로 역사의 진보와 발전이 이루어졌다고 볼 수도 있을 것입니다.

생각해보면 자유는 사회생활과 더불어 존재하는 것 같습니다. 개방된 좋은 사회에서는 많은 사람이 자유를 누릴 수 있으나 폐쇄된 잘못된 사회에서는 많은 사람들이 자유를 빼앗기고 있는 현상을 보아왔기 때문입니다. 히틀러 시대의 독일인들이 자유를 찾아

탈출했고, 공산세계를 등지고 자유를 위해 민주사회로 망명한 실례는 우리가 더 잘 알고 있습니다. 그러나 생각을 바꾸어보면 자유는 사회적 삶 속에 있으면서도 한편 개인으로서의 자아의 문제입니다. 자유를 갈망하며 깨닫는 것도 나 자신이며 자유를 위한 노력과 투쟁도 결국은 나 자신의 문제인 것입니다. 우리의 삶 자체가 사회적이면서도 그 삶의 구심점은 언제나 나 자신입니다. 따라서 자유의 문제도 한 인간으로서의 나의 문제로부터 출발하게 되는 것입니다.

과연 인간은 어느 정도의 자유를 향유하고 있는 것입니까? 중국에는 '정위(精衛)'라는 전설의 새 이야기가 있습니다. 이 새는 산중에 살고 있었는데 어느 날 바다를 보게 되었습니다. 정위는 산에 있는 나뭇가지와 모래알들을 옮겨다가 저 바다를 한번 메워야겠다는 결심을 합니다. 열심히 나뭇가지와 모래알들을 날라다가 바다에 던져보지만 바다에는 변화가 없었습니다. 정위는 지치고 기진맥진했지만 같은 작업을 되풀이하다가, 마침내는 모래알과 더불어 바다에 빠져 죽는다는 얘기입니다.

어떻게 보면 자유는 그런 것인지 모릅니다. 운명의 바다에 작은 자유의 노력을 쌓아가다가 아무 흔적도 없이 나 자신이 사라져버리는 것이 우리의 인생인 것 같기도 합니다. 우주의 무한한 공간 앞에서 내 신체는 어떤 존재이며, 무궁무진한 시간의 영원 앞에서 백 년 미만의 내 삶의 시간은 어떤 의미를 갖는 것이겠습니까? 내 자유는 그런 것일지 모릅니다. 죽음이 삼켜버리는 삶 속에 잠시 켜졌다가 소멸되는 촛불 같은 것이 우리의 자유일지도 모릅니다. 그래서 예로부터 우리 선조들은 큰 운명 속의 작은 자유를 인정했던 것입니다. 운명의 바다에 던져지는 모래알 같은 자유를 깨달았던 것입니다. 그것이 운명 지어진 비극적인 삶의 실상이라고 보았습니다. 그렇다고 자유가 없는 것은 아닙니다. 자유는 엄연히 내 속에 있고 나는 그 자유의 등불을 밝히면서 살아가고 있습니다. 자유가 없는 인간은 인간이 못 됩니다. 자유가 없다면 그것은 이미 자아의 존재일 수가 없습니다. 우리는 그런 자유를 나의 삶 속에서 찾아보며 그 자유의 가능성과 의미를 정립해보려는 것입니다.

인간의 자유에는 두 가지가 있는 것 같습니다. 그 하나는 나의 정신적 자유이며, 다른 하나는 사회와 더불어 존재하는 행위의 자유입니다. 정신적 자유는 사상적 자유이기 때문에 그 영역이 넓고 높은 데까지 도달할 수 있습니다. 마치 새가 날개를 펴고 산의 정상에 도달하는 것과 같아 관념적인 자유로 발전할 수 있습니다. 그러나 사회적 삶과 더불어 전개되는 행위의 자유는 걸어서 등산을 하는 것 같아 때로는 한없이 힘들고 나 자신이 좌절과 실패의 운명을 극복하지 못하는 것이 보통입니다. 산이 높을수록 더욱 어렵고 바다가 넓을수록 스스로의 나약한 한계를 깨닫게 되곤 합니다. 우리는 인도의 간디 같은 사람을 생각해보게 됩니다. 그는 누구보다도 풍부한 정신적 자유를 누리면서 살았습니다. 그러나 그의 사회적인 노력과 결과는 너무나 미미했습니다. 마침내는 자신의 삶을 불사르는 비운을 겪어야 했습니다. 이런 두 가지 면과 성격을 가진 것이 우리의 자유입니다. 높은 이상과 낮은 현실의 거리는 험난한 사회와 역사일수록 그 차이를 더하게 되는 것입니다. 어떤 이들은 자유를 시간적 현상으로 조명하면서, 자유는 과거로부터의 해방과 미래에 대한 도전의 가능성의 성격을 갖는다고 풀이해보기도 합니다. 그런 공간(사회)성과 시간(역사)성 속에서 나를 찾아 지키며 창조해가는 삶이 자유의 모습인 것입니다.

그러면서도 자유에는 몇 가지 전제조건이 있습니다. 모든 인간이 다 같은 자유를 누리는 것은 아닙니다. 자유를 스스로 포기하고 상실하는 사람도 있고, 누구도 누리지 못하는 자유를 찾아 빛내는 사람도 있습니다. 자유가 자유다워지기 위해서는 몇 가지 조건이 전제되어야 한다는 뜻입니다.

자유는 다른 동물에게는 없는 인간적 본성입니다. 따라서 인간다운 조건을 갖추지 못한 사람에게는 자유다운 자유는 용납될 수가 없습니다. 예를 든다면 본능과 욕망의 노예가 되어 있는 사람들, 소유가 인생의 전부라고 믿는 사람들에게는 참 자유는 불가능합니다. 만일 그런 사람이 자유를 행사할 수 있는 위치에 있게 된다면 그 자신은 물론 그의 영향력 아래 있는 다른 사람들도 자유를 박탈당하는 불행을 초래하게 됩니다. 로마 시대의 네로라든지 제2차 세계대전을 일으킨 히틀러 같은 사람이 그 대표자일 것입니다. 자기반성이나 개선의 여유가 없을 정도로 고정관념이나 선입관념에 몰입되어 있는 사람에게도 참 자유는 부여될 수 없습니다. 극심한 율법주의자들과 신앙적 교리주의자들이 스스로의 자유를 구속시키며, 공산주의 이념을 신봉하는 지도자들이 다른 사람들의 자유를 구속, 박탈했다는 사실은 역사가 보여주고 있습니다. 그들은 신봉하는 관념의 노예가 되어버린 사람들입니다. 우리가 종교적 미신과 정치적 독재를 거부하는 이유가 거기에 있습니다. 자유로 가는 길을 막고 있기 때문입니다.

그러므로 자유를 위해서는 인간적 수준의 이성적 사고와 가치판단이 필수적입니다. 무지가 죄악이라는 말은 인정받아 마땅합니다. 무식은 모든 사회악의 온상이기 때문입니다. 건강에 대한 무지, 빈곤을 초래하는 무지, 자기성장을 방해하는 무지 등 모두가 자유의 가능성을 저해하는 여건들입니다. 자유는 인간의 성장과 비례한다고 보아야 하겠습니다. 선진국의 일류대학을 나온 사람과 후진국에서 글을 해독하지 못하면서 자란 사람의 삶의 내용이 같을 수 없듯이 자유의 수준도 동일할 수가 없습니다. 우리가 이성적 평가와 가치판단을 자유의 전제조건으로 보는 이유가 거기에 있습니다.

이성적 가치의 평가는 자연히 윤리적 평가와 가치도 포함하게 되어 있습니다. 우리의 자유는 윤리적인 악으로의 가능성과 선을 위한 노력을 함께 지니고 있습니다. 그렇다고 해서 불행과 악으로 향하는 자유를 참 자유라고 볼 수는 없습니다. 또 용납되어서도 안 됩니다. 그래서 이성적 판단은 윤리적 판단을 동반하며 악을 버리고 선으로 향하는 자유를 인간적 자유, 가치 있는 자유라고 보는 것입니다. 어떻게 보면 악으로부터의 해방과 선에의 가능성을 위한 것이 자유의 본분이라고 보아야 하겠습니다. 그런 뜻을 사회적인 여건에 비추어 본다면 자유는 사회의 선한 질서와 더불어 공존하며 성장한다는 원칙을 얻게 됩니다. 선한 질서를 해치거나 파괴하는 행위는 참으로 자유로운 행위로 받아들일 수 없습니다.

적지 않은 사람들이 주관적인 판단과 이기적인 목적을 위해 사회질서를 경시하거나 파괴하는 경우를 보게 됩니다. 어떤 이들은 자기 양심은 사회법보다 우위에 있다고 주장합니다. 그럴 수 있습니다. 그러나 그 양심적 판단이 잘못되어 있을 수도 있습니다. 그것을 판가름하는 것은 사회의 선한 질서입니다. 그 질서를 짓밟는 것은 사회인의 자유와 행복을 해치는 것이기 때문에 받아들여질 수가 없습니다. 잘못된 종교인들은 우리가 믿는 신앙은 절대이기 때문에 양보할 수도 없으며 그 신앙을 반대하는 사람은 죄인이라는 생각을 하기도 합니다. 그러나 우리의 신앙을 위해서 만인이 공유하는 선한 질서를 배척하거나 파괴하는 일은 잘못입니다. 참 자유의 길은 아닙니다. 우리가 내리고 싶은 결론은 자유는 선한 질서와 공존하며 그 질서와 더불어 성장해야 한다는 것입니다.

그렇게 본다면 우리는 선한 질서를 높여가는 것이 더 많은 사람들의 자유를 보장한다는 견해에 도달하게 됩니다. 또 그것은 사실입니다. 어느 나라의 사람들이 많은 자유를 누리고 있습니까? 역시 선한 질서가 유지, 보장되는 사회의 사람들입니다. 교육수준이 높고 범죄율이 낮으며 봉사정신이 보편화된 사회에서는 부자유나 억압을 호소하는 사람들이 적습니다. 우리나라 사람들이 가장 선호하는 이민국이 캐나다로 되어 있는 것을 본 일이 있습니다. 캐나다는 비교적 선한 질서가 보편화된 나라입니다. 부자유를 호소하는 사람들도 별로 눈에 띄지 않습니다. 북유럽의 몇몇 나라들도 그렇습니다.

그런데 현실적으로 소망스러운 사회질서를 가장 강하게 요청하는 분야는 사상적인 자유보다는 경제 및 정치적인 자유입니다. 경제적 불공정에서 오는 불만과 구속감, 정치적 탄압에서 비롯되는 부자유와 억압감, 이 두 가지는 여전히 인류의 다수가 해결을 갈망하는 과제로 되어 있습니다. 공산주의자들이 계급투쟁을 호소한 것도 그 때문이며 독재정권에 항거하는 운동과 노력은 아직도 우리를 괴롭히고 있을 정도입니다. 특히 한반도를 비롯한 아시아 국가들은 그 문제를 해결하지 못하고 있는 실정입니다. 이 두 가지는 인간적 생존의 기본권이기도 합니다. 이때 등장하는 문제는 선한 질서로서의 평등입니다. 특히 경제 사회에 있어서는 평등한 분배가 사회주의 정책의 근간이 되어 있기도 합니다. 정치에 있어서의 기회 균등과 공평한 정권 참여는 기본권으로 되어 있습니다. 그렇다고 평등을 강요하거나 힘과 권력으로 평등을 조작한다면 자유는 약화되거나 거부당할 가능성도 없지 않습니다. 공산주의가 실패한 원인이 거기에 있었습니다. 그들은 평등을 정의의 목표로 보았던 것입니다. 그렇다면 자유가 선한 질서를 따라야 하듯이 평등의 질서와 가치도 선한 질서를 해치지 않아야 합니다. 선한 질서란 자유와 평등을 공유하면서 발전시키는 질서이어야 합니다.

이때의 선한 질서는 휴머니즘적 질서입니다. 자유의 목적도 인간다운 삶에 있으며 정의의 존재 가치도 인간애에 대한 책임과 의무에 있는 것입니다. 정의 그 자체가 목적이 아닙니다. 평등 자체가 정의의 목표도 아닙니다. 모든 것의 궁극적인 목표와 목적은 더 많은 사람이 인간답게 살 수 있는 인간애에 있는 것입니다. 어떤 사람들은 자유를 위한 투쟁의 역사가 필수적이라고 말합니다. 사실이 그랬습니다. 경제적 자유와 정치적 자유는 가혹한 투쟁의 결과로 탄생된 것은 사실입니다. 민주주의의 나무는 피를 제물로 자랐다는 평가가 인정받았을 정도였습니다. 그 혁명과 투쟁의 당위성을 전제로 삼은 것이 공산주의였습니다. 그러나 공산주의 사회는 자유도 상실했고 과거의 계급을 배제한 또 다른 계급사회가 되었습니다. 정의는 인간목적의 정의이기보다는 정치이념을 위한 인간 수단의 모순 현상을 창출했습니다. 문제는 인권과 인간애의 인도주의적 대도(大道)에서 어긋났기 때문입니다. 가장 인도주의에 역행하는 것은 투쟁을 위한 투쟁과 무자비한 투쟁입니다. 그것은 선한 질서를 파괴하는 결과를 초래할 수밖에 없었습니다.

그러나 이러한 시행착오를 겪으면서도 인류는 선한 질서와 자유의 길을 넓혀왔습니다. 그리고 현대사회의 지도자들과 지성인들은 자유는 휴머니즘과 더불어 성장하며 그 열매는 정의와 평등을 포함하고 있다는 결론에 도달한 셈입니다. UN이 뜻하는 방향이 그것이며 모든 종교와 도덕의 근원이 거기에 있었음을 발견하고 있습니다. 인도정신의 핵심은 박애정신입니다. 인간목적관이며 인간애의 의무입니다. 기독교나 불교는 물론 유교의 중심 사상도 인간애의 나무는 자유와 정의는 물론 평등의 열매도 함께 거둘 수 있다는 교훈을 남겨주었던 것입니다. 투쟁 대신 대화를 앞세우며, 힘에 의한 승리보다는 협력에 의한 발전을 원하며, 자유는 쟁탈의 대상이 아닌 공유와 증진의 결과임을 깨닫기에 이른 것입니다. 다른 사람에게 더 많은 자유를 주려고 노력하는 사람이 더 많은 자유를 창출해 누리게 된다는 사실을 개인과 공동체 간에서 터득할 수 있다면, 우리는 그 길이 가장 소망스러운 자유로 가는 길임을 체험하게 될 것입니다.

자유와 평등의 관계를 어떻게 보아야 하는가

인류가 사회적 공동생활을 시작한 후부터 오늘까지 지속되어온 문제가 있습니다. 그 하나는 자유와 평등의 관계입니다. 자유와 평등 모두가 존재하지 못하는 사회는 혁명이나 전쟁으로 파국을 초래했습니다. 프랑스혁명도 그 하나였다고 볼 수 있고, 제정 러시아가 붕괴될 때도 그러했습니다. 또 자유가 지나치게 확대되었을 경우에는 평등을 요청하는 운동이 일어나고, 평등이 강요되었을 때는 자유를 쟁취하려는 사람들이 생기도록 되어 있는 것이 모든 사회의 현실입니다. 소망스러운 것은 자유와 평등이 조화로이 공존하는 사회입니다. 그렇다고 해서 그런 이상적인 사회가 언제나 빠른 성장을 하는 것은 아닙니다. 자유와 평등이 어느 정도는 갈등을 일으키면서 성장하는 것이 역사의 과정인 것같이도 느껴집니다.

그렇다면 자유와 평등 중 어느 편이 더 큰 비중을 차지하는 것이 바람직하다고 보는 것이 좋겠습니까?

우리는 최근 세계 역사 속에서 그 실제적 현실에 접한 바가 있었습니다. 그리고 그 선택과 강조의 과제가 오늘 우리의 사회문제로 대두되었기 때문에 여러분과 더불어 그 소망스러운 해결을 모색해 보고 싶은 것입니다.

지금부터 약 200년 전부터 세계무대에 두 국가가 탄생되었습니다. 그 하나는 자유에서 더 높은 자유를 지향한 미국이었고, 다른 하나는 평등에서 평등에의 노선을 택한 공산주의 소련의 탄생이었습니다. 그리고 한때 이 두 사회의 대립과 갈등이 세계사를 주름잡게 되면서 오랜 기간 동안 우리 역사를 냉전시대로 몰아넣은 일이 있었습니다. 공산주의 국가들의 평등 지향 정책과 자유 민주 국가들의 자유 구현 정책의 역사적 시련기였다고 보아 좋을 것 같습니다.

그러나 그 결과는 밝혀진 셈입니다. 공산주의 국가들의 붕괴와 해체, 사회적 변질이 그것을 입증해주고 있습니다. 한때는 세계의 3분의 1 이상을 차지했던 공산국가들이 개방정책을 택할 수밖에 없어졌고 시장경제 무대로 흡수된 상태로 바뀌었습니다. 불행하게도 북한만이 개방과 변화를 거부하고 있는 실정입니다.

그렇다면 이 두 사회를 어떻게 비교해보는 것이 타당하겠습니까? 공산주의 사회는 평등을 위한 평등의 방향을 견지했고 또 강요했습니다. 사회정의는 평등을 위한 질서와 그 구현이라고 보았습니다. 말하자면 평등-정의-평등의 이념이 강조되었던 것입니다. 평등이 곧 정의이고 정의는 평등의 수단으로 전락된 것입니다. 그 평등의 핵심은 경제적 과제였습니다. 경제적인 평등이 모든 사회문제의 해결책이고 그 평등은 궁극적인 목표이며 이상사회의 꿈이 되었던 것입니다. 국가 또는 사회적 부(富)도 평등사회에서 이루어지는 것이 역사적 정도(正道)라고 믿어왔습니다. 그래서 계급투쟁은 불가피하며 모순 해결을 위한 혁명은 필수적이라고 여겨져 왔습니다.

그러는 동안에 자유에 따르는 창의성은 퇴화되고 경제 이외의 사회적 활동과 가치는 희석되기 시작했습니다. 획일적인 가치관과 사고방식, 이념적 고정관념의 응고성이 체질화되면서 그 사회는 굳어지는 폐쇄사회로 변질될 수밖에 없었습니다. 그들이 가장 적대시했던, 경제적 가치가 인간적 가치를 병들게 했다고 지적했던 사상이 거꾸로 인간의 가치를 경제 및 생산의 부속과 수단으로 전락시켜버리는 역기능의 결과가 되었던 것입니다. 경제적 부와 여유가 있는 곳에는 인간적 삶의 가치가 창출될 수 있으나 경제적 후진성과 빈곤은 인간을 경제의 수단과 노예로 전락시킬 수밖에 없었던 것입니다. 물은 높은 곳에서 낮은 곳으로 흐르기 마련입니다. 부유한 사회의 가치와 힘이 가난한 사회를 돕고 이끌어가는 현상은 누구도 어떻게 할 수가 없었습니다. 부는 자유가 창출하는 것이지 정의나 평등의 산물은 아니었던 것입니다. 공산주의 사회는 경제에서 낙후되면서 자유를 상실했고 자유의 상실은 인간의 능력과 가능성을 위축, 약화시키는 길을 달릴 수밖에 없었습니다.

우리는 그 예를 대한민국과 북한을 비교해보면서 뚜렷이 인정하게 되었습니다. 해방과 더불어 남북이 분단되었을 때는 북한 경제가 한국 경제보다 우위에 있었습니다. 일본이 남한을 농업지대로 남겨놓고 북한을 공업지대로 키운 것도 그 하나의 원인이었습니다. 풍부한 자원이 북에 집중되어 있었기 때문입니다. 한때 북한 경제는 한국은 물론 중국보다도 상위에 있었습니다. 그러나 지금은 한국이나 중국을 따라오기 어려운 실정이 되었습니다. 우리가 북한에 개방정책을 권유하는 것은 평등정책을 떠나 열린 자유를 택해야 한다는 뜻에서입니다.

이에 비하면 자유에서 더 풍부한 자유의 길을 선택한 미국은 자유주의 국가의 대표로 인정받아왔습니다. 아메리카합중국이 탄생될 때부터 그들은 자유를 최고의 가치로 추구해왔고 또 자유를 누려왔습니다. 미국으로 이민 간 지성인의 대부분은 종교와 사회적 자유를 염원한 사람들이었습니다. 제2차 세계대전 이후의 미국은 자유를 찾아 망명한 인재들에 의하여 번영과 발전을 재촉하게 되었습니다. 미국을 처음 여행하는 사람들은 그들의 화폐에 자유라는 문구가 쓰여 있는 것을 보고 의아해하는 경우도 있습니다.

그러나 어느 사회나 그러하듯이 자유가 큰 비중을 차지하게 되면 경쟁이 불가피해지며 경쟁은 승자와 패자를 탄생시키는가 하면 앞선 자와 뒤진 자를 만들도록 되어 있습니다. 뒤진 자와 패자, 가진 자에 비해 못 가진 자의 수가 증가하면 그들은 반드시 평등한 사회를 요청하는 법입니다. 미국과 같은 나라에서는 흑인들을 비롯한 유색 인종이 평등을 갈망하며 쟁취하려는 운동은 어떻게 할 수 없는 역사적 요망으로 등장하게 된 것입니다.

이런 경우 자유와 평등을 조정하는 기능이 사회정의로 등장하게 됩니다. 미국도 마찬가지였습니다. 다수의 정치 참여를 표방하는 민주주의도 사회적 정의의 힘을 빌리지 않으면 안 됩니다. 그런데 미국이 극단의 사회주의로 볼 수 있는 공산사회와 다른 점은 정의의 관념이었습니다. 공산사회에서 정의는 평등을 위한 사회적 욕구였으나, 미국인들은 정의는 더 많은 사람들이 자유를 누릴 수 있는 정신적 질서라고 본 것입니다. 그리고 기독교 국가인 미국은 기독교의 정의 이념을 암암리에 수용하고 있었습니다. 기독교의 정의관은 인간애에 대한 책임과 의무였던 것입니다. 공산주의 사회에서는 종교를 거부하면서 인간애까지 배제하는 정책을 폈습니다. 무자비한 투쟁은 언제나 그들의 구호였습니다. 그것은 휴머니즘, 즉 사랑의 정신을 포기한 것이었습니다. 정치적 이념을 위해서는 개인의 애정이나 종교적 자비심 같은 것은 인정할 수가 없었던 것입니다.

그 점에서 미국은 자유-정의-평등의 방향을 택했다고 볼 수 있고 실제로 그것이 미국의 전통이었습니다. 피상적으로 보면 평등은 자유의 부산물같이 여겨지나 그 평등을 뒷받침하는 정의는 인간애의 힘을 업고 있기 때문에 자유와 공존하는 평등이 되었던 것입니다. 그리고 지금은 평등 일방만을 성취시키려 했던 공산사회보다는 자유에서 평등에의 길을 택한 자유민주주의 사회가 역사적 우위를 차지하게 된 것입니다.

한때 극단의 사회주의 사상이 만연했던 시대의 프랑스 작가가 한 말이 생각납니다. 어떤 사람이 캐딜락과 같은 고급 차를 타고 파리 거리를 지나가면 프랑스의 청년들은 "어떤 놈이 우리는 못 타는 차를 타는 거야. 저 놈을 끌어내리고 자동차를 없애버려야

지"라고 말하며 그것을 평등으로 생각한다는 것입니다. 그런데 같은 차를 타고 뉴욕 거리를 지나가는 사람을 보는 미국의 젊은이들은 "야아, 근사한 차를 타고 가네. 언젠가는 나도 한번 탈 수 있어야 할 텐데"라는 심정을 토로한다고 합니다. 미국인들은 그것을 평등으로 여긴다고 이야기한 바가 있습니다. 필요 없는 얘기지만 같은 일이 그 당시 모스크바나 평양 거리에서 벌어졌다면 어떠했을까를 연상해보게도 됩니다.

그렇다면 이러한 자유와 평등의 사상은 어떤 사회적 현실로 나타나게 되는 것입니까?

가장 뚜렷한 한 가지는 큰 정부와 작은 정부의 차이로 나타납니다. 평등은 사회적 개념이고 자유는 개인적 관념이기 때문입니다. 평등한 사회를 완성시키기 위해서는 정권적 차원에서 그 기능을 담당해야 하므로 그 기능이 비대해질 수밖에 없습니다. 권력 기능이 증대된다는 것은 큰 정부를 필요로 하며 이념 세력으로서의 정당인 공산당이 큰 세력을 갖고 동참할 수밖에 없어집니다. 실제로 정부의 책임보다도 당의 권력이 비대해지는 현상이 그 결과였습니다. 그 사회에서는 공산당과 정부의 세력을 배제하면 남는 것이 없을 정도가 되었던 것입니다. 닭을 키우는 사람은 몸통이 크고 머리가 작으며 부리는 머리의 한 부분을 차지하는 정상적인 닭을 바랍니다. 머리가 몸집보다 크고 부리가 머리보다 더 큰 닭은 존재할 수가 없습니다. 그러나 전체주의 이념 사회인 공산주의 국가는 사회보다 정권이, 정부보다 당의 위력이 더 큰 기형 사회를 만들어온 감이 있습니다. 그런 사회는 스스로의 존립을 유지할 능력을 상실하게 됩니다.

그러나 자유 민주 사회에서는 개인과 국민들이 주체가 되어 사회의 여러 기능을 담당하게 됩니다. 유능한 인재들이 사회적 책임을 맡게 되고 정부는 그 기능체들을 조정, 통합하는 책임을 지게 됩니다. 가급적이면 사회의 모든 기능체들을 국민에게 이양하는 방향으로, 즉 작은 정부를 이상적인 것으로 생각하게 됩니다. 자유 민주 국가들이 작은 정부를 소망스러이 여기는 데 반해 한때 우리 정부가 비대해지는 정부를 이끌어갔다는 것은 그런 뜻에서 볼 수도 있을 것입니다.

자유국가에서는 성장이 먼저이고 분배는 그 이후라는 사고가 지배적입니다. 자유로운 창의성에 따르는 경제적 성장과 발전을 위하기 때문입니다. 그러나 사회주의 국가에서는 우선 평등해야 하기 때문에 균등한 분배에 따르는 소비의 기능을 강화하게 됩니다. 생산이 뒷받침하지도 못하고 성장을 지향하지 않는 경제정책은 가난한 평등을 벗어날 길이 없어집니다. 자칫하면 빈곤의 악순환을 면치 못하게 됩니다. 우리가 평등정책을 앞세우는 참여정부에 대하여, 국민소득이 3만 달러가 될 때까지는 성장정책을 쓰지 않으면 한국 경제가 국제무대에서 뒤지게 되며 빈곤의 평등을 초래하게 된다고 우려 섞인 요청을 했던 이유가 거기에 있었습니다. 그 실패의 현상을 여실히 보여주고 있는 사회가 바로 북한입니다.

자유와 평등의 차이는 교육에서도 뚜렷하게 엿볼 수 있습니다. 평등주의가 원하는 교육은 평준화 정책입니다. 상향식 평준화가 어려우면 하향식 평준화도 마다하지 않습니다. 평등과 평준이 목적이기 때문입니다. 그러나 자유세계에서는 선의의 경쟁을 유도합니다. 기회의 균등은 보장되어야 합니다. 그 후에는 선의의 경쟁 정책에서 개성과 능력, 인간적인 가능성을 끝까지 확대시켜나가는 것이 유능한 인재 육성의 길이라고 보고 있습니다. 요사이 평등사회였던 중국으로부터 들려오는 이야기가 재밌습니다. 한 사람의 유능한 인물이 천 명 또는 만 명을 먹여 살린다는 것입니다. 현대사회는 지적 사회라고 말합니다. 소수의 창조자가 모방하는 대중을 이끌어가는 세상입니다. 운동선수를 키우는 데는 규율에 따르는 경쟁밖에는 도리가 없습니다. 사회발전을 책임 맡을 인재는 교육의 선의의 경쟁을 외면할 수가 없습니다.

한 독일 계통의 교수가 한 말이 떠오릅니다. 150년 전만 해도 미국이 독일을 앞지르는 사회가 되리라고는 누구도 생각지 못했습니다. 그러던 것이 지금은 앞으로 100년이 지나도 독일은 미국을 따라잡지 못할 것입니다. 그 이유는 어디 있을까요? 대학교육에서 독일이 미국에 완패한 데 있습니다. 지금은 독일에서 과거에 그렇게 많이 배출했던 노벨상 수상자가 나오지 못하며, 독일의 우수한 대학생들은 시설과 대우가 좋은 미국 대학으로 유학 가기를 꿈꾸고 있습니다. 세계적으로 우수한 대학들이 미국에 집중되어 있기 때문입니다. 모든 국가들이 대학의 경쟁력이 국가의 성패를 결정짓는다고 보는 이유를 알 것 같기도 합니다. 그 점에서는 일본과 중국은 우리보다 앞서가고 있습니다.

나는 몇 해 전 참여정부의 교육을 담당하던 K교수의 강연을 듣고 평준화 교육의 앞날을 걱정한 바가 있습니다. 그는 "중고등학교의 평준화까지는 성공했습니다. 남은 과제는 대학의 평준화입니다. 먼저는 국립대학의 평준화가 이루어져야 하고, 다음 과제는 사립대학의 평준화입니다. 그렇게 되면 교육의 이상과 목표에 도달할 것입니다"라는 것이었습니다.

자유를 배제한 평등주의의 종말을 어떻게 해결할지 걱정스러웠습니다. 자유와 평등의 문제는 이렇게 중대한 역사적 숙제가 되었습니다.

역사는 말이 없는가

— 세 지도자의 이야기를 중심으로

옛날부터 철학자들은 공간과 시간의 문제를 연구해왔습니다. 자연과 물리학적 과제이기도 했으나, 따져보면 인간적 공간에 해당하는 사회와 삶의 시간적 의미를 갖는 역사문제도 큰 비중을 차지하고 있는 것이 사실입니다. 그러나 많은 사람들은 인간을 사회적 존재라고는 말했으나 우리의 삶이 역사적 실존이라는 관념은 많이 갖지 않았던 것 같습니다. 따라서 시간의 문제도 자연과 더불어의 시간은 연구의 대상이 되었어도 역사적 시간은 관찰의 대상이 되지 않았던 것 같습니다.

인도, 중국, 기독교 이전의 서구의 사상에서는 자연과 철학은 큰 비중을 차지하면서도 역사의 문제는 기독교 이후에야 철학적 과제로 등장하게 되었습니다. 구약과 신약의 사상과 신앙은 유별나게 역사종교였기 때문입니다. 자연의 질서는 반복과 윤회의 법칙으로 되어 있습니다. 시간의 성격도 그렇습니다. 그러나 역사적 시간은 일회성을 띠고 있습니다. 자연보다 역사는 질적 내용을 담고 있기 때문입니다. 금년에는 홍수로 농사에 실패했으나 명년에는 더 많은 수확을 거둘 수 있으리라는 기대에는 잘못이 없습니다. 그러나 금년에는 결혼에 실패했지만 명년에는 성공할 것이라는 생각은 적합하지 못합니다. 자연의 시간은 반복되지만 역사의 시간은 일회적이기 때문입니다.

우리는 반복되는 시간 속에 일회적인 삶의 내용을 채워가면서 살고 있습니다. 역사도 그렇습니다. 길고 긴 시간 속에 그때그때의 삶과 사건을 남겨가면서 이루어지는 것이 역사입니다. 사람들은 역사는 반복된다고 말합니다. 그러나 사건은 반복되더라도 그 사건의 의미와 내용은 언제나 일회적입니다. 그래서 인간적 삶의 시간 또는 시대적 의미와 가치가 역사적 평가를 받게 되는 것입니다. 어떤 면에서는 인간은 사회적 동물이기보다는 역사적 존재라고 보아 좋을 것입니다. 그렇다고 사회와 역사가 별개로 존재하지는 않습니다. 움직이는 사회가 역사이고 멎어 있는 역사가 사회일지 모릅니다. 생명력이 있는 사회는 항상 역사를 창출해내고 있습니다.

그런 의미에서 우리들의 일상생활에서 역사는 침묵하는가, 역사는 어떤 암시와 교훈을 주고 있는가를 살펴보고 싶은 것입니다. 그리스의 철학은 인간과 자연의 관계에서 탄생했으나 기독교 신앙은 인간과 신의 관계에서 그 내용을 찾도록 되어 있는 현실도 참작해주시기 바랍니다.

4·19혁명이 발발하기 직전의 일이니까 1960년의 사건입니다. 이승만 대통령이 이끄는 자유당 정권의 실질적인 후계자는 이기붕이었습니다. 이기붕의 장남 강석은 대통령의 양자로 입양되었고, 국내 문제는 실질적으로 이기붕의 책임으로 되어 있었습니다. 자유당의 실세들은 이미 이기붕 주변에서 실권을 행사하고 있었습니다.

어느 날 이기붕은 비서실장으로 있는 한글학자 한갑수를 불러 "내가 건강도 여의치 못하고 난국을 수습할 여력도 없어 정계를 완전히 떠나기로 결심했소. 그러니까 이번 주말 토요일 아침 열 시쯤 그런 결정을 발표할 중요한 기자회견을 준비해 알려주시오"라는 지시를 내렸습니다. 그래서 국민들은 시국 타개의 어떤 돌파구가 생길지도 모른다는 기대와 호기심을 갖고 그 시각을 기다리게 되었습니다.

토요일 아침 한실장은 출근하자마자 이기붕에게 성명서 초안을 보여주고 결재를 받았습니다. 그리고 기자회견의 준비를 갖추기 시작했습니다. 바로 그때 자유당 강경파 세 사람이 들어와서 이기붕에게 성명 내용이 무엇이냐고 물었습니다. 설명을 들은 그들은 "천부당만부당한 일입니다. 이대통령은 연로하고 나랏일은 혼미한데 지금까지 그 책임을 맡아온 당신이 떠나면 나라의 운명은 어떻게 되는 것입니까? 우리가 당신과 더불어 고생해온 것이 모두 국가와 국민을 위한 충정이지 사사로운 욕망을 위해서입니까? 그렇게 무책임한 일이라면 우리는 어떻게 되는 것입니까? 절대로 안 됩니다"라는 강경 발언을 했습니다. 그중의 한 사람은 한실장에게 성명서를 보여달라고 요청해서는 그 자리에서 찢어 버리고 말았습니다.

이기붕은 어쩔 수 없이 "당신네들 뜻대로 해보시오"라면서 뒷방

휴게실로 들어가고, 세 사람의 지시대로 기자회견은 무산되고 말았습니다. 이런 얘기를 나에게 들려준 한실장은 이렇게 말했습니다. "역사의 운명이 한두 시간 동안에 바뀌어버린 셈이지요. 마침내 이기붕 일가 네 사람은 자살로 끝나고, 강경파 세 사람 가운데 한 사람은 일본으로 망명하고 두 사람은 영어의 신세가 되었습니다." 내가 "이기붕의 부인 박마리아 여사는 어느 편이었습니까?"라고 물었더니 "그분도 은퇴를 원하지 않았지요. 본인들과 모든 여건이 그렇게 되어 있었으니까요"라는 것이었습니다.

이런 이야기를 들으면서 역사의 모든 시간은 그때그때의 선택의 기회라는 생각을 했습니다. 그 선택의 시간이 그렇게 중요합니다. 그때 이기붕의 뜻이 받아들여졌다면 그 네 가족은 자유롭고 행복한 삶을 얻을 수 있었을 것입니다. 만일 더 대담하게 과거의 실정들까지 뉘우치고 애국적인 용퇴를 했더라면 역사에 긍정적인 의미도 남길 수 있었을지 모릅니다.

이승만 대통령은 그런 선택의 때를 놓쳤기 때문에 애국적인 업적도 희석되고 그렇게 사랑했던 조국을 떠나 망명의 길을 택해야 했습니다. 박정희 대통령도 유신헌법 직전에 은퇴했다면 경제성장을 이룬 업적으로 존경을 받으며 가정적 행복도 유지되었을 것입니다. 모든 일에는 때가 있다고 말합니다. 역사의 그때그때는 선택의 순간들입니다. 그 선택의 시간 앞에서 흔들리지 않고 뚜렷하게 갈 길을 선택하고 앞장설 수 있는 사람과 지도자, 우리는 그런 인물을 기대하고 있습니다. 크고 작은 일에서 선택의 확신을 갖고 일에 임하는 자세와 용기가 필요한 것입니다. 역사는 선택을 요망하고 있습니다.

1940년대 초에 내가 일본에서 대학생활을 할 즈음, 일본 학생들에게 일본을 대표하는 크리스천이 누구라고 생각하느냐고 물으면, 그들은 "글쎄, 아마 우치무라 간조가 아닐까"라고 대답했습니다. 우치무라 간조(內村鑑三, 1861-1930)는 목사나 신학자는 아니었습니다. 교회에 대해서 부정적 비판을 하는 성경주의자였습니다. 교회에서는 그를 무교회주의자라고 부릅니다. 그는 도쿄에서 일주일에 한 차례씩 성경 공부 강론을 펴곤 했는데 전국에서 모여 청강하는 수가 큰 교회의 집회보다 많았습니다. 우리나라에서도 김교신, 함석헌, 노평구, 류달영 등이 참석했고 한국에 돌아와서도 우치무라의 뒤를 계승했습니다. 그 당시의 일본은 메이지유신 이후의 문예부흥 기간으로 볼 수도 있었는데, 그 많은 작가들, 학자들, 정신적 지도자들 사이에서 언제나 뚜렷한 정신적 가치관의 진로를 제시해준 사람이 우치무라였습니다. 책방에 가면 가장 고가로 팔리는 전집이 그의 저서였습니다. 그의 묘비에는 "나는 일본을 위해서, 일본은 세계를 위해서, 세계는 그리스도를 위해서"라고 쓰여 있습니다. 그의 전집은 우리말로도 번역이 되어 있습니다.

내가 1960년대 초반에 일본에 갔을 때는 일본을 대표하는 크리스천 중에 널리 알려진 사람으로 야나이하라 다다오(矢內原忠雄, 1893-1961)가 손꼽혔습니다. 그도 우치무라의 뒤를 계승한 무교회주의자, 즉 성경주의자였습니다. 그는 도쿄대 정치학 교수로 있으면서 군국주의 일본의 정책과 방향을 신랄하게 비판하며 높은 애국심을 갖고 반정부운동에 앞장섰습니다. 누구보다도 높은 기독교적 이상을 갖고 일본의 장래를 걱정했던 것입니다. 정신적 스승 우치무라와 같은 애국충정이었습니다.

1937년 12월에는 "일본의 이상을 살리기 위하여 먼저 이 나라를 장례 지내게 해주십시오"라는 기도문을 발표한 사건으로 대학에서 추방되기도 했습니다. 그 후에는 연금 상태에 있으면서 문필 활동에 전념했습니다. 가까운 소수의 제자들과 자택에서 성경 공부를 계속하기도 했습니다. 중국과의 전쟁을 침략전쟁으로 규정하고 반전사상을 제창했고, 군벌의 야망과 사회악을 옹호하는 교회를 성토하기도 했습니다. 식민정책을 죄악시했던 것입니다. 후에는 군벌과 경시청의 압박으로 신변의 위험을 감수해야 했습니다. 성경 공부로 찾아오는 제자들에게 "다음 일요일에 왔을 때 내가 경시청에 붙들려 가서 없더라도 실망하지 마십시오. 누군가가 예수님을 대신해서 법정에 서야 한다면 내가 그곳에 서는 영광을 누릴 수 있기를 원합니다"라는 심정을 술회하기도 했습니다. 후에 용지난으로 개인잡지 『가신(嘉信)』을 인쇄하기 어려워졌을 때는 "인쇄가 안 되면 등사로, 등사가 안 되면 육필로라도 하나님의 말씀은 전해져야 한다"는 어려움을 실토하기도 했습니다. 태평양전쟁이 끝나기 한 달 전에는 세 가지 소원을 유서로 남기기도 했습니다. 첫째, 내 이름이 하늘에 있는 생명책에 기록되기를. 둘째, 부르심을 받을 때까지 신앙의 순수성이 지켜지기를. 셋째, 내 말이 보존되어 후세에 증거가 되기를.

전쟁이 끝나고 그는 맥아더 군정 때 벌어진 법정에서 일본 군국주의를 규탄하는 두 증인 중 한 사람으로 채택되었습니다. 일본 국민을 대표해서였습니다. 또 한 사람은 일본에 의해 만주국 괴뢰정권의 황제로 추대되었던 부의왕이었습니다. 그 법정에서 전범자들이 사형에 처해지기도 했습니다. 그리고 그는 도쿄대에 복직되어

제2, 3대의 민선 총장직을 맡기도 했습니다. 초대 총장에는 난바라 시게루(南原繁) 교수가 선출되었는데 그도 우치무라의 후계자이며 야나이하라의 동문이었습니다. 물론 나 자신도 한때는 두 사람의 저서를 애독한 사람 중의 하나였습니다.

나는 이런 일들을 직간접으로 보고 느끼면서 역사는 심판한다는 교훈을 깨달았습니다. 예수는 높은 정신의 애국자였습니다. 참다운 크리스천들은 차원 높은 애국자였습니다. 우리나라도 예외는 아니었습니다. 그들의 애국 이상은 꿈이었기에 그 꿈은 하늘나라와 가까워지려는 정성과 열정이었습니다. 당시의 구세군 중장이었던 야마무로 군페이(山室軍平)도 그런 지도자 중 한 사람이었습니다. 세계사는 세계 심판이라는 말이 전해지고 있습니다. 역사는 스스로를 심판한다는 뜻입니다.

미국 LA 부근에 리버사이드시티라는 크지 않은 도시가 있습니다. 중심지에 시청이 있고 시청 정면으로는 구형으로 된 공원이 자리 잡고 있습니다. 그 광장을 겸한 공원에는 시청 앞에서부터 세 사람의 동상이 세워지도록 설계되어 있습니다.

그 맨 앞에는 미국의 흑인 인권 지도자인 마틴 루터 킹의 동상이 세워져 있습니다. 그가 외쳤던 유명한 말 "나에게는 꿈이 있습니다"라는 문구가 새겨져 있습니다. 그가 생전에 사용하던 사무실 벽에도 "저기 꿈쟁이가 온다. 그를 죽여버리자. 그 꿈이 어떻게 되는가 보자"라는 글귀가 쓰여 있다고 들었습니다. 구약에 나오는 글귀입니다.

이스라엘 12지파의 아버지 야곱에게는 열두 아들이 있었는데 야곱은 열한 번째 아들인 요셉을 편애했습니다. 어느 날 다른 형제들이 멀리 떨어진 들에서 양을 치고 있었는데 요셉이 아버지의 심부름으로 형제들을 찾아가게 됩니다. 그때 시기심과 질투심으로 차 있던 형들이 요셉을 죽이기로 음모합니다. 또 요셉은 꿈을 꾸고는 아버지와 형제들에게 꿈 얘기를 들려주곤 했는데 부모 형제들이 자기에게 절을 하면서 경배한다는 내용이었습니다. 그래서 형들은 이복동생을 죽이기로 하면서 "꿈쟁이를 죽이면 그 꿈이 어떻게 되는가 보자"라는 복수심을 드러냈던 것입니다. 형들은 요셉을 우물에 넣어 굶어죽게 하려다가 이집트로 가는 장사꾼들에게 노예로 팔아버립니다. 그 당시에 이집트로 팔려 가면 죽은 것과 다름없는 일이었습니다. 형들은 아버지 야곱에게는 요셉이 들짐승에게 잡아먹힌 것 같다면서 핏자국이 있는 옷을 보여줍니다. 아버지는 비통에 잠깁니다. 그 뒤 요셉은 이집트로 가서 하나님의 이끄심을 따라 마침내는 이집트의 총리가 되고, 세상을 휩쓴 극심한 가뭄에 식량이 떨어진 야곱의 일가는 이집트에 식량을 구하러 갔다가 총리에게 알현하면서 잃었던 아들과 상봉하게 됩니다. 총리가 된 요셉은 오래 계속된 가뭄과 기아에 허덕이던 그 당시에는 한 세계에 해당하는 여러 백성들을 구출해주는 역사의 주인공이 됩니다. 킹 목사는 그 고사를 생각하면서 자신의 꿈을 키웠던 것입니다.

내가 1961년에 미국 워싱턴 DC에 들렀을 때는 킹 목사가 수십만 명의 흑인 행진을 평화적으로 주도해 성공한 지 얼마 안 되었을 때였습니다. 케네디 대통령도 흑인들의 장래와 가능성을 높이 평가했습니다. 그리고 수십 년이 지난 지금은 흑인 대통령을 추대하는 역사적 발전을 이루어놓았습니다.

킹 목사의 동상이 세워지고 상당한 기간이 지난 몇 해 전 이번에는 그 뒷자리에 도산 안창호의 동상이 교포들의 정성과 흥사단 등의 후원으로 건립되었습니다. 도산이 일찍이 나라의 자주독립을 위해 미국에 갔을 때 그 지역 오렌지 농장에서 고용돼 일을 한 적이 있습니다. 그 농장에서 키웠던 이상과 꿈은 한평생 독립운동에 바쳐졌습니다. 민족의 장래를 위해 흥사단을 조직해 인재 육성에 진력했고 중국 임시정부에서도 실질적인 중심 역할을 담당했습니다. 그의 염원과 정성은 오로지 조국의 독립과 국민의 행복이었습니다. 사실 임시정부는 수많은 위기를 맞곤 했습니다. 좌우의 갈등과 싸움은 그치지 않았고 누가 정부의 수반이 되는가 하는 경쟁과 암투도 계속되었습니다. 분열과 갈등이 심해질 때마다 도산은 협력과 화합을 위해 애태웠습니다. 그래서 사람들은 임정의 대통령은 다른 사람들이 맡았지만 별일 없는 한직에 있었던 도산을 언제나 정신적 지도자로 추앙하였습니다. 내 친구 한 사람의 부친이 그 당시 상해에 있으면서 사업을 한 일이 있었습니다. 임정에 많은 사람이 있었지만 존경받을 만한 인격과 애국심을 갖춘 사람은 도산뿐이었다는 얘기를 부친께서 자주 했다고 내 친구는 전해주었습니다.

그는 문필가이기도 했고 뛰어난 언변을 구사했습니다. 흔히 말하는 웅변가이기도 했습니다. 나는 어렸을 때 두 차례 도산의 강연을 들었습니다. 지금도 그 당시의 감격을 잊지 못하고 있습니다. 애국적인 정열을 청중에게 설득력 있게 호소하는 인격 그 자체의 강연이었습니다. 그때는 일제 밑에서 투옥되었다가 가석방으로 휴양하고 있을 때였습니다. 지금 생각해보면 그는 투철한 기독교 정신으로 무장한 애국자였습니다. 그 정신을 지금 우리들이 쓰는 개념으로 바꾼다면 휴머니즘이었습니다. 마틴 루터 킹과 거의 같은 정신을 갖고 있었습니다. 단지 활동의 대상과 영역이 달랐을 뿐이었습니다. 그래서 임정의 좌우 양쪽 다 도산의 인품과 노력에 경의를 갖고 대했습니다. 그의 일기를 보면, 오늘은 누구를 만나 누구와의 오해를 풀어주었다든지, 무슨 일 때문에 누구를 찾아가 협력과 동역을 약속받았다는 기록이 어디에나 쓰여 있습니다. 지금 그를 추모하고 기리는 흥사단과 연관단체가 큰 기여를 하고 있는 것은 그의 애국정성과 인격의 결과입니다. 해방을 보지 못하고 순국한 것은 한없이 아쉬운 일이었습니다. 그 공원에 도산의 동상이 서게 된 것은 그 고매한 인도주의적 정신으로 미루어 손색이 없는 선택이었습니다. 그가 어떤 근로자들보다도 열심히 일했고 끊임없이 조국과 민족을 위한 꿈과 이상을 키웠던 사실을 인정받아 동상을 세우게 된 것은 당연한 사실로 받아들여져 좋을 것입니다.

지금은 비어 있는 또 한 자리에는 인도의 마하트마 간디의 동상이 건립될 예정입니다. 간디에 관한 이야기와 설명은 추가할 필요가 없을 것입니다. 인류 역사에서 가장 많은 사람의 존경과 숭앙의 대상이 되어 있고, 인도 사람들에게는 정신적 지도자이면서 국부로 추앙을 받고 있습니다. 영국으로부터의 독립운동을 전개했으나 영국 사람들의 존경을 받음은 물론, 그의 무저항운동은 세계적으로 파급되어 있습니다. 몇 해 전 그의 생애가 영화로 제작되어 전세계인의 심금을 울려주기도 했습니다. 그는 힌두교와 이슬람교로 분열되는 국운을 하나로 통합하려는 노력을 위해 단식을 했으나, 마침내는 그가 신봉하는 힌두교 과격분자의 총탄을 받고 세상을 떠났습니다. 그 저격범을 축복해주기 위해 머리에 손을 얹은 채였습니다. 그의 생애를 기록한 영화 마지막 장면은 화장한 유해 가루를 강물에 뿌리면서 "모든 거짓과 폭력은 사라지나 진실과 사랑은 영원히 남는다"라는 그의 정신을 대변하는 독백이었습니다.

우리는 이 세 정신적 지도자의 모습을 회상하면서 그래도 역사에는 희망이 있다는 신념을 굳히게 됩니다. 그 희망을 약속해주는 희생이 있었기 때문입니다. 역사는 가치 있는 것들을 위한 선택, 공의로운 심판, 사라지지 않는 희망의 약속으로 이어지는 인류의 길이라는 생각을 해보게 됩니다.

더 좋은 민족성과 소망스러운 사회를 위하여

그 사람의 성격이 그의 일생을 좌우한다는 사실은 누구도 부인하지 않습니다. 그렇다면 한 민족의 성격인 민족성이 그 사회의 운명을 결정짓는다고 볼 수도 있겠습니까? 그럴 수 있을 것 같습니다. 모든 민족이 제각기의 역사를 창출해가고 있음을 어떻게 부정할 수 있겠습니까. 민족성을 배제한 사회는 상상할 수가 없을 것 같습니다. 그렇다면 무엇이 그 사회나 국가의 민족성을 형성한다고 보아야 합니까?

먼 옛날에는 자연조건이 큰 비중을 차지했던 것 같습니다. 인도와 같이 더위가 심하고 삶의 여건이 좋지 못한 지역의 사람들은 현실도피적인 종교문화권을 만들었고, 광대한 자연 속에서 자연의 지배를 받으며 살아온 중국인들은 현세를 긍정하는 윤리문화권을 형성해왔다고 보아야 하겠습니다. 사막에서 살아온 민족과 해양을 끼고 산 민족의 차이도 있을 법한 일입니다. 그러다가 역사가 우리 시대로 가까워지면서 그 민족의 사상과 정신에 큰 영향을 미친 것은 그 민족의 종교인 때가 있었습니다. 우리는 그 시대를 중세기라고 통칭하고 있습니다. 힌두교나 불교 문화권이 탄생되었고, 동양에서는 도교나 유교가 그 민족과 사회의 정신사를 주관하게 되었습니다. 서구에서는 기독교 문화가 전반적인 정신계를 주도해왔습니다.

중세기가 끝나고 근대사회로 접어들면서는 여러 민족들이 창출해낸 사상과 철학이 그 민족사회의 가치관과 생활방식에 영향을 주기 시작했습니다. 특히 몇몇 선진국가와 민족이 이끌어낸 철학과 사상, 과학과 사고방식이 근대국가를 발전시키면서는 그 영향이 뚜렷해지기 시작했습니다. 어떻게 보면 자연조건의 지배를 받고 있는 사회를 낙후된 후진사회, 종교적 영향권에 머무는 사회를 중진사회라고 볼 수 있을 것 같습니다. 이에 비하면 스스로의 철학과 사상을 창조해내고 그것을 바탕으로 사회과학과 사회이론을 창출하고 그에 따르는 역사를 이끌어온 사회를 선진사회라고 보아도 좋을 것 같습니다. 그것이 근대 세계사의 추세이고 현실이 되었기 때문입니다.

그 점에서 볼 때는 근대를 창출해낸 문예부흥과 종교개혁은 세계 역사를 바꾸어놓은 큰 업적으로 보아야 하겠고, 그 일을 성사시킨 서구사회가 근대 역사의 주역을 담당한 것은 당연한 추세라고 보아 좋을 것 같습니다. 인도나 동양의 국가들, 중동 지역의 국가들이 근대사회에서 뒤지게 된 이유를 짐작할 수가 있습니다.

르네상스와 종교개혁이 근대정신의 문을 열고 적지 않은 세월이 흐른 뒤 서구에서는 비로소 자연조건도 아니고 종교문화도 벗어난 진정한 선진국가로 탄생된 곳이 크게 보았을 때 두 갈래로 나타나게 되었습니다. 그 하나는 유럽 대륙의 중심부를 이루고 있는 프랑스와 독일이었고, 다른 하나는 바다를 건너 대륙과 대치하고 있는 영국이었습니다. 그리고 대륙에서는 과거에 없었던 새로운 학문과 사상이 탄생되는데, 그 뒷받침을 한 것이 수학, 기하학, 논리학 등이었습니다. 그래서 우리는 그 사회를 이성주의 또는 합리주의 사회로 보고 있습니다. 프랑스와 네덜란드가 앞장서고 독일이 그 뒤를 따르게 됩니다. 이에 비해서 영국은 이성적인 새로운 학문과 더불어 심리학을 도입했고 심리학은 경험과학과 통하고 있기 때문에 이성과 경험, 합리성과 현실성을 가미한 사상적 전통을 탄생시켰습니다. 우리가 이성주의, 합리주의 사회에 비교해 경험주의라고 부르는 배경을 짐작할 수 있을 것입니다.

　이러한 전통을 배경으로 한 프랑스는 그 정신을 실증주의 사회과학의 이론으로 육성시켜 학문과 사상계에 기여했고, 독일은 뒤이어 논리적 관념철학으로 발전시켜 사상계를 지배하게 되었습니다. 그러나 영국에서는 프랑스와 독일과는 다른 공리주의 철학을 산출하게 됩니다. 프랑스와 독일에 비하면 현실적이며 윤리성이 강한 사회철학에 진입하는 길을 택했습니다. 최대다수의 최대행복을 추구하는 공리주의 정신에서 의회민주주의를 탄생시켰고 경제면에서는 복지정책을 위한 온건한 사회주의 노선을 택했다는 것은 훌륭한 업적으로 보아야 할 것입니다.

그러는 동안에 두 갈래의 새로운 사회적인 사상이 태어나게 되었습니다. 그 하나로 논리적 절대관념주의를 형성시킨 독일에서는 헤겔의 변증법을 받아들이면서 그 사회체계를 뒤집어놓은 마르크스의 사회철학이 정치적 세력으로 등장하게 되었습니다. 그들은 철학적 관념론을 역사 사회적 이론으로 체계화시키면서 전통적인 기독교와 종교적 신앙을 거부하는 유물사관의 절대이론을 배출시켰습니다. 그 유물사관의 근거를 만드는 것은 경제발전의 법칙이었습니다. 그것은 국민의 절대다수를 차지하는 노동자와 농민의 권익과 행복을 보장하는 정치철학으로 굳어지게 되었습니다.

이와 시대적으로는 큰 차이가 없이 탄생된 또 하나의 사회철학은 영국의 전통을 계승한 미국의 실용주의 철학입니다. 실용주의는 공리주의의 사회철학적 방법론이었다고 보아도 좋을 경험주의 정신을 계승한 것입니다. 그것은 영어 문화권을 영국에서 미국으로 옮겨 열매 맺게 한 결과가 되었습니다.

그러다가 제2차 세계대전을 계기로 세계무대는 앵글로색슨 민족이 주도해가는 경험주의 전통의 문화권, 프랑스와 독일이 중심이 되는 합리주의 전통사회, 새로 태어난 마르크스 공산주의 국가들이 각축을 벌이는 세상으로 전개되어 20세기를 수놓게 되었습니다. 그것이 역사의 흐름이었습니다.

그런데 우리는 무엇 때문에 이런 문제를 제기해보는 것입니까? 그 민족과 국가들이 사회의 갈등과 모순을 해결 짓는 대표적인 사회과학적 이론을 제시해주었고, 거기에서 세계 모든 민족이나 국가가 겪으면서 해결해야 할 과제들의 모범을 얻을 수 있기 때문입니다.

어떤 사람들은 안전하고 행복한 사회는 아무런 갈등이나 모순, 투쟁이나 혁명이 없는 조용한 사회일 것이라고 생각합니다. 그것은 현실에도 맞지 않으며 또 그런 사회일수록 성장이나 발전은 늦어지는 것입니다. 한때 영국의 역사가 아놀드 토인비는 도전과 응전이라는 사상을 역사에 도입했습니다. 아무런 시련이나 도전도 받지 않고 현실에 안주했던 민족과 사회는 긴 세월이 지나면 자연도태가 되거나 버림을 받게 됩니다. 그런 나라는 문명을 산출해낸 일도 없고 역사를 주도해갈 능력도 갖추지 못한 것이 역사의 교훈입니다.

성장과 발전을 거듭하는 민족과 사회는 계속적으로 외세의 도전을 받으면서 그 도전을 극복해가는 국가들이었습니다. 제2차 세계대전 이후에 눈부신 경제발전을 이룩한 독일과 일본은 모두 패전국이었고 이스라엘은 불모지에 태어난 신생국가였습니다. 어떤 이들은 한국이 짧은 시일 안에 많은 시련을 겪으면서 오늘의 경제성장을 이루어놓은 것도 6 · 25와 계속되는 시련을 극복했기 때문이라고 보고 있습니다. 영국과 일본은 지리적으로는 크지 않은 섬나라입니다. 그럼에도 불구하고 오늘의 국력을 유지, 발전시킨 것은 두 나라가 모두 대륙을 상대로 지속적인 갈등과 도전을 겪었기 때문으로 보고 있습니다.

문제는 모든 민족과 사회가 대내외적으로 겪고 있는, 또 겪어야 하는 사회적 갈등을 어떻게 해소하고 극복하는가에 있는 것입니다. 우리가 치러왔고 또 체험해온 시련과 갈등도 그런 종류의 것이며 앞으로도 지금과 같은 대립, 분열, 갈등, 모순은 계속될 것입니다. 우려스럽기는 해도 두려워할 필요는 없습니다. 필요악까지도 긍정적이고 건설적인 방법과 방향으로 해결 지으며 극복해낼 수 있는가가 중요한 것입니다.

문제는 소망스러운 방법론입니다. 그 방법론의 가장 대표적인 선례를 제시해준 것이 사회과학을 발전시킨 국가들이며, 우리는 세 가지 방법과 방향을 찾아보고 있는 것입니다.

의사들이 환자들을 대하는 일에는 세 가지 길이 있는 것 같습니다. 병이 깊어지거나 만연되기 이전에 예방과 가벼운 치료로 회복시켜주는 길입니다. 먼저 의사들은 약을 제공함으로써 초기의 치료를 기대합니다. 그러다가 병이 커지게 되면 입원을 시키고 주사 등을 처방하여 병이 더 나빠지는 것을 막습니다. 그렇게 해도 병이 약이나 주사로 치유가 불가능할 경우에는 수술을 해서 생명을 보존하는 것입니다.

민족이나 사회가 겪는 사회병은 그 사회가 환자이면서 의사의 책임도 지도록 되어 있습니다. 모든 사회 분야의 지도자가 의사의 역할을 담당하게 되어 있습니다.

그때, 경험주의 사회에서는 가장 가벼운 대화와 개선의 방법을 택해왔습니다. 그것이 앵글로색슨의 장점이었습니다. 이에 비하면 합리주의 전통사회에서는 토론과 개혁의 길을 따랐습니다. 그런데 공산주의 사회는 처음부터 투쟁과 혁명의 방법을 주장해왔습니다. 경험주의는 약으로 치유할 수 있는 길을 모색했고 합리주의는 주사를 놓아야 한다고 진단했는가 하면, 마르크스주의는 수술에 해당하는 투쟁과 혁명 없이는 사회의 질환을 해결할 수 없다는 신념을 갖고 출발했습니다.

그런데 우리 사회가 겪고 있는 갈등 해결의 길은 어떻게 되어 있습니까?

북한은 공산주의 정책에 따라 힘으로 통제하는 획일사회를 만들었기 때문에 더 말할 필요가 없고, 대한민국도 전통적으로 내려온 흑백논리의 사상으로 극심한 혼돈을 거듭하고 있습니다. 흑백논리는 중간을 인정하지 않거나 배제하는 사고방식이기 때문에 양극적인 대립과 투쟁을 일삼으며 한쪽이 없어져야 우리 쪽이 살 수 있다는 위험성을 안고 있습니다. 조선왕조 500년의 역사가 사대부와 지도자들의 그런 권력 싸움으로 얼룩져 있습니다. 우리의 삶은 언제나 그들이 인정하지 않는 중간에서 벌어지고 있음은 인정하지 않았습니다. 설상가상으로 마르크스주의를 신봉하는 세력은 조직과 집단적인 권력을 앞세워 모든 사회문제를 자신들이 주장하는 방향으로 해결 짓기 위해 투쟁의 길을 택하고 있습니다. 그들은 열 가지의 가능한 길 중에서 자신들의 이념과 집권을 위한 한 가지 방향과 승리를 절대적인 과제로 삼고 있습니다.

이런 현실 속에서 우리는 6·25를 겪으면서 미국이나 일본을 비롯한 다른 나라들이 어떤 길을 택하고 있는가를 보게 되었고, 폭넓은 세계를 목도하게 되면서 흑백논리의 과오와 모순을 찾게 되고 극단의 사회이론이 현실을 해결할 수 없다는 사실을 체험하기 시작했습니다.

예를 들면, 투쟁 일변도의 노동운동이 경제성장보다는 경제침체를 초래하는 현상에 접했는가 하면, 여러 정당들이 대립하는 것에서 다수가 참여하는 민주사회의 모습을 발견하기에 이르렀습니다. 또 지성인들은 환자는 물론 건강한 사람도 혁명과 투쟁이 거듭되는 수술과 같은 극단의 방법으로는 사회성장과 발전이 불가능하다는 이론을 주변 국가들을 통해 인정할 수 있게 되었습니다.

그렇다면 이런 와중에서 우리가 선택할 수 있고 그 선택에 따라야 하는 길은 무엇입니까? 가장 소망스러운 것은 경험주의 사회가 걸어온 대화와 개선의 방법입니다. 뿌리와 배경이 없는 관념적 실용주의 노선보다는 철학적 배경이 깊고 교육적 방법에서 성공한 길이기 때문입니다. 최근에는 독일이나 프랑스의 합리주의 사회에서도 정치나 경제와 같은 현실문제에 있어서는 이론에 현실을 맞추어가는 합리주의보다는 현실에서 더 좋은 방법과 방향을 찾아 더 소망스러운 현실을 창출해가는 길이 타당하다고 인정하는 실정입니다. 구두에 발을 맞추려 하지 말고 발에 구두를 맞추어가는 것이 옳다는 생각입니다.

대화란 다른 것이 아닙니다. 의견이 다르고 주장에 차이가 있을 때는 서로 상대방의 견해를 듣고 내 생각을 밝혀 모두를 위해 더 좋은 목적과 방법이 무엇인가를 찾는 것입니다. 말하자면 주관적 아집과 주장을 버리고 객관적 가치를 찾아 따르는 것입니다. 해결방법이 같지 않다고 해서 투쟁하거나 싸우는 것이 아니라 때로는 제삼자가 어떤 주장을 하는지를 살펴서라도 기다리거나 더 바람직스러운 길을 모색해보는 것입니다. 선진사회가 초등학교 때부터 친구나 다른 사람을 헐뜯거나 미워하지 않고 칭찬하며 격려의 박수를 보내는 습관을 교육시키는 것은 선의의 경쟁과 대화의 길을 넓히기 위한 방도를 위해서였습니다.

대화를 할 줄 모르거나 거부하는 것은 옳지 못하며 대화를 투쟁과 승리의 도구로 삼는 것은 나쁘다는 사회풍토가 조성되면 어렵지 않게 대화의 길이 넓어질 수 있을 것입니다. 지금 우리가 가장 필요로 하는 사회의 갈등 해결의 길은 대화로부터 시작해야 함은 더 말할 필요가 없습니다. 대화의 단계에서 해결될 수 없다고 인정되었을 경우에는 토론과 개혁의 방법을 택할 수도 있을 것입니다.

　그러나 투쟁을 위한 투쟁, 목적을 위해서는 어떤 수단과 방법도 가리지 않는 방법은 용납되어서는 안 됩니다. 또 용납될 수도 없습니다. 특히 폭력도 사양하지 않는 투쟁은 민족과 국가의 장래와 선한 민족성 육성에도 크게 악영향을 남기게 됨을 명심해야 하겠습니다.

우리에게도 희망은 있는가

— 역사가 주는 교훈

내가 사랑하는 조국을 알기 위해서는 조국을 떠나보아야 합니다. 우물 안 개구리는 교만과 독선, 그에 따르는 분열과 싸움에 세월을 허송하기 쉽기 때문입니다.

나는 평양을 중심으로 살다가 1940년대에 일본으로 갔습니다. 대학 공부를 하기 위해서였습니다. 그때 두 가지를 보고 부러웠습니다. 그 하나는 일본의 젊은 학생들이 미국과 유럽으로 자연스럽게 유학을 가는 것이었습니다. 그 당시의 우리로서는 상상하기 힘든 일이었습니다. 다른 하나는 일본인들이 열심히 일하는 모습이었습니다. 내가 스무 살까지 자란 고장은 우리나라에서 가장 근면히 일하는 지역이었습니다. 그럼에도 불구하고 일본인들의 모습을 보고 우리 민족이 나태한 민족임을 비로소 깨달았습니다.

다시 20년쯤이 지난 1960년대에 나는 미국과 유럽을 비롯한 넓은 세계를 볼 기회가 생겼습니다. 그때 나는 선진사회는 일의 가치를 창출해 사회적으로 축적하는 곳이라고 느꼈습니다. 그리고 미국이 젊은이들을 평화봉사단으로 후진국가에 파송하는 것이 크게 부러웠습니다. 나 자신도 풀브라이트 재단의 후원금으로 미국을 방문하고 유럽 여행을 할 수 있었습니다. 영국에서 주는 로즈 장학금은 세계 각국의 지도자가 될 인재들을 위해 제공되고 있는데, 미국의 클린턴 대통령도 그 수혜자의 한 사람이었습니다.

우리도 가급적 세계, 특히 선진국들을 폭넓게 보아야겠다는 생각을 굳히게 되었고 가족들과 젊은이들에게도 그럴 수 있기를 권고해왔습니다. 지금은 내가 가졌던 그 꿈이 한국 사회에 확산되고 있어 한없이 기쁜 마음입니다. 이웃 나라들을 모르면 한국을 알 수 없고 세계를 모르면 지도자가 될 수 없다는 생각은 누구나 갖게 되었습니다. 그리고 세계를 넓게 보는 사람들은 두세 가지를 자연히 깨닫게 됩니다. 그 첫째가 되는 것은, 문을 굳게 닫는 폐쇄사회보다는 개방사회가 성장과 발전을 가져온다는 교훈입니다. 그렇다면 앞으로 우리는 무엇을 할 것인가를 묻게 됩니다. 말하자면 역사의식을 갖게 되는 것입니다. 그리고 그 결과로 얻는 것은 공존 관념입니다. 더불어 사는 사회에 대한 의무와 노력을 깨닫게 됩니다.

내가 일본에서 대학생활을 할 때 태평양전쟁이 발발했습니다. 그 당시 일본 해군은 전쟁에 동의하지 않았습니다. 지휘관들은 미국과 영국 등을 순방하면서 국제정세를 알고 있었습니다. 그러나 군의 주도권을 차지했던 육군은 국제적 식견이 없는 우물 안의 개구리였습니다. 결국은 그들이 전쟁을 도발하게 된 것입니다. 지금 북한은 가장 심각한 폐쇄사회를 유지하고 있습니다. 얼마 전까지는 자신들이 세계에서 가장 잘 사는 사회로 믿고 있었을 정도였습니다.

나는 세계를 보는 폭넓은 시각에 대한 생각을 정리하다가, 국민들의 역사적 선택이 얼마나 중요한가 하는 문제를 고민해보게 되었습니다.

예를 들면 러시아가 그렇습니다.

세계사의 근대화 과정을 성공적으로 이끌어온 국가는 영국, 프랑스였습니다. 그 뒤를 이어 독일이 그 패턴을 이어 받았습니다. 우리가 영국, 프랑스, 독일을 선진국으로 꼽는 이유가 거기에 있습니다. 그리고 다시 그 뒤는 러시아가 계승하게 될 것으로 예상되었습니다. 내가 학교생활을 할 때는 러시아의 톨스토이, 도스토예프스키, 차이코프스키를 모르는 사람이 없었고 자연과학 분야에서도 눈부신 활약상을 보여주고 있었습니다. 역사 발전의 순서가 그렇게 되어 있는 것으로 믿었을 정도였습니다.

그러던 러시아가 공산주의를 선택했고 공산주의가 지배하는 사회로 변질되었습니다. 결국 러시아의 전통은 단절되고 새로운 문화와 가치관이 창출될 것이라는 기대는 물거품이 되고 말았습니다. 한 세기가 지나는 동안에 상실한 것은 많았으나 창조된 것은 거의 없었습니다. 지금은 공산주의의 정신적 유산은 찾아볼 것이 없는 정도가 되었습니다. 공산주의가 오래 지배한 나라일수록 그 공허함은 더 커진 것이 사실입니다. 적어도 정신적 건설에 있어서는 그러했습니다. 지금은 러시아도 그 공백을 전통적인 문화에서 되찾고 있으며 그 중심이 되는 것은 휴머니즘에 입각한 세계정신입니다. 인륜과 도덕성이 없이는 모든 건설이 모래 위의 마천루라는 사실을 깨닫게 된 것입니다. 그 역사적 심판은 제2의 공산국가였던 중국에서도 잘 나타나고 있습니다.

이렇게 세계사의 중심무대를 기대했던 러시아는 그 기회를 상실하고 그 가능성은 미국으로 바뀌게 되었습니다. 영국, 프랑스, 독일이 세계의 정신적 주류를 형성하고 있는 동안 미국은 그 면에 있어서는 후진국이었습니다. 그러다가 19세기 후반부터 선진국 대열에 참여하기 시작한 미국이 제2차 세계대전 이후에는 명실 공히 세계의 주도력을 갖추기 시작해 오늘에 이르고 있습니다. 여기에는 여러 가지 이유가 있을 것입니다. 히틀러의 독재와 공산주의의 억압을 피해 자유로운 세계로 망명한 인재들이 새로운 미국을 만드는 큰 역할을 담당했던 것도 사실입니다. 내가 1960년대 초에 미국에 있을 때는 미국식 영어를 쓰는 미국 교수나 목사보다는 유럽식 영어를 구사하는 이들이 더 큰 인기와 관심을 모으고 있었을 정도였습니다.

내 개인적인 생각으로는 1960년대 초의 미국 사회가 지금보다 더 좋았던 것 같습니다. 내가 느낀 반세기 전의 미국은 자유에 대한 열정과 법치국가로서의 정의감이 가득 차 있었습니다. 처음 미국에 접했기 때문에 좋은 점들을 더 강하게 느꼈을지는 모르겠습니다. 그러나 그 당시의 미국은 젊은 나라였고, 젊은 시절에는 정의감이 강한 법입니다. 나는 미국은 그런 정의감이 강한 젊은 국가였기에 제1, 2차 세계대전에 참여했고 큰 희생을 치르면서도 한국전쟁과 월남전에 앞장섰던 것으로 생각하기도 했습니다.

미국은 큰 영토를 가졌으나 특수 민족으로 이루어진 나라는 아닙니다. 미국인들 스스로가 우리는 민족은 없고 국민이 있을 뿐이라고 말합니다. 그것이 미국의 특성입니다. 그렇기 때문에 다른 민족국가와 같이 많은 식민지를 노리는 야망은 적은 편입니다. 일본에 주둔했다고 해서 일본을 식민지화할 의도도 없었고, 월남전을 치른 것도 프랑스처럼 식민지가 필요해서는 아니었습니다. 미국이 최근까지 전쟁에 개입했던 목적은 자유민주주의를 수호하고 자유민주주의가 주도하는 세계를 만들어야 한다는 의무였습니다.

자유는 그 사회가 소유하며 누리는 것이지 다른 국가의 지배 밑에서 이루어지는 것은 아닙니다. 그리고 민주주의는 목적보다도 과정과 방법에서 성취되는 것입니다. 공산주의는 목적이념이지만 민주주의는 방법이론입니다. 언제나 스스로 선택하도록 되어 있습니다. 따라서 자유민주주의는 모든 인간이 인간답게 살도록 돕는 정치관입니다. 물론 미국도 정치적 지배욕이나 경제적 부를 위한 목적이 없는 것은 아닙니다. 그러나 반세기 전의 미국은 그런 점에 있어서는 비교적 순수했고 인간의 자유와 정의로운 사회질서를 위해서는 앞선 나라로 보였습니다.

하찮아 보이지만 두 가지 이야기를 하겠습니다.

1960년대에 미국에서 가장 존경받는 신학자의 한 사람은 R. 니버 교수였습니다. 그가 1962년 봄 학기 하버드대학 학생들에게 강의했던 한 구절이 기억에 떠오릅니다.

"여러분은 지금 선배들이 남겨준 경제적 부로 다른 어떤 나라의 젊은이들보다 풍요를 누리고 있습니다. 그렇다고 해서 그것이 여러분이 즐기면서 소유할 특권이라고 생각한다면 아메리카의 장래는 없습니다. 여러분은 그 부를 세계의 모든 가난한 나라에 나누어 줄 수 있어 그 나라들을 부하게 도와야 합니다. 그때 비로소 아메리카는 진정한 부를 더 많이 누릴 수 있고 여러분은 세계를 바르게 이끌어갈 수 있는 지도력을 갖추게 되며 아메리카의 자본주의는 성장과 발전을 거듭하게 되는 것입니다."

미국의 지성인들은 그의 이런 주장을 이의 없이 받아들이고 있었습니다.

또 한 가지는 이번에 오바마 흑인 대통령이 선출되었다는 사실입니다. 우리는 그 일을 있을 수 있는 선거였다고 쉽게 생각합니다. 그러나 세계 다른 나라에서는 상상할 수 없는 역사적 사건입니다. 그 일을 성사시킨 미국의 정신력은 결코 가볍게 평가되어서는 안 됩니다. 나는 이런 뜻을 살리고 성사시키려고 노력하는 나라는 언제 어디서나 세계를 이끌어갈 지도력을 갖추었다고 믿습니다. 그것은 경제와 정치의 인도주의적 방향이라고 생각하기 때문입니다. 1960년대의 미국이 지금보다 좋았다는 것은 그 의지와 신념이 지금보다 확고했다고 생각되기 때문입니다.

그 정신을 상실하게 되면 미국은 역사의 무대에서 사라져갈 수도 있습니다. 다른 나라들도 같은 운명을 되풀이해온 것이 역사의 길이기 때문입니다. '흥망성쇠'란 개념은 교과서에만 있는 것이 아닙니다. 그것이 바로 역사적 현실인 것입니다. 내가 미국을 젊은 나라라고 평한 것은 역사적 연대보다도 그 국민이 갖는 정신력을 평했던 것입니다.

이탈리아와 스페인을 보았을 때는 노년기의 국가라는 생각이 들었고 영국을 미국과 비교했을 때는 확실히 늙어가는 국가라는 판단이 타당했음을 발견했습니다. 만일 6 · 25전쟁을 영국인들이 접했다면 참전의 결단을 쉬 내릴 수는 없었을 것입니다.

월남전에서 미국은 패했습니다. 미국인들도 섣불리 남의 일에 말려들었다가 희생을 치렀다는 평을 하고 있었습니다. 많은 미국인들이 다른 나라의 사건에 말려들 필요가 없다는 주장을 했습니다. 승리했다고 해서 득을 볼 것도 없지 않느냐는 중론이었습니다. 그러나 미국의 지도자들은 그 희생이 자유와 민주주의를 앞당기는 데 공헌했다면 정신적인 패배는 아니라고 보고 있었습니다. 개인과 마찬가지로 국가와 민족도 젊었을 때는 정의감으로 살고, 늙으면 실리적인 결과를 따지는 것이 보통인 것 같습니다.

또 한 가지 지적하고 싶은 것이 있습니다. 만일 미국이 제2의 영국이 아니고 제2의 프랑스나 독일이 되었다면 어떻게 되었을까 하는 문제입니다. 그것은 대륙국가인 프랑스, 독일과 영국의 정신사적 전통이 판이했기 때문입니다. 영국은 세계에서 가장 뚜렷한 경험주의 전통을 가진 사회입니다. 대륙의 합리주의나 이성 중심의 사상과는 차이가 있었습니다. 경험주의라는 것은 삶의 현실을 중심으로 개선, 개척해가는 학문과 사상의 방향입니다. 흔히 쓰는 예를 든다면, 발이 자라는 대로 구두를 바꾸어가며, 몸의 형태가 바뀌는 데 따라 옷을 고쳐 입는 전통입니다. 이에 비하면 합리주의는 모범적인 신발을 만들어놓고 발을 거기에 맞추어가며, 이상적인 옷을 지어놓고 몸을 바꾸려는 과오를 범할 수 있습니다. 사회이론에 현실을 맞추어가며 사회논리에 따라 정책을 바꾸는 결과를 낳게 됩니다. 그 가장 대표적인 예의 하나가 마르크스의 공산주의 사회과학입니다. 경험주의 사회에서는 공산주의 사상이 태어날 수 없어도 논리적 관념주의 철학에서는 충분히 가능한 결과였습니다. 칸트도 자신의 논리주의 철학에는 부족한 점이 없다고 믿었고, 헤겔은 논리적 절대주의를 제창했습니다. 그 뒤를 계승한 것이 마르크스였고, 그런 성격에서 탄생된 것이 히틀러의 정권이었습니다.

이런 전통에 비하면 앵글로색슨의 경험주의는 어디까지나 현실에 맞는 논리를 창출해내는, 상대적이며 개선적인 사회 관념을 갖고 자란 역사입니다. 프랑스는 실증주의 사회이론을 전개시켜 학문적 가치를 높였고 독일은 마르크스 철학을 창출해 투쟁과 혁명의 이론을 강조했으나, 영국은 공리주의를 제창해 '가장 많은 사람이 가장 큰 행복을 누릴 수 있는 가치' 창출에 전념한 것이 앵글로색슨과 영어 문화권의 특성을 만든 것입니다. 그리고 미국이 바로 그 뒤를 계승하여 발전시킨 것입니다. 내가 1960년대 초에 미국 대학에 머물렀을 때만 해도 공리주의 윤리철학이 연구, 발표되고 있었습니다.

그러나 미국은 그 경험논리와 공리적 윤리사상을 새로운 철학과 사회이론으로 발전시켰습니다. 그것이 바로 실용주의 철학입니다. 그 내용은 1세기 동안 미국의 교육과 사회변화의 원동력이 되었습니다. 실용주의는 쉽게 말하면 '열매 많은 것이 진리'라는 정신입니다. 성경에는 "열매를 보아 그 나무를 알 수 있다"라는 말이 자주 나옵니다. 모든 사회생활에서 선한 열매를 맺을 수 있으면 그것이 곧 가치 있는 것이라는 상식입니다.

독일의 관념논리들은 미국의 실용주의 철학을 학문 수준에는 미치지 못하는 생활상식이라고 폄하했습니다. 그런데 정치, 경제를 비롯한 생활적 사회문제에는 높은 이념이나 고매한 이론보다 필요한 것이 상식입니다. 그래서 투쟁보다는 대화, 혁명보다는 개선과 개혁, 절대주의보다는 상대주의 이념에 맞추는 현실논리를 선택하게 된 것입니다. 그것이 미국의 선택이었고 영어 문화권의 전통을 만들어가고 있습니다. 물론 실용주의는 실리주의로 전락할 가능성도 있습니다. 그러나 정신적 가치와 인륜적 목표가 뚜렷한 실용주의는 삶의 가치를 높여가는 데 도움이 될 것입니다. 그리고 지금까지는 그것이 아메리카의 정신적 지주가 되어왔던 것으로 보고 싶은 것입니다. 물론 세계무대에서의 적응과 창조적 개척 여하는 누구도 예상할 수는 없습니다. 아메리카를 어떤 나라로 보는가에 따라 우리의 대응과제도 변화를 가져올 것으로 생각합니다.

많은 사람들이 독일과 일본은 제2차 세계대전 이후에 더 좋은 나라가 되었다고 말합니다. 지금의 독일은 히틀러의 나치정권 때보다 좋아졌고 오늘의 일본은 태평양전쟁 이전에 비하면 새로이 태어난 국가 같은 인상이 들 정도입니다. 전쟁에 파괴되었던 물량적 손실보다는 새로이 창출된 정신력이 그 역할을 담당했던 것입니다. 우리도 6·25전쟁으로 모든 것이 폐허로 돌아간 듯이 보였습니다. 그러나 그 와중에서 탄생된 정신력이 오늘을 만들어낸 것을 의심하는 사람은 없습니다. 어떻게 보면 마르크스의 철학과 반대였는지 모릅니다. 어떤 정신력을 갖는가에 따라 물질적 건설은 뒤따르는 것이 사실이기 때문입니다. 독일과 일본이 전쟁 이전보다 더 좋은 사회가 되었다는 것은 버릴 것을 버리고 있어야 할 새것을 찾았다는 뜻입니다. 흔히 쓰는 말이지만 회개한 것입니다. 회개하는 개인이 새로워지듯이 회개하는 민족이 성장을 거듭하게 되어 있습니다.

그러나 두 나라 사이에는 차이점이 있는 것 같습니다. 독일은 기독교 전통의 나라였습니다. 그래서 히틀러 정권 후에 되찾은 것은 기독교적 휴머니즘이었고 그것은 전 유럽적이면서도 세계적인 것이었습니다. 그러나 일본은 그런 정신사적 주류가 없었습니다. 흔히 일본인들이 하는 말이 있습니다. 결혼식은 서구식으로 하고 장례식은 불교의 절차를 따르며 국가적 행사는 신도(神道)의 이름으로 한다는 것입니다.

새로이 탄생된 일본은 아메리카와 서구문화를 통해 민주주의를 성장시켰고 경제력을 확대했으나 정신적 지주가 육성되지 못했던 것 같습니다. 그래서 신도의 이름으로 되돌아가야 한다는 요청이 강해지고 그 결과는 태평양전쟁 이전의 일본으로 환원하려는 모습을 보이고 있습니다. 그것은 한마디로 말하면 민족주의이며 국가주의가 되는 것입니다. 그것은 세계적인 공존성과도 어긋나며 자칫하면 변질된 제국주의적 성격을 띠게 됩니다. 우리 이웃이 그런 세계사에 역행하는 나라가 된다는 것은 경계해야 할 불행한 일이기도 합니다.

우리나라에 대한 일본의 경제정책은 여전히 제국주의적 성격을 탈피하지 못하고 있습니다. 오늘의 일본 경제를 높여준 것은 한국전쟁의 결과이며, 그동안 우리는 다른 나라에서 벌어다가 일본에 제공하는 수순을 면치 못하고 있었습니다. 그러나 그 사실을 인정하며 표면화하는 일본인의 자세는 점점 더 줄어들고 있는 실정입니다.

지금은 일본보다 우리와 더 연관성이 많아진 나라는 중국입니다. 오랫동안 공산 중국은 문을 닫고 살다가 경제적 개방정책을 펴면서 문호를 개방하기 시작했고 그 여파는 세계적으로 확대되고 있습니다. 세계에서 가장 많은 인구와 큰 영토일 뿐 아니라 자원도 풍부한 나라입니다. 그리고 전 세계에 흩어져 있는 화교의 수와 역량도 과소평가해서는 안 될 큰 규모입니다. 오랜 역사로 보면 우리는 일본보다도 중국과의 관계를 더 오래 가까이 유지해온 것도 사실입니다. 지금은 경제적 유대관계 때문에 중국과 한국은 밀접한 관련을 맺을 수밖에 없고, 북한은 같은 공산주의 국가이기 때문에 그 결속은 최근까지 견고히 유지되어 있습니다.

6·25 이후 북한과 중국, 한국과 미국의 유대는 반세기 이상 유지되어왔습니다. 그러나 개방된 중국은 북한 못지않게 한국과의 공존이 긴밀해지고 있습니다. 우리 주변에서는 북한이 핵무기를 빌미로 미국과 가까워지지 않을까를 염려하고 있습니다. 그러나 긴 안목에서 보면 북한이 미국을 통해 개방정책을 선택할 수 있다면 그 결과는 받아들여 좋을 것입니다. 남북의 적대관계도 약해질 수 있고 북한이 미국을 받아들일 수 있다면 한국과 동질사회가 될 가능성은 증대되기 때문입니다. 사실 태평양전쟁 이후 일본은 축소된 미국과 같은 상황이 되었고 중국 경제와 교육의 방향은 유럽보다도 미국의 영향을 더 많이 받고 있습니다. 미국에 가 있는 중국의 유학생 수가 해마다 늘고 있으며 자치지역으로 되어 있는 홍콩은 영국이나 미국과 구별이 없는 사회를 만들고 있습니다.

그러나 문제는 남아 있습니다. 중국의 경제정책에 비하면 중국 공산당 정부는 앞으로도 오래 독재정권으로 군림할 것입니다. 그리고 독재정권은 항상 제국주의적 체질을 극복하기 어렵습니다. 지금 중국은 소수민족들의 이탈을 방지하기 위해 적극적인 동화정책을 펴고 있으나, 대외적으로는 약소국가들을 제패하며 미국이나 인도는 물론 유럽까지도 상대하려는 야망을 버리지 않고 있습니다. 미국이 초강대국으로 군림했듯이, 언젠가는 중국도 아시아를 중심으로 세계에 군림하려는 꿈을 실현시켜나갈 것입니다. 중국은 내부적인 결속을 위해서라도 대외적인 관심을 높여갈 가능성을 안고 있습니다. 북한과 한국에 대해 갖는 이중적 정책도 그 하나로 보아야 할 것입니다.

그러나 중국은 서서히 변질하면서 성장하는 국가입니다. 또 미국과 비슷한 다민족의 다원사회이기도 합니다. 우리와 같이 성급한 민족으로서는 어깨를 같이하기 버거운 나라이기도 합니다. 지혜와 용기와 인내를 갖고 공존하는 방도와 질서를 모색해나가야 할 것 같습니다. 문제는 우방국가인 일본이나 중국 모두가 우리를 눈 아래로 보고 있다는 것입니다. 지금은 그런 상황을 부정하기 어려운 것도 사실입니다. 그러나 세계에서 가장 행복하게 사는 국가들이 큰 나라가 아니며, 한 국가나 민족이 세계적으로 영향을 미치고 정신문화적으로 기여할 때는 큰 나라들이 아니었다는 점을 상기한다면, 통일된 조국의 미래는 더욱 밝아질 수 있음을 의심하지 않아도 될 것입니다.

앞으로의 아시아를 이끌어갈 책임은 일본, 중국과 더불어 우리 민족임을 잊어서는 안 됩니다. 우리 선조들이 꿈꾸었던 밝고 따뜻한 사회, 정의와 사랑이 넘치는 행복한 조국을 위한 노력은 우리의 선택과 의지에 달려 있다고 보아야 하겠습니다.

Ⅲ. 우리는 어떤 지도자를 기대하고 있는가

무엇이 우리를 후진국으로 만들었는가
— 근대화의 과제를 중심으로

    2008년 중국 베이징 올림픽 때의 개막식을 본 사람들은 동양인들의 창조적 전통에 경의를 표했을 것입니다. 그들은 세계 최초로 종이를 만들었으며 상형문자를 창안했는가 하면 인쇄술도 개발했음을 보여주었습니다. 그렇게 훌륭했던 동양사회가 언제부터 왜 서구사회의 지배를 받게 되었을까 하는 물음을 던지지 않을 수 없었던 것도 사실입니다. 역사가들은 그 원인을 근대화 과정을 밟지 못한 데서 비롯된다고 지적합니다. 서구인들은 15세기를 전후해서 르네상스를 창출할 수 있었고 그 뒤를 이어 일어난 종교개혁은 서양의 중세기를 마감하고 새로운 역사, 즉 근대사를 개척하는 정신적 혁명을 성공시켰던 것입니다.

    우리가 역사에서 배웠듯이 문예부흥은 기독교 사회였던 중세기를 거부하고 고대정신으로 돌아가는 운동이었고 그것이 인간회복의 계기를 만들었습니다. 그렇게 되면서 그들은 교회문제보다는 사회문제에 뜻을 모았고, 자연 연구를 멀리했던 중세기를 벗어나 자연과학을 개척해나갔습니다. 교리적 신앙을 탈피하고 이성적 학문을 앞세운 것은 세계 인문학의 시효가 되기도 했습니다. 믿음을 강요했던 종교정신을 이성과 자유의 세계로 해방시키는 운동이 기독교 안에서도 벌어지게 된 것입니다.

그런 운동이 줄기차게 500여 년 동안 계속된 결과가 근대 역사를 오늘에까지 계승시켰고 그 때문에 근대화 혁명을 거부했던 동양이나 인도를 지배하는 결과를 만들었던 것입니다. 그리고 이러한 새로운 정신운동은 북부 이탈리아를 거점으로 일어났으나 후에는 영국이 그 뒤를 이어 영국적 르네상스를 창출했고 프랑스와 독일이 다시 그 운동을 국가적으로 성취시켰던 것입니다. 그런 운동에 만족스러운 성과를 거두지 못한 국가들은 무력이나 정치적 패권은 행사했으나 정신과 문화적 영향력은 발휘하지 못했습니다. 지금도 학문과 예술의 선진국으로 자처하는 국가로 유럽에서 영국, 프랑스, 독일이 손꼽히는 것은 바로 그 결과로 나타난 것입니다. 후에는 미국이 그 뒤를 이어왔으나 인도나 동양사회는 그 운동에서 소외되어버렸던 것입니다. 이는 결국 국가적 후진성을 초래한 이유가 되었습니다. 오직 일본만이 독자적인 국가적 문예부흥을 일으켜 동양에서는 선진사회로서의 길을 개척하기에 이르렀습니다. 그러나 그것도 지역적 독자성이었을 뿐 그 내용은 유럽과 미국의 자극과 영향을 받아 탄생한 것입니다.

그렇다면 근대 역사를 이끌어온 정신적 과업은 무엇이었습니까? 학자들마다 제각기 다른 해석을 내릴 수는 있으나, 다음의 세 가지는 누구도 부정할 수 없는 시대와 사회적 요청이었다고 생각합니다.

그 하나는 휴머니즘의 개발과 육성이었습니다. 휴머니즘의 개념 자체가 막연하면서 광범위한 것입니다. 그러나 인간중심과 인간목적의 사상이라는 것에는 이의가 없을 것입니다. 먼 옛날에는 사람들이 자연을 삶과 사상의 기반과 대상으로 삼기도 했습니다. 인간은 자연으로부터 왔다가 자연으로 돌아가는 존재임을 부정할 수 없었습니다. 그리고 중세기에는 신을 중심으로 하는 종교적 삶이 주류를 이루게 되었습니다. 그러다가 근대사회로 접어들면서는 인간의 인간을 위한 삶으로 방향을 바꾸게 된 것입니다. 인간다운 삶의 본성은 이성과 자유로 인정받아 좋을 것입니다. 인간은 이성을 지닌 동물이라는 표현이 바로 그것입니다. 그리고 이성은 인간의 본능과 의지를 자유로 표출하게 되는 것입니다.

인간의 본질이 이성에 있다는 정신이 문예부흥의 핵심을 이루어 인문학과 예술을 발전시켰고, 자유는 도덕과 윤리를 부산물로 탄생시키면서 사회적 삶과 역사의 길을 개척하는 가능성을 입증해주었습니다. 최초의 르네상스 운동도 그러했고 영국, 프랑스, 독일, 미국, 일본 등이 모두 문학, 예술, 철학, 역사학 등에서 두각을 나타낸 것은 그 결과였습니다. 이는 대체로 문학과 예술 그리고 철학 등 인문학적 성격을 띠고 있습니다.

그리고 휴머니즘 운동은 역사와 사회 속에서 자유와 평등 그리고 박애정신으로 이어지게 되었습니다. 자유와 평등이 정치, 경제

등의 사회성을 필요로 했다면, 박애정신은 인도주의와 더불어 윤리성을 바탕으로 성장하는 길을 갖추어왔습니다. 'Humanism'이 'Humanitarianism'과 통하는 것은 인도주의가 종교적 박애정신을 동반하고 있음을 뜻하기도 합니다.

이러한 휴머니즘 운동은 다양하게 전개됩니다. 르네상스 이후에 계몽주의가 등장하게 되는데, 그것은 이성을 바탕으로 한 휴머니즘으로 보아 좋을 것입니다. 낭만주의도 인간의 감정을 이성과 더불어, 때로는 이성보다도 더 소중히 여긴 결과였으며, 로고스(Logos)에 대비되는 파토스(Pathos)를 인정한 바였습니다. 모든 예술은 정서적인 인간성의 산물이었기 때문입니다. 영국의 공리주의도 최대다수의 최대행복을 뜻하는 휴머니즘의 운동이었고, 정치적 민주주의나 경제적 사회주의와 복지정책도 같은 기반 위에서 탄생된 것입니다. 마르크스의 목표도 다수, 특히 소외된 대중의 행복을 증진시키려는 의도였습니다. 그 사상이 정권을 장악하고 유지하려는 욕망과 인간을 정치이념에 맞추려는 비인도적인 과오 때문에 휴머니즘을 거부하는 결과를 초래했던 것입니다.

사회적 삶의 두 날개와 같은 자유와 평등의 사상이 모두 휴머니즘의 소산이었으며 박애정신은 더 언급할 필요가 없을 것입니다. 이렇게 본다면 휴머니즘의 울타리 밖에서 이루어지는 것은 경원시되고 휴머니즘의 개척과 상승은 역사의 원동력이었다고 보아 좋을 것입니다. 우리 주변에서는 초등학교 시절부터 친구들을 칭찬하는 교육, 다시 말하면 주변 사람들의 단점보다도 장점을 찾아 인정해 주는 교육이 필요하다는 얘기를 합니다. 정치 지도자들이 서로 헐뜯고 비인도적인 싸움을 벌이며 인간의 존엄성을 훼손하는 악습을 보아왔기 때문입니다. 그런 사소한 것들도 휴머니즘의 영역에 속하는 문제로 보아 잘못이 아닙니다. 우리가 교리주의에 빠진 종교를 우려하며 절대주의적 철학을 멀리하는 것도 그 결과가 고정관념이나 선입관념의 악습을 되풀이하며 휴머니즘의 창조적인 기능을 약화시키기 때문입니다.

아직도 전 세계적으로 폭력적인 테러가 그치지 않는 배후에는 종교적 교조주의와 사상적 절대주의가 잠재해 있습니다. 우리 선조들이 지녀온 흑백논리도 그 하나의 실례로 보아야 할 것입니다. 그렇게 본다면 중세기적 기독교가 휴머니즘에 의해 비판을 받고 때로는 배척을 받은 것은 기독교의 정신이 아니라 기독교회의 교리적 산물이었습니다. 그리스도, 석가, 공자 등의 정신이 버림받은 것이 아니고 기독교, 불교의 의식과 행사, 유교적인 잘못된 교리들이 배척을 받았던 것입니다. 그 지도자들의 교훈의 비휴머니즘 또는 반휴머니즘적 잔재들이 존재가치를 상실했던 것입니다.

근대사회를 특색 지을 수 있는 또 하나의 과제는 과학정신의 발달과 그 생활화에 있었다고 보아야 할 것입니다. 콩트(A. Comte, 1798-1857) 같은 사회학자는 세계 역사를 시대적으로 세 단계로 보았습니다. 종교시대가 끝나면 철학의 시대가 찾아오고 그 시대가 끝났기 때문에 앞으로는 (실증)과학의 시대가 전개된다고 보았습니다. 과학은 르네상스 때부터 싹트기 시작해서 19세기 후반부터는 세계가 완전히 과학의 시대로 접어들기 시작합니다. 철학도 그 중심무대를 과학에 양도하게 되었고 자연과학과 더불어 사회과학이 큰 비중을 차지하게 되었습니다. 빈델반트(W. Windelband, 1848-1915)는, 리어왕이 건재했을 때는 딸들이 그 밑에서 자랐으나 노쇠한 뒤에는 부왕이 딸들의 도움과 지배를 받았듯이 철학의 역할을 과학이 담당하는 사회로 바뀌었다는 비유를 들고 있습니다.

자연과학은 가시적 면을 갖고 있기 때문에 지구와 우주를 대상으로 하는 대자연에 관한 연구뿐 아니라 세포, 분자, 원자의 작은 자연에 미치는 연구까지 눈부신 발전을 거듭했습니다. 지금은 컴퓨터의 개발 덕분에 자연과학의 기능은 무한대로 확장되는 계기를 만들기도 했습니다.

그런가 하면 철학의 품 안에서 자라고 있던 사회학의 영역들이 사회과학의 불모지를 개척, 확장하는 과업을 성취시켰습니다. 19세기 중엽에 대두된 프랑스의 실증주의, 영국의 공리주의, 독일의 마르크스주의, 미국의 실용주의 등이 오늘의 세계에까지 그 영향을 미치고 있습니다.

그러나 중요한 것은 과학적 사고의 문제입니다. 과학의 나무나 숲의 근본요소가 되는 것은 합리성입니다. 합리적 사고를 배제하면 넓은 의미의 과학은 존립할 수가 없습니다. 그 바탕이 되는 것은 지성 및 이성입니다. 동양사회가 갖추지 못한 것이 바로 이러한 합리적 사고였습니다. 합리적 사고를 강조하는 과학시대에서는 종교가 밀려나는 것은 종교적 사고의 과학성과 합리성의 결핍 때문이었습니다. 종교적 신앙은 과학이 요청하는 검증의 대상이 될 수 없었기에 과학적 교육의 비판을 모면할 수 없었습니다.

그러나 과학의 위력을 가장 잘 입증해준 것은 자연과학과 그 결과로 주어진 기계와 기술의 탄생이었습니다. 20세기 후반부터 오늘날까지는 메커니즘, 즉 기계와 기술의 전성기라고 보아 좋을 것입니다. 생활의 편리성을 위해 개발한 기계와 기술이 우리 생활을 지배하게 되었고 그런 기계공학적 사고는 현대인들의 의식구조와 가치관을 변질시킬 정도로 역사를 바꾸어놓았습니다. 그런 노력과 업적을 서구사회가 주도해왔기 때문에 근대사의 주역을 그들이 차지하게 되었던 것입니다.

이런 사회적, 역사적 과제를 정리해보면 우리는 근대화의 순서가 인문학, 사회과학, 자연과학의 절차를 밟았다는 생각을 하게 됩니다. 인간중심의 사상, 사회, 자연의 과제가 핵심이었던 것 같습니다. 그리고 그 출발점이 된 것은 휴머니즘에 근거를 둔 사상들이었습니다. 그것이 두 주류를 이루게 되었습니다. 인문학과 예술입니다. 문학, 철학, 예술이 그 중심에 서 있었습니다. 그 노력과 결실이 없었던 사회는 근대정신을 창출하지 못했고 역사적인 후진성을 극복하지 못했습니다.

그렇게 본다면 근대문화의 탄생 여하가 근대화의 과정을 결정지었다는 생각을 하게도 됩니다. 르네상스 때는 말할 것도 없고, 셰익스피어가 없는 영국, 루소나 빅토르 위고를 모르는 프랑스, 괴테나 칸트를 배제한 독일은 상상할 수가 없습니다. 아시아에서는 일본이 근대화의 선도적 역할을 하게 된 것은 메이지유신 때 그런 시대적 욕구를 채울 수 있었기 때문입니다. 서구사회의 영향을 받은 적지 않은 수의 문인들, 학자들이 배출된 것이 오늘의 일본을 만들어주었습니다.

이에 비하면 불행하게도 우리는 그 대열에 동참하지 못했습니다. 6·25를 전후해서 우리나라의 학자들이 한국의 근대화의 과제를 본격적으로 취급한 일이 있었습니다. 나보다 10여 년 선배인 학자들이 정치, 경제, 사회, 철학, 역사 등을 대표하여 모였습니다. 그들이 내린 결론을 보면, 한국의 근대화는 일찍 보았을 때는 실학이나 동학으로 볼 수 있으나 대중적 보편성이 없었기 때문에 받아들이기 어렵다는 의견이었습니다. 오히려 3·1운동을 계기로 민족의식과 국민정신이 싹트기 시작하여 이광수, 최남선 등을 선구자로 하는 문학 및 문예운동이 정신적 근대화의 출발이었던 것 같다는 견해가 공감을 얻고 있었습니다. 그러나 그 운동도 일제강점기로 단절되어야 했고 해방과 더불어 스며든 전쟁과 혼란기에는 학문과 예술의 발전과 육성이 뜻대로 되지 못했습니다.

이렇게 정신적 주체성이 확립되지 못하고 있는 기간에 밖으로부터 사회과학과 자연과학 및 기계문명이 쏟아져 들어와 정상적인 역사적 성장 과정을 밟지 못한 혼돈 상태에 처하게 된 것이 우리의 현실인 것 같은 상황이 되었습니다. 사상적 주체성이 수립되기 이전에 마르크스주의와 자유민주주의에 휩쓸렸고, 빈곤에서 벗어나기 위한 기계와 기술의 도입은 필수적 과제가 되었던 것입니다. 다시 말하면 우리는 서구의 선진국들이 5, 6세기에 걸쳐 이루어놓은 근대화 작업을 동시에 개척, 육성해야 하는 처지에 놓이게 된 것입니다. 사상적 학문, 사회적 이념, 과학에서 오는 메커니즘 육성을 동시에 책임 맡아야 하는 부담을 회피할 수 없게 된 것입니다.

그 모든 것을 위한 기초적 출발은 역시 교육에 있고, 국민 전체가 자기에게 주어진 책임과 의무를 다하는 데 있습니다. 균형을 지키면서도 미래지향적인 선택과 노력이 요청되는 시대에 머물고 있습니다. 막연하지만 하나의 목표가 있다면, 전 국민이 인간다운 삶

을 영위하기 위해 자신에게 주어진 책임은 무엇이며 또 무엇으로
시대적 사명에 동참할 수 있는가를 찾아 최선을 다하는 자세를 가
져야 하겠습니다.

역주행하는 사람들은 없어야

옛날부터 서구 사람들은 집을 지을 때, 지하실을 두고, 일층에는 거실, 이층에는 서재와 침실을 두었습니다. 일상적인 생활은 일층에서 이루어졌습니다. 일도 하고 손님도 접대했습니다. 이층은 정신적 공간이나 휴식처로 삼았습니다.

우리가 사는 사회구조도 비슷하다고 보아 좋을 것 같습니다. 지하실은 주로 창고로 삼거나 상주하지는 않는 공간으로 되어 있습니다. 필요할지는 모르나 그곳에서만 살면 안 되는 사회가 있습니다. 우리는 그런 공간을 힘이 지배하는 하층사회, 잘못된 사회로 보고 있습니다.

부(富)도 힘의 도구가 되며 폭력도 힘의 대명사가 됩니다. 모든 성격의 권력은 말할 것도 없습니다. 최근 우리 주변에서는 과거에 흔히 쓰지 않던 갑을관계의 사회라는 말이 쓰이기도 합니다. 모든 생활의 질서와 인간관계가 상하관계로 이루어지며 힘이 지배하는 사회를 가리킵니다. 마치 약자가 강자의 희생 대상이 되는 동물의 세계의 일면을 보는 것 같은 인상을 줍니다.

그런 사회를 그대로 내버려둘 수가 없고 을에 해당하는 다수에게도 인내의 한계가 있으니까 그 사회악을 극복하기 위한 길을 열어야 합니다. 그래서 탄생된 상위층의 사회는 법으로 힘을 억제하며 조정하는 법치사회로 상승하게 됩니다. 옛날부터 법이 제정된 것은 역사 과정의 한 상위 단계입니다. 법 앞에서는 상하관계가 없고 평등한 인간권리가 보장, 유지되어야 합니다. 사회의 기강을 세우며 만인의 공인을 받는 법치사회가 요청되는 것입니다. 물론 그런 상위사회가 되는 데는 긴 세월이 필요하며 힘을 가진 갑의 반발로 더 오래 걸릴 수 있습니다. 일층이 생활의 공간이듯이 우리의 사회생활에는 법의 제정과 수행이 계속 요청되고 있습니다.

그러나 생각해보면 집의 이층도 필수적이듯이 법으로 끝나는 사회는 완전하지도 못하며 행복을 보존, 증대시켜갈 수도 없습니다. 법의 기초가 되며 지향점이 되는 또 다른 상위층이 필요합니다. 우리는 그것을 정신적 가치와 질서의 사회로 보아 좋을 것 같습니다. 교육계나 종교계는 법보다도 정신적 질서를 소중히 여기며 또 유지하고 있습니다. 문화적 임무를 담당하는 사회기관도 그렇습니다. 교육이나 종교까지 법 집행으로만 유지된다면 그 사회는 정신적 자유를 빼앗기는 또 하나의 법의 제재를 받는 불행을 초래할 수가 있습니다.

이러한 3단위의 사회는 사회적 기능면에서는 여러 기관이 제각기의 책임을 감당하게 됩니다. 주로 국가 단위의 사회기능으로 보았을 때 나타나는 현상들입니다.

힘이 상하관계로 지배하는 국가는 군사력과 경찰력이 그 사회를 유지하며 이끌어갑니다. 가장 후진적인 잘못된 사회를 가리킵니다. 대한민국의 초창기도 그러했습니다. 초대 대통령이었던 이승만은 후계자로 인정했던 이기붕에게 "나는 군대를 장악하고 있을 테니까 당신은 경찰을 책임지면 된다"고 말했을 정도였습니다. 힘의 소유자가 정권을 통솔할 수 있기 때문입니다. 지금도 후진국의 지도자들은 정권을 위해 군사력과 경찰력을 통솔하는 이유가 거기에 있습니다. 독재정권이 유지되는 방법은 그 길밖에 없기 때문입니다.

정권을 독점하는 사회는 공산국가입니다. 그 공산국가에서도 당의 핵심이면서 당을 보존하는 기능은 군사력에 있습니다. 당권을 장악하기 위해서는 군사권을 차지해야 했습니다. 북한에서는 선군정책을 표명하고 있습니다. 김정일은 군 수반이기 때문에 공산정권을 좌우할 수 있었고 김정은도 그 길을 답습하고 있습니다.

그러나 확실하면서도 엄연한 사실을 알아야 합니다. 이러한 힘, 즉 군사력으로 유지되는 독재국가는 역사상 망하지 않은 나라가 없으며 반드시 무너지고 맙니다. 법치국가로 탈바꿈해야 존립할 수 있다는 것이 세계사의 심판적 원칙입니다. 그런 국가가 오래 지속된다면 그 사회의 국민들은 정권의 노예와 수단을 모면할 길이 없어집니다.

해방 후의 대한민국도 그러했습니다. 지금은 그 처음 단계를 넘어 법치국가로 탈바꿈을 했습니다. 4 · 19 등의 민주화 투쟁이 그 계기를 만들어주기도 했습니다. 일본은 1세기 전에 마지막 쿠데타가 실패했습니다. 지금은 어떤 일본 국민도 군이 정권을 장악해서는 안 되며 군사정권은 용납할 수 없다고 생각합니다. 태평양전쟁 이후에는 그 국민적 공감대가 더욱 확고해지고 있습니다. 쿠데타는 또 하나의 정치적 후퇴가 되기 때문입니다.

제2단계인 법치국가가 성립, 유지되기 위해서는 집행기관이 필수적입니다. 그 책임을 감당하는 기관이 행정부입니다. 행정부는 법의 울타리 안에서 법을 집행하는 기능을 담당합니다. 그 입법은 국민을 대신하는 입법부가 담당합니다. 정권이 힘을 대행하기보다는 정부가 법을 집행하도록 된 것입니다. 그 기반을 만드는 것이 민주정치와 국민이 선출한 민주정권입니다. 그리고 이러한 정권의 기본과제가 정의의 실천과 구현인 것입니다. 지금 전 세계가 지향하고 있는 정치의 방향과 과제는 정의로운 사회의 건설입니다. 정의는 공정성과 공평성을 동반하기 때문에 인권과 평등성을 중요과제로 삼지 않을 수가 없습니다. 정의는 공존성의 기반이 되기도 합니다. 경제민주화도 그 하나의 방도인 것입니다.

그렇다고 해서 정신적 가치의 창출과 선한 질서의 육성이 없이는 정치적 정의나 민주화는 이루어지지 못합니다. 국민들의 다수는 법과 정치를 위해 살고 일상생활을 유지하더라도, 지성적인 지도자나 정신적 선도자는 더 높은 질서사회를 위한 책임을 소홀히해서는 안 됩니다.

법치사회, 즉 민주정권이 유지, 육성되기 위해서는 정의가 필수적입니다. 그러나 정치가 삶의 목적이 아니듯이 정의는 더 소망스러운 사회를 위한 요소이지 정의가 궁극적인 목표는 아닙니다. 더 많은 사람이 행복과 보람 있는 삶을 누리기 위해서는 정의는 필수 과제이나 정의와 더불어 더 높은 삶의 질서가 있어야 합니다.

예를 들어보기로 하겠습니다.

마르크스주의자들은 정의를 평등을 위한 절대수단으로 삼아왔습니다. 왜 정의가 필요합니까? 평등한 사회를 위해서였습니다. 그러나 아메리카에서는 정의는 모든 사람이 더 많은 자유를 찾아 누리기 위한 과정과 방편으로 여겨졌습니다. 아메리카는 자유를 위해 태어났습니다. 행복은 더 많은 자유를 많은 사람이 누릴 수 있을 때 가능해진다고 보았습니다. 평등을 위한 정의도 귀중했으나 자유가 없는 평등은 사회악이며 자유를 구속하기 위한 정의는 정의의 지향점이 될 수가 없었던 것입니다.

그러나 정치사회가 인상적인 생활의 장이 되어 있듯이, (이층에 해당하는) 정신적 질서의 가치사회는 정의만으로 이루어지지 않습니다. 그 질서적 영역을 담당해온 도덕이나 종교적 가치사회에 있어서의 정의는 더 높은 정신적 질서를 위해 요청되었던 것이 사실입니다. 우리는 그것을 윤리적 가치, 인륜적 질서라고 생각했습니다. 그렇게 보면 정의란 무엇입니까? 인간애에 대한 책임과 의무인 것입니다. 더 많은 사람이 인간다운 삶과 행복을 누리기 위해 정의가 필요했던 것입니다. 평등도 그런 요청에서 태어난 것이며 자유도 인간다운 삶인 행복의 기초로서의 의미를 지녔던 것입니다.

정의를 인간애의 의무라고 본다면 유교, 불교, 기독교 등이 표방하는 사랑(인간애)의 질서는 정의를 포함하면서도 정의를 완성시키는 정신적 기능의 질서라고 보아 좋을 것 같습니다. 그래서 법은 힘을 지배하고 정의는 법을 책임 맡으나 사랑은 인간애를 통한 삶의 의미와 가치를 완성시키는 질서라고 보아 잘못이 없을 것입니다. 국가를 중심으로 하는 정치사회가 정의를 책임 맡아왔다면 국가를 포함한 모든 사회적 삶에 있어서는 정의보다도 윤리적이고 휴머니즘을 기반으로 하는 인도주의 질서가 더 큰 비중을 차지해왔습니다.

어떻게 보면 우리는 힘과 법과 질서의 문제를 아래서부터 위로 올라가면서 설명해왔으나, 우리 사회를 전체적으로 본다면 인륜적 도리가 먼저 있었고 거기에서 탄생된 것이 정의였을지도 모릅니다. 가정을 유지해온 책임은 정의보다 사랑이 먼저였습니다. 국가가 탄생되기 이전의 씨족사회나 부족사회를 주관해온 질서도 인도주의적 가치관이었습니다. 또 국가 안에서 발생하는 여러 가지 문제의 해법과 그 방향도 정의를 포함하면서도 초월하는 인도주의적 가치관이었습니다.

지금 우리는 국가 간의 문제를 해결하기 위해서 UN을 만들었습니다. UN은 힘의 기관은 아닙니다. 그러나 UN의 정신을 인류가 따르고 있는 이유는 그 휴머니즘적 정신에 있습니다. 그리고 UN은 세계와 인류를 단위로 삼고 있습니다. 국가와 정치적 경계와 한계를 넘어서 존재하고 있습니다.

교육의 보편적 가치나 종교의 인륜적 의미는 말할 것도 없으며 인류가 지구 위에 생존을 시작해 오늘에 이르기까지 선한 가치와 희망을 약속해준 바가 있다면 그것은 휴머니즘 운동이었습니다. 정의는 그 뜻을 구현하기 위한 큰 버팀목이 되어왔던 것입니다. 아래에서부터 위로 올라가는 과정보다도 위에서부터 아래로 내려온 정신사가 더 강했을 것입니다. 종교나 교육이 정치 이전에 필요했던 것도 사실입니다.

최근 우리 주변에서 우려스러운 문제가 제기되고 있는 것은 이러한 정신적 질서를 책임 맡고 있는 (상위층이어야 할) 지성적 지도자들이 정치적 현실문제에 지나치게 뛰어들고 있다는 사실입니다. 교수들이 정치 일선에 참여하는 현실도 그렇고, 성직자로 자처하는 신부, 목사, 스님들까지 정신적 질서사회를 외면하고 정치무대로 몰입한다는 것은 더 귀한 의무를 버리고 정치인들이 해야 할 책임에 빠져드는 과오를 범할 수도 있습니다.

물론 모든 사회문제가 흑백이나 절대적 가치판단을 기준 삼을 수는 없습니다. 상대적인 선과 악이 있으며 내가 믿는 선에도 악의 요소가 들어가 있고, 상대가 악이라고 주장하는 것에도 부분적인 선은 있는 법입니다. 그렇다고 해서 모든 사회문제를, 특히 사회악을 그대로 방치해둘 수는 없습니다.

만일 정치적인 목적을 위해 교수가 간첩이 되고 성직자가 폭력을 지지한다면 우리 사회는 어떻게 되겠습니까? 나는 친분이 있었던 교수가 공산당원이었다는 사실을 알았을 때, 그를 실망스러운 질서 파괴자라고 생각했습니다. 그러나 공산치하에서는 얼마든지 자행되고 있습니다.

오래전의 일입니다.

우리나라의 대표적인 은행의 간부 한 사람이 내 제자였고 집안 대대로 천주교 신자였습니다. 당시 M이라는 신부가 북한에서 대한민국으로 들어오면서 성명 비슷한 발언을 했습니다.

"미군은 우리 땅에서 물러가라. 너희들 때문에 통일이 안 되고 있다."

그 현장을 뉴스로 본 내 제자는 성당에 나가기를 포기했습니다. 그는 "내가 저런 무책임한 신부를 믿고 천주교 신도가 되었던가"라고 후회했습니다. 3개월 동안 성당 출석을 거부했습니다.

그 제자는 나에게 성당에 나갈 수도 안 나갈 수도 없어졌는데 어떻게 했으면 좋겠느냐고 질문했습니다. 나는 그에게 계속해서 마음 놓고 성당에 나가라고 권고했습니다. 그리고 유감스러운 말을 추가했습니다. 앞으로도 M신부와 같은 신부들이 계속 나타날 것이지만, 신앙은 신부를 믿고 따르는 것은 아니라고 확언했습니다.

그 비슷한 사례는 불교계나 개신교계에서도 나타나고 있습니다. 정신적 가치와 인륜적 질서를 책임 맡아야 할 더 높은 책임을 경시하거나 포기하는 종교 지도자들이 많아지면 그 사회는 건전할 수가 없습니다.

교육자는 정신적 가치를 창출해 정치계에 기여할 책임이 있습니다. 어째서 최근 기업계와 사회 전반에서 인문학을 요청하고 있습니까? 사회를 이끌어갈 정신적 방향과 건설적 가치관을 상실하고 있기 때문입니다.

선진사회의 행복은 높은 질서의식과 가치의 창출에서 가능한 것입니다. 왜 세계가 선진국의 표준을 우수한 대학 서열에서 찾고 있습니까? 대학은 역사적, 사회적 희망을 주는 요람이기 때문입니다.

만일 지성사회와 교육계나 종교계가 그 책임을 다하지 못한다면 우리는 영구히 선진사회로 진입할 가능성을 상실하게 될 수도 있습니다. 정신적 가치와 질서를 모르거나 소외시킨 사회가 자유와 행복은 물론 역사적 희망을 담당한 일은 아직까지 없었다는 사실을 잊어서는 안 됩니다.

애국심이란 무엇인가

개인적인 이야기를 하겠습니다. 나는 4·19혁명을 겪으면서 애국심이 무엇인가를 심각하게 생각해본 일이 있었습니다. 200여명이 넘는 젊은 학생들이 희생의 제물이 되고 이승만 정권이 붕괴되었을 때였습니다. 대통령중심제가 끝나고 내각책임제가 되었습니다. 장면 박사가 총리가 되고 윤보선 씨가 대통령으로 추대되었습니다. 언론은 집권 총리 측을 신파라고 불렀고 윤보선 계열을 구파로 구별했습니다.

그 당시 나는 종로구 안국동에 살고 있었으며 윤대통령과 같은 교회에 다니기도 했습니다. 그때 구파의 지도자들이 모여 정부를 장악하고 있는 신파를 비난하며 심지어는 정부가 하는 일을 방해할 정도로 비협조적인 모습을 자주 보았습니다. 어떤 때는 정부가 일을 잘해서 집권 기간이 길어지면 어떻게 하느냐고 시기하기도 하고, 정부가 국민들의 지지를 얻지 못해 구파가 집권할 기회를 잡기를 바라는 자세였습니다. 말하자면 사사건건 분열과 집안싸움이 었습니다. 국가와 민족에 대한 걱정보다는 자기 측의 집권에 연연하고 있는 실정이었습니다. 생각해보면 조선왕조 500년 동안 계속되어왔던 당파 싸움을 그대로 보는 듯싶었습니다.

그것을 보면서 나는 저들 정치인들에게도 애국심이 있는가를 묻고 싶어졌습니다. 일제로부터 주권을 다시 찾은 반세기 동안은 어떠했는가를 살피게 되고, 21세기를 맞고 10여 년이 지난 지금은 어떤가를 묻고 싶어지는 것입니다. 과연 우리 정계의 지도자로 자처하는 사람들에게 애국심이 있는 것입니까? 그들도 애국자라면 애국심이란 어떤 것이겠습니까? 모든 국민이 다 저들과 같이 살아도 되는 것입니까? 언론이 보도하는 바를 보면 아직도 우리는 후진국가를 넘어서지 못하고 있으며 때로는 대한민국에 사는 것이 부끄럽다는 자괴심마저 갖는 경우가 있습니다.

야당으로 있을 때는 반대를 위한 반대를 일삼아오다가, 국민들이 정부에 실망한 나머지 정권을 교체해주면 여당이 된 그들은 마치 두 개의 정당인 듯이 내부적인 대립과 싸움을 시작합니다. 친○○파와 친××파로 분열되는 것은 예외가 없습니다. 여당에서 야당으로 밀려난 사람들은 자신들이 집권했을 때 결정지었던 사안을 여당이 추진한다고 해서 반대하고 나섭니다. 여당은 언제나 분열되고 야당은 예외 없이 반대를 위한 반대에 여념이 없습니다. 상식에도 어긋나는 일이지만 국민들의 기대와 희망을 외면하고 짓밟는 일이 예사로이 반복되고 있습니다.

한 국가나 민족이 망할 때는 그 국민이 자기결정권을 행사할 수 없을 때입니다. 우리는 대한제국 말기에 일본의 침략을 자초한 것은 일본의 제국주의 정책 때문이라고 말합니다. 사실입니다. 그러나 그 당시의 우리 정부와 국민이 자기결정권을 행사할 수 있었다면 중국, 러시아, 일본을 비롯한 열강들이 우리를 그렇게 얕볼 수는 없었을 것입니다. 역사가들은 한 국가나 민족이 자기결정권을 행사하지 못하면 스스로 붕괴된다고 말합니다. 지금 우리는 그 예를 여러 나라에서 보고 있습니다. 소련의 붕괴도 그 하나의 실례일 것입니다.

그 결정권을 해치고 무너뜨리는 것은 내분과 대립적 갈등입니다. 그런 사고를 뒷받침하는 것이 과거에는 흑백논리였고 지금은 정권욕에 도취된 사람들의 이기주의입니다. 우리가 바로 그런 정황에 빠져 있는 것입니다. 국민들은 그 사태를 우려하고 있음에도 불구하고 대부분의 정치인들은 지각없는 행태를 거듭하고 있습니다. 그래서 저들에게도 애국심이 있는가를 묻게 되고 애국심이 무엇인가를 자문하게 되는 것입니다.

애국심이란 나나 우리보다 국가를 먼저 생각하고 있는가의 문제에서 출발합니다. 정치계도 그렇습니다. 나보다는 정당의 정책을 위하고, 정당보다는 국가를 더 사랑하고 있는가를 생각해야 합니다. 그것은 정치인의 상식이며 민주정치의 정도(正道)입니다. 그러나 우리는 지금 그 길을 역행하고 있습니다. 몇 개씩의 정당을 만들고 바꾸어가면서 정권에 도전하는 개인들이 대표적인 정치가 행세를 하고 있습니다. 정당을 바꾸어가면서 정권에 줄서기를 하는 사람들이 대부분입니다. 영국이나 미국 같은 나라에서는 정당은 수백 년을 지속합니다. 그리고 정치인은 그 정당의 정책을 따라 국가에 이바지하는 것입니다. 정당은 정치인의 모체가 됩니다. 정당과 정책을 통해 국가에 봉사하는 것이 정치인의 생명입니다. 그러나 불행하게도 우리는 정당을 정권을 위한 이기적인 집단으로 만들어버렸습니다. 거기에 그치지 않습니다. 예로부터 생각과 신념이 없이 사는 사람들을 '꾼'이라는 말로 대신했습니다. 우리나라에는 정치나 정치인의 수는 별로 없고 정치꾼이 대부분입니다. 일정한 직업도 없고 다른 분야에서는 보람 있는 삶을 영위할 수 없는 사람들이 정치계로 뛰어드는 실정입니다. 대통령의 아들과 친인척이 비리를 저질러 사회의 비난의 대상이 되고 심지어는 법적 제재를 받는 일들도 일어납니다. 자리 잡힌 사회에서는 상상도 할 수 없는 폭력이 국회에서 예사로이 전개되고 있으며, 점잖은 사회에서는 들어볼 수 없는 폭언과 욕설이 정치인들 사이에서 상습적으로 벌어지고 있습니다.

국가를 먼저 생각하고 위한다는 원칙은 정치뿐만이 아닙니다. 기업을 하는 사람들은 기업체를 통해 사회에 이바지하고 있다는 정신을 가다듬어야 기업다운 기업을 하게 되고 존경받는 기업인이 될 수 있습니다. 또 그것이 성공적인 기업의 길입니다. 요사이는 세계적인 대학을 키운다는 말과 표어를 자주 보게 됩니다. 그런 대학이 되기 위해서는 대학의 구성원 전체가 대학을 통해 국가에 이바지하며 학문적, 정신적 기여의 영역을 세계로까지 확대시키겠다는 의무를 먼저 감당해야 합니다. 다른 모든 분야도 마찬가지입니다. 집안싸움이나 감투 쟁탈에 열중하면서 사회지도자가 되고 성공할 수 있다는 잘못된 생각은 버려야 합니다. 그렇게 본다면 애국심은 상식입니다. 정상적인 선택과 가치판단입니다. 애국심은 자랑거리가 아닌 겸손한 책임과 의무입니다. 그렇게 살지 않으면 안 되는 우리 모두의 정도(正道)입니다.

우리는 애국자가 없다고 걱정하기보다는 나 자신이 나라를 먼저 생각하고 걱정하는 위치로 돌아가야 합니다. 지도자들의 비애국적인 처신을 비난하기보다는 이름 없는 국민들의 애국적인 판단을 되찾으면 됩니다. 나 자신이 지연, 학연 등 집단이기주의의 노예가 되지 않아야 합니다. 국민의 절대다수가 국가와 민족을 먼저 생각하고 위한다면 세월과 더불어 모든 문제는 해결될 수 있습니다. 애국심은 나로부터 우리를 거쳐 국민에게 도달하게 되는 것입니다.

그렇다면 한 보 더 나아가 국가를 위하고 사랑하는 것은 무엇을 뜻하는 것입니까? 많은 사람들은 정권욕을 애국심으로 착각하고 있습니다. 정치계에서 출세하고 세도를 부리게 되면 그것은 곧 성공이고 그런 사람은 애국심을 가진 사람일 것이라고 오판합니다. 따져보면 애국심이 없는 대통령과 정치인은 많았습니다. 부정부패를 자행하다가 감옥에 간 대통령이 있는가 하면, 다른 사람들을 비난하고 욕하면서 자신은 더 심한 범죄를 저지른 사람들이 너무 많았습니다. 또 법망을 벗어났다고 하더라도 윤리적인 비난의 대상이 된 사람은 얼마든지 있습니다. 오히려 확실한 것은 정권지상주의자들은 진정한 의미의 애국자는 못 됩니다. 정권은 애국적인 책임이지 그 자체는 결코 정치의 목적은 아닙니다. 국회의원은 나라를 위해 일하는 직책입니다. 국회의원 그 자체는 목적이 아닙니다. 운동선수로 뽑힌다는 것은 좋은 경기의 결과를 위해 주어진 특권입니다.

그렇다면 나라를 사랑한다는 것은 무슨 뜻입니까? 국민들의 행복과 자유로운 활동을 위한다는 뜻입니다. 정권은 그 책임을 위해 맡겨진 일터입니다. 목적은 국민을 위한 희생과 봉사에 있습니다. 국민으로부터, 국민에 의해서, 국민을 위해서 위임받은 봉사자의 권한이 정권입니다. 국민보다 더 귀한 것은 없고 있어서는 안 됩니다. 국민의 자유, 국민을 위한 정의와 평등, 경제적 복지, 교육기회의 균등과 보장, 평화를 위한 정책, 이 모든 것은 국민을 위해 존재하는 것입니다.

어떤 국민도 정치적 목적 때문에 이용되어서는 안 됩니다. 더욱 중요한 것은 윤리적, 도덕적 가치가 정치나 정권의 수단이나 방편으로 퇴락하는 일은 없어야 합니다. 정치가 국민들의 인간다운 삶을 위해 필요한 것이지 인간이 정치나 정권을 위해 존재하는 것은 아닙니다. 걱정스러운 것은 이렇게 확실한 사실을 거부하면서 애국심을 자화자찬하는 정치인들이 있다는 것입니다. 정권욕의 노예가 되어 애국심을 빙자해 국민을 우롱하거나 이용하는 사람들은 결코 애국자가 아닙니다. 이미 지적해온 바였습니다.

그런데 위선적인 애국심에 사로잡혀 있는 정치인들이 있습니다. 자신들이 갖고 있는 정치이념을 위해 국민들을 수단화하며 자신들의 사상과 목적에 국민들을 맞추어가려는 사람들입니다. 그들이 바로 마르크스의 사상을 신봉하는 공산주의자들입니다. 그들은 소외당한 노동자와 농민들을 위한다면서, 정권 쟁탈을 위해서는 수단 방법을 가리지 않습니다. 자신들의 주장이나 정치이념에 동조하지 않거나 반대하는 국민들은 무자비하게 억압하고 배제합니다. 그리고 정권을 장악하게 되면 정치권력과 무력으로 반대 세력을 탄압하고 숙청합니다. 이중적으로 정권과 이념을 위해 국민을 수단화했던 것입니다. 공산주의를 반대하는 이유가 거기에 있었고, 그 때문에 공산주의는 실패와 파국을 자초하게 되었던 것입니다. 그들은 언제가 찾아올 이상사회를 위해 국민과 인간 전체를 물질적, 정치적, 사상적으로 이용하는 철학을 실천하려고 하였는데, 이는 큰 모순을 안고 있습니다. 마치 편협된 종교적 교리에 빠진 사람들의 상황과 비슷합니다. 그러나 위험한 것은, 종교는 그 목적을 위해 정권이나 강요된 힘으로 통제하는 일은 없지만, 공산주의는 경제, 정치, 사상, 모든 면에서 독재력을 발휘한다는 사실입니다.

많은 사람들은 그러나 이미 그 시기는 지났다고 말합니다. 냉전시대의 유물이라는 것입니다. 그러나 우리가 우려하는 것은 북한은 아직 그 꿈을 갖고 있다는 사실이며 우리 주변에도 같은 생각을 갖고 정치계와 노동계, 교육계, 언론계에서 활동하는 사람들이 있다는 현실입니다. 물론 그들의 사상이나 활동을 억제하거나 힘으로 반대하자는 것은 아닙니다. 국민들의 다수가 이용당하거나 선택의 과오를 범하지 않기를 바라는 것입니다. 그들은 누구보다도 조국과 민족의 통일을 선창합니다. 그러나 공산주의는 계급이 먼저이고 민족은 그 다음입니다. 생산과 경제가 국가보다도 더 큰 비중을 차지합니다. 그것이 마르크스주의의 출발이면서 공산주의의 목표입니다. 민족과 국가관이 앞서게 되면 계급의 중요성이 약화되며 공산 이상사회는 이루어지지 못합니다. 그런데 왜 누구보다도 통일을 애국의 과제로 삼는 것입니까? 공산화 통일을 하는 것이 그들의 최대 과제이기 때문입니다.

민주주의는 방법의 민주화입니다. 얼마든지 선택의 길이 열려 있습니다. 그러나 공산주의는 그 자체가 목적입니다. 그 길을 갈 것인가, 말 것인가 중 하나를 택해야 하는 것입니다. 우리가 애국심은 국민들의 행복과 자유를 위한 길임을 강조하는 이유가 여기에 있습니다.

한 가지만 더 추가하겠습니다. 지금 우리에게 주어진 애국적 과제는 국가와 민족의 장래를 위해 무엇이 필요한가를 찾는 일입니다. 애국심은 과거의 전통을 위하기보다는 미래를 위해 열린 길을 개척하는 데 있습니다. 그 책임을 외면하고는 진정한 애국적 의무를 다한다고 볼 수는 없습니다.

여기에서 가장 중요한 것은 애국심이 패쇄적인 민족주의로 굳어져서는 안 된다는 사실입니다. 특히 우리와 같은 단일민족인 경우에는 그 가능성이 농후합니다. 일본이 선진국이 되었음에도 불구하고 민족주의 노선을 극복하지 못하고 제2차 세계대전 이전으로 복귀하려는 움직임을 보이는 것을 볼 때면 선진국으로서의 영도력을 스스로 포기하는 것 같아 우려를 하게 됩니다. 고립된 민족주의도 스스로의 불행을 만들지만 민족우월주의에 빠지거나 민족적 지배욕을 포기하지 못한다면 세계 역사는 19세기의 불행한 전철을 밟게 될 것입니다.

민주주의는 항상 선의의 경쟁을 동반하며 상호간의 협조적인 발전을 도모합니다. 우리는 21세기는 다원적 가치가 공존하는 역사의 과정이 될 것이라고 믿습니다. 다양한 종교와 사상이 공존하며 정치와 경제에 있어서도 서로 존중하며 위해주는 세계로 거듭나기를 바라고 있습니다. 최근 세계적으로 번지고 있는 환경운동이나 지구촌을 다 함께 아름답게 보존하려는 노력도 그 하나의 실례입니다. 우리도 언제부터인지 모르게 다민족사회로 나아가고 있는 실정입니다. 민족과 국가 간의 협조적 경쟁과 교류가 없이는 민족과 국가의 발전은 불가능합니다. 역사는 후퇴할 수도 없고 해서도 안 됩니다. 열린사회로 가는 길은 우리의 필수적인 과제의 하나입니다.

우리에게 주어진 또 하나의 미래지향적 과제는 민족적 창의력과 창조정신을 키워 발전시키는 일입니다. 앞으로의 세계는 누가 인류의 행복과 발전을 위해 무엇으로 기여하는가에 따라 평가와 인정을 받게 됩니다. 주는 것 없이 받기만 하는 나라는 후진국가로 퇴락할 수밖에 없습니다. 많은 것을 주는 나라가 역사의 주도권을 차지하며 선진국의 길을 개척하는 것입니다. 경제만 그런 것이 아닙니다. 인간사회가 요구하는 모든 분야에서 먼저 창조하고 개척하며 그것들을 다른 나라에 줄 수 있을 때 국가적인 보람과 영광을 누리게 되어 있습니다. 과거에는 영국, 프랑스, 독일, 미국 등이 그 책임을 감당해왔습니다. 앞으로는 그 무대가 동북아시아로 옮겨갈 것이라는 예측을 하는 이들이 늘어나고 있습니다.

우리만 시대적 과업에서 탈락할 수는 없습니다. 일본이나 중국 못지않게 우리 민족의 우수성을 창조적인 노력에 경주하는 때가 와야 할 것입니다. 세계 역사는 무력의 경쟁에서 정치력의 경쟁으로, 다시 경제적인 경쟁의 무대로 바뀌었습니다. 앞으로는 그 노력이 정신문화적인 방향으로 바뀔 것이라고 말합니다. 그때가 되면 통일된 한반도는 독창적인 정신문화의 창조에서는 적지 않은 영향력을 갖추게 될 가능성을 안고 있습니다. 모든 경쟁은 사람들이 하는 것입니다. 우리 민족의 우수성을 충분히 발휘한다면 우리가 새로운 세계무대의 주역으로 진출할 길도 열릴 것이라고 믿고 싶은 것입니다.

우리는 어떤 지도자를 기대하고 있는가

지도자에 대한 개념은 상대적인 것입니다. 주어진 시대와 정해진 사회를 이끌어갈 책임을 감당해야 하기 때문입니다. 그렇다고 해서 지도자로서의 공통된 자질과 임무가 없다는 것은 아닙니다. 예를 들면 중산층이 확립되고 지도계층이 정착된 사회와 그렇지 못한 후진사회의 지도자의 책임과 기능은 같을 수 없을 것입니다. 후진사회일수록 강력한 지도력이 필요해지며 선진사회는 민주적 지도자가 요청되는 것이 보통입니다.

한때 미국인들은 우리나라 공화당 정권에는 민주주의가 없다고 지적했습니다. 그러나 지금은 박정희 대통령의 강력한 지도력이 있었기 때문에 한국은 오늘의 경제발전을 성취했다고 평가합니다. 정치적 결과는 영과 백으로 평가할 수가 없습니다. 소망스러운 결과의 다소로 가려보는 것이 현실입니다. 지금은 경제건설이 선행된 후에 정치적 민주주의가 뒤따랐다는 사실을 다행으로 여기는 사람이 적지 않습니다. 그러나 이런 상대성에도 불구하고 지도자로서의 기본조건을 상실한 사람도 지도자가 될 수 있다는 논리는 성립될 수 없습니다.

우리가 말하는 지도자는 정치계를 비롯한 사회 각계의 지도적 역할을 담당하는 인물들을 고려에 두고 있습니다. 큰 기업체의 책임자, 대학의 총장, 정부기관의 고위 행정관, 언론계의 주도적 임무를 맡은 사람들 모두가 지도자로서의 자질과 능력을 갖추어야 한다는 뜻입니다. 조직을 이끄는 사람은 언제 어디서나 리더십을 갖추고 있으며 또 그래야 한다는 것입니다.

그럼에도 불구하고 우리 주변에는 지도자로서의 기본조건을 갖추지 못한 사람들이 적지 않습니다. 그것은 건강하지 못한 사람이 대표선수가 되어 운동경기에 나가는 것과 마찬가지일 것입니다. 몇 가지 예를 들어보겠습니다.

윤리의식이 결핍되거나 그것을 가벼이 여기는 사람은 지도자가 되어서는 안 됩니다. 윤리성을 기본적으로 갖추지 못한 사람은 인간적 결격 사유도 포함하게 됩니다. 우리는 흔히 로마의 네로와 같은 역사적 인물을 말하기도 하며 조선시대의 연산군을 거론하는 경우도 있습니다. 그들은 기본적으로 인격적 자질을 상실한 사람들이었습니다. 질투와 원망이 몸에 밴 사람들, 보복의식을 통제하지 못하는 사람들, 이기적 욕망이 강해서 자신의 권력, 명예, 치부를 앞세우는 사람들, 알코올을 비롯한 중독성 습성에 빠진 사람들, 범죄 전과가 있는 사람들은 사회의 일원으로 일할 수는 있으나 지도자가 될 자격은 없다고 볼 수 있습니다.

우리가 말하는 윤리성은 그 사람의 언행이 사회의 선한 질서를 해치는 경우를 지적하는 것입니다. 프랑스 같은 나라에서는 지도자의 사생활에 대해서는 관대합니다. 그렇다고 사회의 질서를 훼손하거나 다른 사람에게 피해와 고통을 주어도 된다는 뜻은 아닙니다. 선진국에서는 병역과 세금 비리를 저지른 사람은 공직에서 받아들이지 않습니다. 사회적 의무를 다하지 못했다는 것은 사회적 질서를 훼손시킨 것이기 때문입니다. 정직하지 못한 행동, 다른 사람의 인격과 인간적 존엄성을 경시하거나 무시하는 행동은 반윤리에 속하기 때문입니다. 근대 역사학의 개척자 중 한 사람으로 불리는 랑케(L. von Ranke, 1795-1886)는 도덕적 활력이 넘치는 사회가 가장 소망스러운 사회라고 평하고 있습니다. 그 도덕성은 국민 전체가 지켜야 하나, 지도자는 언제나 모범을 보여줄 수 있어야 합니다.

또한 정신적 지도력을 이끌어갈 종교계, 교육계의 책임도 가벼이 볼 수는 없습니다. 최근 국회의원들이 국회나 정당 안에서 벌이는 정당 간, 계파 간 인신공격이나 폭력행사를 보면서, 왜 선진국에서는 초등학교 시절부터 서로 남들의 좋은 점을 찾아 칭찬하며 박수를 아끼지 않는 교육을 하고 있는지를 알 것 같았습니다. 우리의 국회의원들은 국민의 지도자로 자처하면서도, 남의 장점을 찾아 칭찬하거나 자신이 칭찬을 받으면서 자라지 못했기 때문에 어른이 되어서도 선한 사회지도자의 자질을 잃고 있었던 것입니다. 욕을 잘하는 사람이 유능한 인사로 간주되며 대안이 없는 부정적 비판을 하는 언론이 주목을 받는 사회가 된 것은 아닌가 싶은 때가 있습니다. 이기적이며 져서는 안 된다는 악의의 경쟁이 앞서 선의의 경쟁을 모르고 산 사람들이 사회의 지도자가 되었기 때문에 국민들과 아랫사람들이 겪는 인간적 고통은 그칠 바를 모르고 있습니다.

우리가 겪고 있는 사회적 폭력도 마찬가지입니다. 지성사회에서 상관이 아랫사람에게 폭력을 행사했다는 뉴스에 접하게 되면 놀라움을 금치 못합니다. 어려서부터 힘의 제재를 받아온 사람들이 윗자리를 차지하게 되면 폭언과 폭력의 제재를 당연한 듯이 여기는 모양입니다. 한평생을 교육계에 몸담고 있으면서도 학생들에게 체벌을 가하거나 욕설을 말한 일이 없는 스승도 많았다는 사실을 회상해보면 오늘의 교육은 크게 윤리성 빈곤으로 지적할 수 있습니다. 내가 아는 교수 한 사람은 제자들에게 언제나 존칭어를 썼습니다. 상대방의 인품과 인격을 나이나 선후배의 차이로 약화시키고 싶지 않았기 때문입니다. 나도 대학에 다닐 때 모든 교수들로부터 동등한 존중을 받으면서 지냈기 때문에 한평생 그분들을 존경하게 되었고 그것이 교육계의 존엄성과 승화된 모습을 유지시켜준 것으로 믿고 있습니다.

인촌 김성수는 우리 사회에서 가장 많은 인재를 키웠고 또 유능한 지도자들과 함께 일했던 사람입니다. 그는 아첨하는 사람과 동료를 비방하는 사람은 가까이하지 않았습니다. 그런 사람들은 언젠가는 배반할 수도 있고 공동체의식을 무너뜨리는 역할을 하기 때문입니다. 그런 자세는 대인관계에 있어 지극히 상식에 속합니다. 그럼에도 불구하고 우리 주변에서는 아첨하는 사람을 옆에 두며 동료를 비방하는 사람을 내 편으로 삼았기 때문에 지도자로서의 자격을 상실한 사람을 많이 보곤 합니다. 이승만 대통령도 그중의 한 사람으로 꼽히고 있습니다. 사람을 건설적으로 보지 못하고 등용하는 것은 지도자의 실패를 자초하는 결과가 됩니다.

　윤리성의 결핍 못지않게 지도자의 자질을 해치는 것은 선입관념이나 고정관념의 한계를 극복하지 못하는 지성적 빈곤입니다. 이승만 대통령은 미국에서 민주주의 정치를 배우고 연구한 사람임에도 불구하고 그가 실천한 정치행정은 구한말의 틀을 벗어나지 못한 인상을 받기도 했습니다. 박정희 대통령은 일제 때 사범학교를 나왔고 사관학교를 거친 과거 때문에 문화, 교육, 사회의 자유로운 다양성은 전연 받아들일 수 없었음을 잘 보여주고 있습니다.

　미국을 제외한 거의 모든 나라에서 군 출신이 정치적 지도자가 되는 것을 꺼리는 이유가 있습니다. 군인정신이 몸에 밴 사람은 민주적 융통성과 창조적 사고에서 뒤진다고 보기 때문입니다. 여러 후진국가와 더불어 우리도 대통령 3대에 걸쳐 충분히 경험해보았습니다. 그러나 미국의 경우는 다른 면이 있습니다. 군 생활에 있어서도 민주주의를 약화시키거나 상실하지 않도록 제도적인 노력을 쏟고 있기 때문입니다. 대령급 때에는 국방대학원 교육이 필수적인 것으로 알고 있습니다. 그 대학원 기간의 교육내용은 민주적 윤리교육입니다. 군 지휘관으로서의 자질과 더불어 민주적 지도자로서의 자격을 갖추도록 배려해주는 것입니다. 그래서 미국 사회에서는 군 출신이지만 대령급이 되면 사회지도자로서의 능력도 충분히 갖춘 것으로 인정받고 있습니다. 그래서 미국인들은 군 출신 대통령이나 국무장관을 대할 때 충분히 휴머니스트라는 점을 인정해주곤 합니다. 군인을 비롯한 모든 사람들은 지도자가 되기 위해서는 지성적이고 인도주의적 가치관을 소유하며 항상 새로운 창조력을 갖추어야 하는 것으로 되어 있습니다.

　지도자의 윤리의식 못지않게 중요한 과제의 또 하나는, 항상 새로운 사상에 접할 수 있어야 하며 가능하다면 창조적인 사고와 가치관을 제시할 수 있어야 한다는 것입니다. 그러기 위해서는 지도자는 어떤 선입관념이나 고정관념의 노예가 되어서는 안 됩니다. 우리가 지금도 세계적 진보세력으로 자처하던 마르크스주의자들을 경계하는 것은 그들이 180년 전의 경제관과 사상을 그대로 고집하면서 진보를 주장하고 있기 때문입니다. 그 세력이 역사의 무대에서 사라진 것도 그 까닭입니다. 고정된 정치 경제 이념을 절대시하는 우를 범했던 것입니다. 북한에서는 그 사상을 주체사상이라든지 유일사상으로 개칭하고 있으나 지금은 사회적 현실의 절대주의는 용납될 수가 없습니다. 비슷한 정치적 과오를 범하는 이들은 19세기적 민족주의나 국가지상주의를 신봉하는 사람들입니다. 그들은 자신의 민족과 국가를 절대시하기 때문에 세계적인 번영과 인류의 공존을 저해하는 우를 범하고 있습니다. 국수주의가 바로 그것입니다. 독일의 히틀러가 그 주범이 되었고 태평양전쟁 당시의 일본의 지도층이 같은 역사악을 감행했던 것입니다.

　지금 인류는 19세기는 절대주의 시대였고 20세기는 상대주의 사회였다면, 21세기는 다원주의 사회로 전진하고 있음을 의심치 않습니다. 인류공존의 길을 가로막는 절대관념은 용납될 수가 없습니다. 이 문제의 해결을 위해서는 종교적 교조주의도 비판의 대상이 되어야 합니다. 종교의 기본은 모든 사람들에게 개방적인 진리를 제공해주는 데 그 뜻이 있었습니다. 진리란 소망스러운 인생관과 가치관을 뜻합니다. 우리가 어떤 신앙을 갖는다는 것은 그 종교를 통해 더 귀하고 고상한 삶의 가치를 얻고자 하는 염원에서 필요했던 것입니다. 그러나 대부분의 종교 집단들은 자신들의 공동체를 유지, 발전시키기 위해 종교적 진리를 교리로 바꾸며 그에 따르는 교조주의를 강조, 강요하는 나머지 대부분의 신도들을 고정관념의 울타리 안에 응고시키는 과오를 범해왔고, 그것이 오늘의 종교 간의 갈등과 불행을 유발하는 결과가 되었습니다. 만일 사회적 지도자들이 이러한 선입관념이나 고정관념의 노예가 된다면 그 사회는 개방성과 창조성을 상실하게 될 것입니다.

옛날 플라톤은, 지도자는 철학적 식견을 갖추어야 하며 그러기 위해서는 50세가 넘는 연령이 좋겠다고 주장했습니다. 이때의 50이라는 것은 정신적 및 사회적 연령을 말하는 것입니다. 또 평균수명이 낮았던 시대의 표준이었습니다. 성숙된 사회에서는 40대에도 정신연령이 60과 동등할 수 있고, 어떤 사회에서는 50이 되어도 정신적 연령이 성숙하지 못하는 경우가 있습니다. 지도자는 성숙된 연령이 필요합니다. 또 지도자가 되기 위해서는 국민 절대다수가 밟아온 과정을 거친 사람이 바람직하다는 견해도 잘못은 아닙니다. 우리는 박정희, 전두환, 노태우, 김대중, 노무현 대통령 등이 정상적인 대학교육을 받지 못했기 때문에 긴 세월에 걸쳐 교육정책의 정도를 이루지 못했다는 사실을 부정할 수는 없습니다. 국민의 다수가 걸어온 정상적인 교육과정을 밟아야 한다는 것은 필수조건은 아니지만 필요조건은 되어서 좋을 것입니다. 지성인의 자질을 위해서도 요청하고 싶은 바입니다.

플라톤이 말한 철학적 식견은 어폐가 있습니다. 그러나 철학적 사고라는 말은 지성인과 지도자에게는 필요합니다. 흔히 철학이 없는 사람이라는 말을 합니다. 주장과 신념이 없다는 뜻입니다. 그러나 일반적인 개념을 쓴다면, 지도자는 사물을 전체적으로 관찰하며 밖으로 나타나는 현상보다는 역사적 저류를 형성하고 있는 근원적 흐름을 파악할 수 있어야 한다는 뜻입니다. 국민들이 오늘의 정치인들을 걱정하는 것은 국민을 위하기보다는 정권을 위한 정책에 사로잡히며, 정당의 정책보다도 사사로운 이해관계에 몰입하는 사태를 너무 오래 보아왔기 때문입니다. 한 개인이 정권을 차지하기 위해 몇 개의 정당을 만들며, 정당 옮겨 다니기를 운동선수가 소속팀을 바꾸기보다 가벼이 여기는 다수가 정치계를 장악하고 있는 실정입니다. 나보다는 정당을, 정당보다는 국가와 국민을 위하는 당연한 사고를 거부하는 이들이 대부분입니다.

나는 대학에 몸담고 있었습니다. 이때 나보다는 우리 대학이 중하고 대학은 국가와 민족에 기여해야 한다는 정신은 건전한 상식에 속하는 것입니다. 지도자는 바다의 표면에 일어나는 파도보다도 그 밑을 흐르고 있는 조류를 살필 수 있어야 합니다. 일시적인 것보다 영구한 것, 현상적인 것보다 본질적인 것, 회고적인 것보다는 미래지향적인 것을 살피고 제시할 수 있어야 합니다. 상식적인 표현을 쓴다면, 지도자는 우리 모두를 위하여 앞으로 무엇이 필요한가를 제시할 수 있어야 합니다.

어떤 지도자들은 자기를 과신하는 나머지 자신이 모든 일을 다할 수 있을 것으로 착각해서 아랫사람을 심부름꾼으로 여기는 이도 있었습니다. 진정한 지도자는 자신도 일하지만 더 많은 사람으로 하여금 더 많은 일을 할 수 있도록 이끌어주어야 합니다. 특히 문화, 예술, 학문, 교육, 종교 등의 영역에 있어서는 그 분야의 지도자들로 하여금 최선의 업적과 성과를 올릴 수 있도록 뒷받침해 주어야 합니다. 정신적 영역까지 통제하는 과오를 범해서는 안 됩니다.

세계에서 가장 조용하지만 언제나 국민들의 신뢰를 얻고 있는 기관은 영국 국회라고 말합니다. 거기에는 단순한 이유가 있습니다. 국회의원들은 소속된 정당의 정책을 중요시하지만 국가와 민족 전체를 위한 법안을 논의한다든지 국제적 문제가 발생했을 때는 개인적 소신을 피력할 수 있기 때문입니다. 국민들은 몇 표 안 되는 차이로 가결되더라도 그 결과를 따르도록 되어 있습니다. 그러나 우리 국회는 있으나 마나 합니다. 여당은 무조건 밀어붙이고 야당은 반대를 위한 반대를 일삼기 때문에 국민들은 스스로의 선택과 판단을 할 수밖에 없어집니다. 애국심이란 다른 것이 아닙니다. 국가와 민족을 먼저 위하는 생각과 생활입니다. 지도자가 된다는 것은 일반 국민들보다 앞선 지식과 판단으로 미래를 위한 계획과 설계를 창출할 수 있는 사람이 되는 것입니다.

그렇다면 이제 마지막 문제가 남게 됩니다. 사회 각계각층의 지도자가 지키고 따라야 할 공통된 의무가 있는가입니다. 그 이념과 방향이 상반되면 국가와 사회는 진로를 상실하게 되며 지도력은 좌절에 빠지게 됩니다. 말하자면, 소중한 자기결정권을 상실하게 됩니다. 분열과 파쟁도 모면할 길이 없어집니다. 우리가 과거 500

년 동안 국가의 자기동일성과 결정권을 충분히 지키지 못한 것을 반성해볼 필요가 있습니다. 그러나 생각해보면 그 해답은 간단할 수 있습니다. 서양의 전통을 따른다면 휴머니즘의 구현입니다. 인간목적관의 확립입니다. 더 많은 사람이 인간다운 삶을 영위할 수 있도록 돕는 일입니다. 강요나 투쟁이 아닌 지도와 봉사의 길입니다. 정의와 자유에 대한 섬김의 의무입니다. 동양의 전통으로는 인도주의, 즉 인륜(人倫)의 구현입니다. 민주적 방법은 그 길을 개척해가는 노력인 것입니다.

끝으로 도산 안창호의 지도자론 한 가지를 소개하겠습니다. 아직도 우리에게는 적절한 교훈이 되겠기 때문입니다. 도산은 이렇게 말했습니다. "지도자가 없다고 걱정하지 말라. 우리들 가운데 가장 유능하고 믿음직스러운 사람을 지도자로 선출하라. 그러고는 우리 모두가 그로 하여금 일할 수 있도록 도우면 되는 것이다."

그가 그런 뜻을 밝힌 것은 서로 지도자가 되려고 싸우는 모습이 안타까웠기 때문이었습니다. 그는 지도자로 하여금 일할 수 있도록 협력하는 선진국 국민들의 자세에 감명을 받았던 것 같습니다. 지도자가 우리에게 무엇을 해줄 수 있는가를 묻기 이전에 우리가 어떻게 지도자를 도울 수 있는가를 찾는 국민이 더 위대한 사회를 만들어갈 수 있다는 뜻입니다.

조국을 반석 위에 세우자

지금으로부터 200여 년 전에는 영국과 프랑스가 대표적인 두 선진국이었습니다. 이탈리아와 스페인은 전성기의 고비를 넘겼고 독일은 두 나라의 뒤를 이어 성장했기 때문입니다. 어느 나라나 그렇듯이 영국과 프랑스도 역사적 시련기를 겪어야 했습니다. 영국은 산업혁명의 와중에서 극심한 사회적 혼란기를 맞았으며, 프랑스는 정치적 갈등과 모순으로 대혁명을 치르는 전무후무한 격랑을 겪어야 했습니다.

그런데 두 나라의 위기 극복의 상황에는 큰 차이가 있었습니다. 프랑스는 혁명으로 사회 전체가 붕괴되는 듯한 시련을 겪었는데 영국은 비교적 건실하게 그 역사적 과제를 치렀다는 차이점입니다. 나도 중학생 때 서양사를 배우면서는 프랑스혁명은 위대한 혁명이라는 것으로만 익숙해져 있었습니다. 그러다가 두세 차례 프랑스를 방문하면서는 위대한 혁명이었다기보다는 비참한 혁명이었다는 사실을 깨닫게 되었습니다. 아직도 프랑스인들은 혁명 당시의 비극을 잊지 못하고 있다고 합니다. 큰 변혁을 일으켰다는 점에서는 위대했을지 모르나 치른 혁명의 대가는 너무나 비참했기 때문입니다.

어째서 두 나라 사이에 그런 차이가 벌어졌을까요? 오히려 영국이 더 큰 위기를 맞고 있었던 것이 사실인데 말입니다. 물론 역사가들이나 사회학자들은 더 많은 사실을 제시해줄 것입니다. 그러나 나는 두 나라의 사회구조에 큰 차이가 있었던 것으로 보고 있습니다.

프랑스는 소수의 지배층과 절대다수의 피지배층으로 사회가 나누어져 있었습니다. 왕실, 귀족, 종교계의 지도층이 지배계층을 형성했고, 국민의 대부분인 농민들이 그 지배를 받아야 했습니다. 나는 우리 교과서에 실려 있던 그 당시의 만화를 지금도 기억하고 있습니다. 뼈만 앙상한 농민이 지고 있는 지게 위에 피둥피둥 살이 찐 왕족과 귀족 그리고 천주교의 신부가 앉아 있는 만화였습니다. 마치 이런 사회가 유지될 수 있었을까 하고 묻는 것 같았습니다. 지배층은 그 상태를 유지하기 위해 힘으로 억압했고 피지배층은 생존권을 위해 투쟁과 혁명을 선택할 수밖에 없었던 것입니다.

이에 비하면 영국은 지배층과 피지배층 사이에 중산층 또는 자각 있는 중견층이 어느 정도 형성되어 있었습니다. 그렇게 되면 지배층의 권력이 중산층, 중견층에 흡수되고 피지배층으로 볼 수 있는 계층은 중산층을 상대로 우리도 언젠가는 잘 살 수 있다는 모방층으로 바뀔 수가 있었던 것입니다. 이러한 중산층의 유무가 두 사회의 큰 차이점이었다고 생각합니다. 이 중산층이 안정되면 지배층은 억압을 일삼는 지배자의 위치에서 지도층으로 변질되고 피지배층은 모방층으로 축소, 변질될 가능성이 생기는 것입니다. 중산층은 급격한 변화나 혁명을 원하지 않습니다. 세월이 지나면 자신도 지도층으로 올라갈 수 있다는 가능성을 믿기 때문입니다. 노른자가 없는 계란은 구실을 할 수 없듯이 중산층이 없는 사회는 안정된 질서와 미래를 약속할 수가 없습니다.

제정 러시아가 혁명으로 붕괴된 것도 마찬가지 이유이고, 또한 베트남전에서 미국이 패한 것도 베트남 사회는 중산층이 없었기 때문이었습니다. 정권을 강압적인 지배권으로 여기고 있었던 베트남 사회에서 공산주의자들은 다수의 피지배권 국민 편에서 지배권을 타도하고 인민정부를 수립하도록 했습니다. 당시 정권과 손을 잡아야 했던 미국이 베트남 피지배세력의 저항 대상이 되었던 것이 실패의 원인이 된 것입니다.

실질적으로 중산층이 확립된 사회만큼 안정된 국가는 없습니다. 일본을 비롯한 아시아의 선진국들이 그런 위상을 잘 보여주고 있습니다. 그리고 경제적인 중산층은 국가와 민족을 위한 정신적 중견층을 겸하게 됩니다.

그렇다면 영국 사회가 그렇게 된 데는 어떤 원인이 작용했던 것입니까? 나 같은 사람이 지적하고 싶은 것 중의 하나는 영국의 종교계가 프랑스와 달랐다는 점입니다. 프랑스는 가톨릭 국가였고 가톨릭의 지도자들이 특권층과 합세해 있었습니다. 그러나 영국에서는 국교라고도 볼 수 있는 성공회가 왕실 및 특권층과 자리를 같이했으나, 북쪽 스코틀랜드에서는 새로운 시민의식을 갖춘 장로교가 크게 득세했고 잉글랜드에서는 새로이 평등의식을 지닌 감리교가 크게 부흥했습니다. 그뿐만 아니라 빈민 지역으로 알려진 동부 런던에서는 구세군이 탄생해서 희망과 심령적 자각을 높여주었습니다. 지금도 그 세 교단의 세력은 세계적으로 영향력을 뻗치고 있습니다. 이러한 신흥 교단의 정신력이 지배와 피지배의 단순 구도를 파괴하고 새로운 정신적 지도력을 형성할 수 있었습니다. 어느 나라에 있어서나 지배층은 힘과 억압을 일삼지만 지도층은 정신적 진로와 질서를 육성하는 차이가 있습니다.

영국과 프랑스가 지닌 또 하나의 차이점은 두 나라를 대표하는 정신적 지도층에 속하는 사상가, 학자, 교수들의 위상이 달랐다는 사실입니다.

프랑스의 계몽사상가와 지성적인 사회지도자들은 억압하는 소수의 지배층을 거부하면서 피지배층의 민중을 대변했고 그들과 더불어 사회정의와 평등을 호소하는 역할을 담당했습니다. 그래서 프랑스혁명의 원인을 제공한 인사들은 몽테스키외, 루소, 볼테르 등으로 지목받아왔습니다. 그렇게 된 배경에는 프랑스가 주도했고 정신사에 영향을 준 합리주의 철학이 뒷받침을 합니다. 합리주의는 원칙과 원리를 찾아 정하면 현실을 그 틀에 맞추는 사고방식입니다. 수학, 기하학, 논리학이 모든 학문과 사상의 근간이 되어 있었습니다. 데카르트를 비롯한 철학자들이 그 정신적 기틀을 만들어주었습니다. 그래서 혁명을 이끈 사람들은 자유, 평등, 박애를 위해 기성정치의 기반 자체를 거부했던 것입니다.

그러나 영국은 사정이 달랐습니다. 영국은 심리학과 경험과학을 계승했기 때문에 현실논리를 존중했고, 주어진 현실에서 더 좋은 현실을 창출해내는 전통을 버리지 않았습니다. 그들은 신발에 맞추기 위해 발을 자르는 우를 범하지 않고 커지는 발에 맞추어 구두를 지어 신는 현실적 경험주의를 지켜왔습니다. 형식논리가 아닌 현실논리를 존중했습니다. 그래서 영국의 사상가, 학자, 교수들은 영국 전체를 위해 무엇이 필요한가를 모색, 제시하는 임무를 담당했습니다. 필요한 것은 정부의 전복보다 더 좋은 정부라고 생각하며, 지도층과 민중이 같은 방향에서 더 소망스러운 미래를 위한 제안을 중요시했습니다. 그 결과로 정부와 국민의 유대가 가능해졌고 대립에서 투쟁이 아닌 대화에서 객관적 가치를 추구하는 앵글로색슨의 정신사적 성격을 굳혀갈 수 있었습니다.

한때 우리 주변에서는 어용교수라는 용어가 유행했습니다. 그것은 우리나라 지성계가 대륙식 합리주의, 즉 형식논리적 습성을 따랐기 때문입니다. 그러나 영국이나 미국에서는 프랑스, 독일과 달리 어용교수라는 개념이 적었습니다. 전체 사회를 위해 기여하는 것이면 수용할 수 있었기 때문입니다. 지금은 우리 주변에서도 어용교수라는 말이 줄어들고 있습니다. 세계사적 변화에 따르는 현상으로 볼 수도 있겠습니다.

역사가들이 창조적인 소수라는 개념을 도입한 것도 뜻 깊은 것입니다. 창조적인 소수가 지속되는 동안 그 사회는 역사적 발전을 거듭할 수 있다는 것입니다. 창조적인 소수는 다수의 모방층을 형성할 수 있고 그것이 가능하기 위해서는 중견층이 있어 사회적 자각의식을 높여주어야 하는 것입니다.

물론 이런 것으로 모든 문제의 설명과 해법이 다 채워지는 것은 아닙니다. 정신사적인 한두 가지를 지적해본 것입니다.

그렇다면 남는 문제는 우리들의 것입니다. 조국을 굳건한 반석 위에 건설하기 위해서는 어떤 선택과 노력이 필요한 것입니까?

무엇보다도 중요한 것은 경제적 중산층과 정신적 중견층의 확립입니다. 선진국들이 사회적 안정을 유지하는 것은 중견층의 역할 때문인 것입니다. 경제적 중산층에 관해서는 더 언급하지 않겠습니다. 우리 모두가 인정하면서 노력하고 있는 과제이기 때문입니다. 내가 중견층이라는 개념을 쓰는 것은 정신적인 중산층을 말하는 것입니다. 사고방식과 가치관이 건설적인 계층을 가리키는 것입니다. 그 계층이 굳건해지면 그 계층 속에서 지도층이 형성되며 그 지도층 안에서 지도자가 선출될 수 있습니다. 그리고 필요에 따라서는 지도자를 교체할 수 있는 가능성과 기능을 담당하게 됩니다. 중견층 사람들은 어리석은 군중과는 다릅니다. 불순한 세력의 사주를 받는 자각 없는 대중도 아닙니다.

그들은 건전한 애국심을 갖춘 지성인들입니다. 애국심을 내세울 필요가 없습니다. 언제나 국가 전체를 우선적으로 생각하며 미래지향적인 가치를 존중히 여기는 사람들입니다. 자기보다는 정당의 정책을 존중하며 정당보다는 국가의 장래를 우선적으로 위하는 정치관의 소유자들입니다. 개인의 치부를 최우선으로 하기보다는 건전한 기업체를 키우며 그 경제적 혜택을 사회에 환원하려는 기업정신을 갖춘 사람들입니다. 국민의 가치관과 사회의 선한 질서를 염원하는 교육자를 말하는 것입니다. 자기가 믿고 따르는 종교도 중요하지만 더 많은 사람들의 인간다운 삶을 위해서는 다른 종교와 신앙을 갖는 이들과도 더불어 일할 수 있는 종교인을 가리키는 것입니다. 자기의 신앙이나 정치이념을 국가와 민족의 이상으로 강요하지 않는 지성인을 뜻하는 것입니다. 우리는 그런 사람을 사회의 건설자로 여기며 진정한 의미의 애국자로 보는 것입니다. 그런 다수가 건재하는 사회를 중견층이 확립된 사회로 보고 싶은 것입니다.

넓게 보았을 때 그들은 지성과 윤리성을 갖춘 중산층인 것입니다. 정치계에서는 너무 많은 부를 소유하는 사람과 스스로의 경제 문제도 해결하지 못하는 가난한 사람을 반기지 않습니다. 전자는 기업활동을 하는 것이 더 좋을 것이며, 후자는 먼저 중산층에 가담할 수 있는 노력이 필요하겠기 때문입니다. 물론 예외는 있습니다. 그러나 안정된 사회를 위해서는 그 길이 건전한 사회적 요청일 수 있습니다.

우리가 중산층, 중견층 사람들의 건재를 요청하는 이유 중의 하나는 그들이 갖는 건전한 윤리의식과 도덕성 때문입니다. 누구나 상위층 자리를 차지하게 되면 자신도 모르게 기득권과 그 혜택을 오래 유지하고 싶어집니다. 권력의 유지와 부의 보존을 원하지 않는 사람은 거의 없습니다. 그것은 인간의 상정입니다. 그때 그들은 윤리성을 상실하게 됩니다. 이럴 경우 무엇보다도 필요한 것은 생각 있는 국민들의 굳건한 도덕성입니다. 근대 역사학의 개척자로 불리는 역사가 랑케는 좋은 국가를 위해 통치자에게 가장 소망스러운 것은 도덕적 활력이라고 제안했습니다. 바로 그 책임을 감당할 수 있는 다수가 국가의 운명을 결정지을 수 있는 것입니다.

그들은 사회의 급진적인 변화를 바라지 않는 때가 있습니다. 그 변화는 많은 사람의 행복을 해칠 수 있기 때문입니다. 그렇다고 해서 현재에 안주하려는 보수주의자도 아닙니다. 발전이 없는 사회는 앞날의 불행을 자초하기 때문입니다. 어떻게 보면 그들은 보수 진영 같은 인상을 줍니다. 중산층은 보수적이라는 말이 일반적입니다. 그러나 그 안에서 탄생되는 창조적인 소수가 그리워지며 다수의 자유와 행복을 창출하려는 지도자를 원하게 되는 것입니다. 선의의 경쟁에서 승리자가 되어야 하며 국제무대에서 도전과 응전의 동력을 갖춘 민족이 되어야 하는 것입니다.

그리고 그런 사회가 원하는 것은 휴머니즘의 육성과 성취입니다. 더 많은 사람들이 인간다운 삶을 누릴 수 있는 궁극적인 목표를 줄기차게 찾아가는 민족과 사회를 창건하는 것이 우리의 이상인 것입니다.

Ⅳ. 인문학의 위기와 그 극복

교육의 두 가지 과제
— 행복과 성공은 누구에게나

　우리나라 교육이 잘못되고 있다는 우려의 목소리는 줄어들지 않고 있습니다. 그 일차적인 책임은 교육정책의 실패에서 비롯되었기 때문에 정부가 해결책을 내놓아야 한다는 요청이 컸으나 지금은 그 기대마저 사라진 것 같습니다. 그러나 동등한 책임은 일선 교육자들에게도 있으며 그보다 못지않게 학부모들의 교육관에도 어려움은 산적해 있습니다. 교육을 이해한다고 자처하는 지성층 학부모들도 자기 자녀에 대한 욕심이 지혜로운 선택과 지도를 병들게 하고 있습니다. 자녀들에 대한 인격적 사랑에서 우러나오는 교육은 어디에서도 찾아보기 힘든 실정입니다.

　그래서 무엇보다도 중요한 과제의 하나는 누구나 인정하고 받아들일 수 있는 교육의 기본방향과 근원적인 교육관을 제시하는 일입니다. 정책당국과 교육담당자 그리고 학부모 모두가 수용할 수 있고 수용해야 하는 과제가 제시되어야 합니다. 오늘은 그 한두 가지 내용을 찾아 비판하여 정리해보기로 하겠습니다.

옛날의 서당 교육에서 해방 직후까지의 교육은 스승과 부모를 중심으로 이루어져왔습니다. "군사부일체(君師父一體)"라는 말이 전해져왔습니다. 우리가 존경하고 따라야 하며 권위로 받들어야 하는 세 윗분들이라는 뜻입니다. 거기에는 스승과 부모를 대할 때에도 임금을 모시듯이 하라는 가르침이 깔려 있습니다.

그래서 우리는 수백 년, 적어도 수십 년 동안 똑같은 교훈을 받아왔습니다. "선생님 말씀을 잘 들어야 한다", "부모님 말씀은 꼭 지켜야 한다"라는 말을 수없이 많이 들어왔습니다. 그 뜻이 오래 굳어졌기 때문에 스승보다 앞서는 제자, 부모보다 훌륭한 자녀의 탄생은 실질적으로 지장을 받기도 했습니다. 교육 자체가 스승을 위한 제자와 부모를 섬기는 자녀의 관념으로 이어져왔습니다. 교육의 목표는 스승과 같이 되는 것이며 부모를 섬기는 효(孝)의 정신은 최고의 덕목이 되어왔습니다. 이런 교육은 구한말은 물론 일제강점기에도 큰 변화가 없었습니다. 오히려 일본 왕실에 대한 충성심까지 강요되면서 교육의 상하관념은 더 심해지기도 했습니다.

그러다가 6·25를 맞게 됩니다. 그때 우리 교육부장관이었던 백낙준 박사가 미국 정부에 요청해 한국 교육의 새로운 변화와 발전을 도울 수 있는 교육사절단의 파송이 이루어지게 되었습니다. 미국의 새로운 교육을 소개받을 수 있는 계기를 얻게 된 것입니다. 우리나라에서는 전국 초등학교의 교장들과 중고등학교의 교감들이 그 합동 세미나에 동참하게 되었습니다. 교장과 교감들은 비로소 미국을 비롯한 선진국가에서는 어떤 교육이 이루어지고 있는가를 알아보는 기회가 생겼던 것입니다. 외국 교육에 접해본 경험이 없는 우리들이었기 때문입니다.

그 당시의 재미있는 이야기를 하나 소개하겠습니다.

전체 세미나가 진행되는 장소였습니다. 서울의 한 초등학교 교장이 질문을 꺼냈습니다. "당신네 미국에서는 클래스 어린이들 가운데 까불고 떠들면서 말을 안 듣는 학생을 어떻게 처리합니까?"라는 질문이었습니다. 질문을 받은 사절단들은 난처해졌습니다. 뜻밖의 질문이었기 때문입니다. 서로 얼굴을 쳐다보던 사절단 중 한 사람이 "우리는 그런 문제를 가지고 걱정은 하지 않습니다. 이번에 미국 대통령으로 당선된 아이젠하워 장군이 어렸을 때 그런 학생이었기 때문입니다"라고 대답해서 모두 웃은 일이 있었습니다. 우문현답이었을지 모릅니다. 그것이 우리의 실정이었습니다.

그런 일들이 계기가 되어 한국 교육에도 새로운 변화의 바람이 일기 시작했습니다. 우리는 그 운동을 '새 교육'이라는 개념으로 받아들였습니다. 교육계 전체가 새 교육을 모색하고 발전시키게 되었습니다. 『새 교육』이라는 기관지까지 등장했습니다. 그러나 그 새 교육은 다른 것이 아닙니다. 스승과 부모가 앞장서고 제자와 자녀가 뒤따라가던 교육을 바꾸어, 스승과 제자는 물론 부모와 자녀가 함께 가는 교육인 것입니다. 가르치고 배우는 일도 중요하지만, 그에 못지않게 좋은 것은 대화를 나누고 더불어 문제를 풀어가는 교육입니다. 어른을 위한 어린이가 되기보다는 서로를 위하고 이해하며 도움을 주는 자세입니다. 그 방법의 핵심이 되는 것은 대화입니다. 청소년들에게 물어봅니다. 어떤 스승과 부모가 가장 좋으냐고. 그들 모두의 대답은 간단합니다. 대화를 나누면서 이해해주고 도움을 주는 어른입니다. 사실 우리 동양의 부자간 윤리도 '친(親)'이었습니다. 그것이 인간의 상하관계로 굳어지면서 '효(孝)'로 바뀌었던 것입니다.

새 교육 시대가 지나고 또 반세기가 되었습니다. 세계 정신계를 이끌어가는 선진국가들의 교육은 다시 바뀌어가고 있습니다. 아직 보편적인 관념이 어떤 명칭을 갖고 나타나지는 않았으나 그 가능성과 실현성은 결실을 거두기 시작하고 있습니다. 제3의 교육이라고 부를 수 있다면 그것은 제자와 자녀를 앞세우고 스승과 부모가 뒤에서 도와주는 교육인 것입니다. 제자를 위한 스승, 자녀를 위한 부모의 위치로 바뀐 교육입니다. 그 목적은 제자와 자녀의 개성과 창의성을 북돋아주기 위한 교육인 것입니다. 비록 지금은 스승과 부모가 앞서 있다고 하더라도 제자와 자녀가 더 우수하고 훌륭하게 성장, 발전할 수 있도록 협조하는 교육방법과 자세인 것입니다.

그 과정은 개인에게 있어서도 마찬가지입니다. 아주 어렸을 때는 보호의 지도가 필요합니다. 그러나 성장의 과정에 따라서는 같이 가는 대화와 이해 그리고 주고받는 도움이 요청됩니다. 그러다가 어린이들의 성장이 제자리에 접어들게 되면 가급적 일찍 스스로가 판단과 선택을 내릴 수 있도록 하며 어른들은 그들의 질문이나 요청에 응해주면 되는 것입니다. 자립심과 더불어 자율성을 키워주는 절차가 필수적입니다. 마침내는 자녀가 부모보다 앞서게 되며 제자가 스승보다 훌륭해지는 시기가 찾아와야 교육은 성공했다고 볼 수 있습니다.

이러한 개인적 성장의 과정이 학교교육 및 사회교육 전반에 걸쳐 성취될 수 있을 때 소망스러운 교육풍토가 형성되었다고 볼 수 있을 것입니다. 후진사회와 개발도상국가와 선진사회의 차이라고 보아서 옳을 것 같기도 합니다. 또 그런 교육을 받고 자란 사람들이 선진사회를 담당할 수 있으리라는 사실도 의심할 필요가 없습니다.

이러한 교육이 가능해진다면 그 결과로 나타나는 결실을 우리는 개성과 창의성이라 부르게 됩니다. 모든 피교육자가 자기 개성을 찾아 개발하며 그 결실을 사회에 대한 창의성 또는 창조성으로 인정하게 되는 것이 소망스러운 교육입니다.

물론 창의적, 창조적 기여는 지금 언급하기 어렵다고 하더라도 개성개발의 교육은 모든 스승과 부모에게 주어진 과제이기 때문에 언급하지 않을 수 없습니다. 좋은 교육과 잘못된 교육의 차이는 무엇입니까? 개성의 유무에서 따질 수 있습니다. 개성을 무시하거나 배제한 교육은 참다운 정상적인 교육으로 볼 수가 없기 때문입니다. 사실 우리는 거의 학생들의 개성을 경시했다기보다는 무시하는 교육을 해왔습니다. 교육의 목적과 주인이 학생이 아니라 어떤 때는 국가나 정치적 이념이 되기도 했습니다. 일제강점기에는 소위 황국신민을 만드는 것이 목적이었습니다. 공산치하에서는 마르크스주의 이념에 학생들을 맞추어가는 교육이었고 지금도 북한에서는 그 길을 따르고 있습니다. 우리 주변에서도 전교조 교사들의 일부가 그 목적을 관철하려 하고 있습니다. 학생이 교육의 목적이 되지 못하고 주어진 이념의 방편이 되고 있습니다. 그런 교육이 지속되는 한 학생들의 개성은 자리 잡을 곳이 없어집니다. 보수적이고 교리주의적인 종교교육도 같은 과오를 범할 수가 있어 다시 한번 종교의 인간목적관과 신앙의 개선과 인격의 자유와 존엄성을 강조하게 되는 것입니다.

학생의 개성을 병들게 하는 또 하나의 과오는 지식일변도의 교육, 성적이 인간 평가의 기준이라고 믿고 가르치는 교육에서 비롯되고 있습니다. 지식은 인간적 삶을 돕기 위하여 있는 것이지 공부와 지식이 인생의 전부는 못 됩니다. 지식보다는 성공과 행복이 더 귀하며 그것들을 위한 방편의 하나가 지식과 성적입니다.

100명의 학생은 모두가 자신의 인생을 살도록 되어 있고 다른 사람이 아닌 자기 자신의 삶을 영위하도록 되어 있습니다. 똑같은 얼굴도 없지만, 성격과 취미는 물론 삶의 목표도 같을 수가 없습니다.

개성이 완전히 배제된 교육과 충분히 발휘된 교육의 차이를 이렇게 비유할 수 있을 것 같습니다.

한 체육선생이 100명의 학생들에게, 100미터 달리기는 가장 중요하고 기초가 되니까 이제부터 한 달 동안 열심히 연습하고 노력한 후에 달리기 경기를 할 것이라고 지시했습니다. 한 달 후에 경기를 하면 1등, 2등, 3등을 한 학생들은 노력의 보람도 느끼고 성취감을 즐길 수 있을 것입니다. 그러나 나머지 97명은 아무런 보람과 위안도 받지 못하게 됩니다. 하위권에 속한 학생들은 좌절감에 빠질 수도 있고, 다른 운동들까지도 포기하는 불행을 초래할 수도 있습니다. 우리 사회에서는 1등만을 부추기고 2, 3등까지도 무시하는 경향이 없지 않습니다.

그런데 다른 체육선생은 학생들에게 이렇게 말합니다. "나는 100미터 경기가 좋아 지금은 육상선수가 되었지만 운동경기는 수없이 많고 새로운 운동을 만들어내는 사람도 있습니다. 여러분은 자기가 하고 싶고 체질에 적합하다고 보이는 어떤 운동이든지 선택해서 즐겁게 훈련하십시오. 한 달 뒤에 그 결과를 가려보겠습니다." 한 달 후에 경기에 임하게 되어 100명 학생이 100가지 운동을 즐기게 되면 1등이 100명이 될 수 있습니다. 그들 모두가 보람과 행복을 차지할 수 있게 됩니다. 모두가 제각기의 취미, 소질, 개성을 찾아 살릴 수 있게 되는 것입니다.

오래전에 있었던 일입니다. 그 당시에는 대표적인 일간신문에서 보기 드문 액수의 현상금을 걸고 장편소설을 모집한 일이 있었습니다. 그때 당선된 사람이 강석근 작가였습니다. 그는 초등학교 때 담임선생이 지도하는 책읽기 모임에 참석해 독서와 문학에 눈뜨게 되었습니다. 그러나 가정형편이 좋지 못해 시골에서 지내다가 교육부에서 보는 초등학교 교사 자격시험에 합격하고 선생이 되었습니다. 그 후 다시 중고등학교 국어교사 자격을 얻어 전북 지방의 중학교 교사로 있으면서 그 신문에 응모하여 당선의 영예를 얻을 수 있었습니다. "선생님, 저는 글 쓰는 일을 제외하고는 아무 능력도 없습니다. 작가가 되고 싶다는 염원과 외길을 달리는 노력 뿐입니다"라고 말하던 것을 지금도 기억하고 있습니다.

또 하나의 이야기입니다.

서울에 한 좋은 가정이 있었습니다. 다섯 명의 자녀가 있었는데 그중의 한 아들은 학교 성적이 좋지 못했습니다. 다른 형제들은 일

류 고등학교와 대학교에 진학했는데 그 아이는 이류 고등학교 입
시에서도 낙방을 했습니다. 아이는 부모에게도 미안하고 형제들
앞에 부끄럽기도 하여 가출을 했고 서울역 주변에서 잘못된 친구
들과 어울려 소매치기가 되었습니다. 마침내는 경찰에 붙잡혀 소
년원에 보내졌습니다. 연락을 받은 아버지와 형이 허락을 받고 집
으로 데려왔습니다. 온 가족이 모여 불평과 책망을 터뜨렸습니다.
공부는 못하더라도 나쁜 짓은 말아야 할 것이 아니냐는 꾸지람은
당연한 것이었습니다.

그때 내 선배 교수 한 사람이 그 가정에 방문했습니다. 아버지의
형뻘에 해당하는 교육계 인사였습니다. 그는 그 아들을 옆방으로
들어가 쉬게 하고 다른 가족들에게 질책을 했습니다. "애들이 다
섯이나 되면 그중의 하나쯤은 공부를 못할 수도 있지 않느냐. 그
애는 제 길을 가도록 이끌어주어야지. 너희들이 착하고 장래성 있
는 어린애를 버려놓은 것이다." 그러고는 그 아이에게 타일렀습니
다. "너는 공부가 뒤진다고 해서 더 맘 쓸 필요도 없고 최선을 다
했으면 네 잘못은 없다. 삼류 고등학교도 좋고 대학에 못 가면 어
떠냐. 네가 하고 싶은 일에 최선을 다하면 된다. 떳떳하고 자랑스
럽게 자라라." 이렇게 사랑이 가득한 충고를 해주었고 다른 가족
들도 이에 동의했습니다.

내가 선배 교수에게 그 뒤에 어떻게 되었느냐고 물었습니다. "그
애는 삼류 고등학교를 졸업하고 지방대학을 다닌 뒤에 장사를 해서
크게 성공했지요. 어른이 되면서는 큰 교회의 장로가 되었구요. 지
금은 그 부모를 모시고 있습니다. 어찌나 효심이 지극한지 모릅니
다. 그 아버지는 교육을 잘 알 만한데 애 하나를 버릴 뻔했습니다."

한두 가지 예를 들었습니다. 그런 경우는 언제 어디서나 발견할 수 있습니다. 사람은 누구나 주어진 한 가지 면에서는 남보다 앞선 점을 갖고 태어났습니다. 그 소질과 개성을 살려 성공과 행복을 누리도록 해주는 것이 교육입니다. 다른 사람과 비교할 필요도 없고 주어진 하나의 잣대로 성공과 행복을 가리는 억지를 주장해서도 안 됩니다. 운동선수에게 왜 과학자가 못 되었는지를 따지고, 작곡가에게 무엇 때문에 법관을 버렸는지를 물어서도 안 됩니다. 톨스토이는 법관의 길을 버리고 작가가 되었기 때문에 인류에 빛을 주었고, 베토벤은 음악 속에서 살았기 때문에 우리에게 기쁨을 더해주고 있습니다.

물론 우리가 살펴야 할 과제는 있습니다. 어떤 학생들은 일찍 그들의 소질과 개성이 나타나지만 상당히 많은 학생들은 늦게까지 그 길을 찾지 못하는 경우가 있기 때문에 조급한 선별은 삼가야 합니다. 개성다운 개성이 없다고 인정하는 것은 지혜로운 판단이 되지 못합니다.

비교적 예능 분야의 소질은 일찍 나타나는 법입니다. 특히 음악 같은 것은 그렇습니다. 화가나 시인이나 소설가가 되는 이들도 중학교 시절에는 그 소질을 자각하는 것이 보통입니다. 나는 중학교에 다닐 때부터 윤동주가 좋은 시를 쓰는 것을 보았고, 황순원이 학교 교지에 글을 발표하는 것을 보았습니다. 그러면서 그들의 장래를 짐작할 수 있었습니다. 작곡가 김동진은 중학교 때 작곡한 노래가 지금도 전국적으로 불리고 있습니다.

이런 예능 분야보다 좀 늦게 나타나는 것이 학문적인 소양이 아닌가 생각합니다. 우리 주변에서도 독서와 사색을 즐기고 자신의 생각과 사상이 앞섰다고 믿어질 때에는 학문과 저술에 동참하게 됩니다. 그런 사람들이 반드시 학교 성적이 우수하다는 법은 없습니다. 성적이 우수한 학생들은 후에 법관이 되거나 의사가 되는 경우가 많습니다. 그런 직업은 남다른 취미나 소질보다는 노력의 결과에서 얻어지는 것이기 때문입니다.

비교적 늦게 소질과 개성이 알려지는 것은 정치가, 실업가 등 사회활동을 하는 사람들입니다. 그들은 어느 정도의 인간관계를 겪어야 하고 현실사회에서의 경험을 쌓아가는 동안에 자신의 능력과 가능성을 발견하게 되는 것이 보통입니다.

불행하게도 자신이 갖고 태어난 소질과 개성을 발견하지 못하는 사람이나 묻어두는 사람은 가능했던 성공과 행복을 놓치는 잘못을 저지르는 경우가 많습니다. 그런 과오를 범하지 않도록 돕는 것이 소망스러운 교육인 것입니다.

우리가 사랑하는 자녀들과 제자들의 행복과 성공을 위해 지금까지 말씀드린 교육자의 책임들을 감당할 수 있었으면 좋겠습니다.

우리 교육, 무엇이 문제인가
—그 한 가지 예를 들어서

얼마 전에 들었던 제자의 얘기가 떠오릅니다. "저는 아들과 딸 하나씩 키우고 있는데 욕심 같아서는 아들애가 머리가 좋았으면 쓰겠는데 딸애가 머리가 더 좋은 것 같습니다." 내가 몇 살이냐고 물었더니 여섯 살과 네 살이라는 것입니다. 나는 그 얘기를 들으면서 아무리 많은 교육을 받았어도 자기 아들딸에 대한 욕심은 어떻게 할 수 없는 것 같다고 생각했습니다. 그래서 애들이 어렸을 때는 머리가 좋고 나쁜 차이가 별로 없고, 딸들은 재치가 빠르니까 머리가 좋은 듯이 보이고 아들은 약간 늦게 재치가 떠오르니까 머리가 뒤지는가 보다 하는 생각을 하게 되었을 것이라고 말했습니다.

우리는 누구나 머리가 좋은 자녀들이나 제자들을 갖고 싶어 합니다. 그런 애들이 공부도 잘하고 성적도 앞서게 되며, 일류대학에도 갈 수 있고 출세의 지름길을 걷게 되는 것을 많이 보아왔기 때문입니다.

그런데 머리가 좋다는 것은 무엇을 가리키는 것입니까? 어렸을 때는 기억력이 앞서는 애들이 머리가 좋다는 평가를 받습니다. 그런 학생들이 공부도 잘하고 좋은 성적을 차지하게 됩니다. 그러나 우리의 기억력은 16세 또는 17세까지가 그 절정에 달한다고 학자들은 말합니다. 기억력은 상승하는 것이기 때문에 그 뒤부터는 기억력은 점차 약화되기 시작합니다. 그 연령대의 기억력과 50대의 기억력을 비교해보면 천양지차의 거리감을 느끼게 됩니다. 그렇다고 해서 우리의 의식기능과 정신력 전체가 쇠퇴하는 것은 아닙니다. 기억력보다 더 소중하고 필요한 변별력과 이해력이 그 뒤를 잇게 됩니다. 기억력은 위로 올라가는 편이지만 이해력은 폭넓은 의식의 공간을 차지하게 됩니다. 그리고 그 기간은 오래지 않은 것이 보통입니다. 이해력의 기간이 지나게 되면 우리는 가장 소중한 사고력의 기간을 맞게 됩니다. 이 사고력도 이해력과 더불어 광범위한 의식 공간을 차지하지만 상승해 높아지는 성격을 띠고 있습니다. 학교교육의 예를 든다면 대학 상급반과 대학원 기간은 풍부하고 예리한 사고력을 갖춘 학생이 우수한 성적과 능력을 발휘하게 됩니다. 그리고 이러한 사고력은 오래 지속됩니다. 50대 정도가 최고라고 말하는 사람도 있으나 그 이상 성숙기를 갖기도 합니다.

그렇다면 우리가 흔히 말하는 머리가 좋다는 것은 이 세 가지를 고르게 갖추고 있다는 뜻입니다. 기억력으로 출발해서 기억력으로 그치는 사람이 있다면 지나치게 기억력에 의지했기 때문에 정신적 성장의 한계를 자초할 수도 있습니다. 어렸을 때는 천재인 줄 알았는데 나이가 들면서 평범한 지능을 유지하다가 때로는 인생의 낙오자가 되는 이들도 있습니다. 오히려 기억력은 대단치 않았는데 이해력과 사고력이 앞섰기 때문에 큰일을 성취시킨 사람이 대부분임을 발견하는 경우가 많습니다. 어떤 이는 먼 후일에는 사고력이 앞선 사람이 사회지도자가 되고 이해력을 가진 사람이 그 밑에서 일하게 되나 기억력에 머문 사람은 심부름을 하는 신세가 된다는 혹평을 하기도 합니다. 그리고 높은 사고력에 직관력이나 창조력을 겸비한 사람에게 우리는 영재 또는 천재라는 명칭을 붙이기도 합니다. 이렇게 본다면 우리는 머리가 좋다는 것은 정신적 유능성을 말하는 것이며 그 유능성은 생애에 걸쳐 평가되어야 한다는 결론을 얻게 됩니다. 가장 소망스러운 것은 유능성과 창조정신인 것입니다.

물론 예외는 있습니다. 오래 교육계에 있다 보면 천재에 가까울 정도로 우수한 학생도 있고 천치에 가까운 열등생도 있습니다. 그러나 대개의 경우는 먼저 말한 성장의 과정과 의식기능은 누구에게나 해당된다고 보아 좋을 것 같습니다. 따라서 우리는 몇 가지 교육적 평가를 내릴 수 있습니다. 어려서 지나치게 기억력이 좋고 착상이 빠른 애들이 반드시 영재나 수재가 되지는 못합니다.

오래전 우리나라에서 신동이 나왔다고 화제를 모은 일이 있었습니다. TV에 나와서 보여주는 바로는 어린 나이인데 한자도 읽고 영어 단어도 아는가 하면, 역사, 지리 등의 지식도 어른 못지않게 지니고 있습니다. 그의 아버지는 H대학의 교수였는데 "우리 애가 열다섯 살쯤 되면 사회를 깜짝 놀라게 하는 천재가 될 것"이라고 말하기도 했습니다. 그런데 오랜 세월이 지난 뒤 그 학생의 성장을 추적해보았더니 중학교까지는 천재다웠고 고등학교에 가서는 수재로 통했는데 대학에 가서는 그리 우수한 학생으로 평가받지 못했습니다. 그 다음에는 어떻게 되었는지 알려지지 않고 있습니다.

어떤 학부모들은 뒷받침을 잘하고 경쟁에서 이기면 우리 애들도 수재나 영재가 되지 않을까 하는 욕심을 가지기 쉽습니다. 또 일부 교육학자들은 공공연히 어린이들을 수재나 영재로 키우는 방법을 말하기도 합니다. 그러나 가장 좋은 교육은 어린이는 어린이답게, 10대는 10대에 맞게 자연스레 최선을 다하도록 도와주며 즐겁게 자율적으로 학습, 성장할 수 있도록 뒷받침해주는 것입니다. 억지로 만드는 교육은 아이들의 장래를 병들게 하는 결과가 되기도 합니다. 벼 모가 자랄 때는 잡초를 제거하고 적당한 비료를 주면 저 혼자 잘 자라는 법입니다. 지나치게 비료를 주어도 말라버리고 성급하게 줄기를 잡아 빼면 벼는 구실을 못하게 됩니다. 교육을 모르는 학부모들은 자녀들에 대한 욕심을 교육의 지혜라고 착각합니다. 교육은 긴 세월에 걸친 인격 성장의 과정을 돕는 것입니다.

어떤 교장선생의 얘기가 기억납니다. 중학교 학생들의 성적을 살펴보니까 여학생들의 성적이 남학생들보다 앞선다는 것입니다. 이러다가는 여성이 사회를 지배하는 때가 올지도 모르겠다는 것이었습니다. 그러나 그 생각도 옳은 판단은 못 됩니다. 그 나이 때는 여학생들이 기억력에서 앞서는 기간입니다. 고등학교나 대학교에 가면 남녀가 비슷해지고 대개의 경우는 대학 상급반이나 대학원에 가서는 남학생들이 앞서곤 합니다. 이해력까지는 큰 차이가 없으나 사고력은 남성들에게 유리하도록 되어 있는 것이 보통입니다.

나는 대학에서 학생들을 지도할 때 여학생들에게는 추리적 사고력보다는 직관적 이해나 사고력 분야에 진출하기를 권하곤 합니다. 그 분야에서는 남학생들과 충분히 경쟁할 수 있기 때문입니다. 그럼에도 불구하고 내가 전공한 철학 분야에서는 10 대 1 정도로 남학생의 비중이 큽니다. 그리고 세계적인 철학자 중에는 여성들의 수가 아주 적습니다. 철학은 사고력을 가장 많이 필요로 하는 학문이기 때문입니다.

그리고 사고력이 창조력으로까지 상승하기 위해서는 넓은 기초적 지식과 지적 체험이 깔려 있어야 합니다. 남다른 직관력과 때로는 상상력이 요청되기도 합니다. 그것들을 갖춘 사람을 영재 또는 천재라고 보아서 좋을 것입니다. 아마 영재 중의 영재로는 영국의 처칠 수상을 꼽을 수 있을 것 같습니다. 처칠은 대학입시에 낙방했던 경험이 있었고 그가 영재의 평가를 받은 것은 40이 넘어서였습니다. 20세기를 대표하는 천재는 아인슈타인이라고 누구나 인정합니다. 그도 대학입시에 낙방했던 학생입니다. 그가 상대성원리를 은사에게 보고했을 때 은사는 "나는 그대가 내 지도를 받고 있을 때 평범한 학생의 하나로 보았는데 이렇게 놀라운 업적을 남겨 역사에 길이 남게 되어 부럽다"는 뜻을 전했다고 합니다. 아인슈타인의 천재성은 우리가 기대했던 것보다는 늦게 나타났던 것입니다.

지금 우리는 머리가 좋다는 일상적인 관념에서 학교교육의 과정을 중심으로 얘기해왔습니다. 학생들 중에는 논리적 사고력보다는 직관적 상상력이 앞서는 이들이 있습니다. 그들은 사고력으로 채우지 못하는 의식 영역을 상상력으로 대신하곤 합니다. 많은 예술가들이 그렇습니다. 예술적 창작과 창조는 사고력의 산물이기보다는 직관적 상상력의 열매입니다. 작가나 예술가를 꿈꾸는 사람들에게는 논리적 추리력보다는 미적 상상력이 더 큰 비중을 차지하게 됩니다. 음악이나 미술 같은 예술세계는 더욱 그러합니다. 우리나라에서도 문단에서 활약하는 작가의 수는 여성이 많은 비중을 차지합니다. 여성의 직관력이 남성보다 앞서기 때문에 그렇습니다. 이렇게 보면 우리들의 지적 성장은 출발은 비슷하나 그 결과는 넓은 다양성과 심도가 다른 인간을 창출해내는 과정과 결실이라고 보아야 하겠습니다.

이제 그런 문제를 우리의 교육 현실에 견주어보도록 하겠습니다. 불행하게도 우리는 교육의 총수라고도 볼 수 있는 대통령 중에 좋은 교육을 받았고 이끌어갈 수 있는 지도자를 갖추지 못했습니다. 박정희 대통령은 일제 때 사범학교와 육군사관학교를 나온 군인이었습니다. 전두환, 노태우 대통령에 걸친 기간도 그랬습니다. 김영삼 대통령도 형식상 대학을 다녔지만 질적인 대학생활은 없었습니다. 김대중 대통령과 노무현 대통령도 상고 출신이었습니다. 그들의 정치적 통치자로서의 자질 여부를 묻자는 것은 아닙니다. 교육지도자로서는 미비되는 면이 있었다는 지적입니다.

그중에서도 처음 교육정책의 길을 오도한 것은 공화당 정부 시절의 하향식 평준화였습니다. 경기중학교와 경기고등학교, 서울고등학교, 이화여고 등을 눌러 다른 수준의 학교와 마찬가지로 만들면 어린 학생들을 입시 위주의 교육에서 해방시킬 수 있을 것으로 여겼던 것입니다. 그렇게 하는 것이 아니었습니다. 그 앞선 학교들과 비슷한 우수한 중고등학교를 많이 만들어 선택의 가능성을 열 배쯤 늘려나가면 민주교육의 기본방향인 선의의 경쟁 교육을 육성할 수 있었을 것입니다. 그것이 교육의 정도(正道)임을 몰랐던 것입니다.

얼마 후에 또 하나의 실책이 벌어졌습니다. 컴퓨터의 기능을 활용하여 정부가 대학입시를 주관하게 된 사건입니다. 입시의 최대 과제는 공정성입니다. 그 공정성을 대학에 맡겨두고 정부가 감독하는 것보다는 정부가 주관하면 된다는 일방적인 사고방식이었습니다. 그래서 수십만 명의 대학 지망생에게 수능시험을 치르게 하고 그 결과에 따라 대학은 학생 선발의 기준을 삼도록 했습니다. 그런데 컴퓨터로 채점할 수 있는 문제는 객관식 문제이어야 하고 객관식 문제의 해답은 기억력에 의해 측정할 수밖에 없었습니다. 그래서 우수한 대학에서는 기대했던 이해 변별력이 있는 학생은 뽑기 어려워지고 사고력 측정은 거의 기대할 수가 없었습니다. 또 대학에서 측정해보니까 수능 성적이 앞섰던 학생이 재학 기간에 뒤처지게 되고 성적이 좋지 못했던 학생이 앞서는 결과가 되었습니다. 대학교육은 이해력과 사고력이 중심이 되었기 때문입니다.

이런 결함을 보완, 해결하기 위해 뒤늦게 도입한 것이 주관식 문제였습니다. 그것은 컴퓨터의 기능과 정부 주도로서는 처리할 수 없는 영역의 것이었습니다. 그래서 대학이 그 부분을 책임 맡는 길을 택하게 된 것입니다. 그러나 그런 주관식 문제로는 대학이 요청하는 사고력 측정은 불가능함을 발견할 수밖에 없었습니다. 할 수 없이 논술시험에 적지 않은 비중을 두게 되었고 객관식 문제들도 점차 주관식으로 전환시켜 이해력을 기억력보다 비중 있게 다루게

된 것입니다. 그러나 이런 교육의 큰 길을 모르는 학부모들과 교육
계, 특히 공교육기관이 아닌 곳에서는 초등학교 때부터 논술교육
에 착수해 기술적인 논술훈련을 시키는 우를 범하고 있습니다. 기
억력이 왕성할 때는 독서와 외국어에 비중을 두고 그 다음에는 대
화와 토론을 통해 이해력을 높여야 합니다. 그러는 동안에 문제의
식이 생기면 논술의 단계로 들어가는 것이 순서입니다. 우리 모두
를 포함한 교육계의 무지를 더 이상 드러내지 않아야 하겠습니다.

물론 모든 문제 해결에는 장단점이 있는 법입니다. 백 퍼센트 완
전한 해결은 어디에도 없습니다. 어느 편이 더 소망스럽고 타당성
을 갖는가가 문제입니다.

이런 과정을 밟게 된 것은 대학입시의 공정성이 가장 큰 목적입
니다. 지금까지 드러나고 있는 또 앞으로도 발생할 수 있는 입시의
부정과 불공정을 방지하지 않으면 사회적 불신과 원망을 해소할
길이 없었기 때문입니다. 그러나 따져보면 공정성의 기준이 학업
성적만으로 평가받을 수 있는가는 더 큰 문제입니다. 또 학업성적
이 1년에 한 번 치르는 수능시험으로 적합한지 묻지 않을 수 없습
니다.

대학에서 인재를 키워 사회로 진출시키는 데 있어서 학업성적이
전부는 아닙니다. 학자가 되거나 학업을 계속하는 사람도 있지만,
대학은 사회지도자를 육성해야 합니다. 성적의 순서대로 군인이
되고, 실업가가 되고, 정치가가 되고, 예술가가 되고, 기술자가 되
고, 사회사업가가 되고, 종교지도자가 되는 예는 없습니다. 지도자
는 각계 각종의 책무에서 유능한 인물이 되어야 하는 것입니다. 토
끼는 토끼끼리 경주를 하고 거북이는 거북이끼리 경주를 시키는

법입니다. 모든 동물을 한자리에 세워놓고 경주를 시키는 것은 어리석음의 극치입니다. 성적도 경주의 한 가지 기준이 될 수 있습니다. 그러나 전부는 아닙니다. 또 같은 대학과정이라고 해도 자연과학, 사회과학, 인문학의 영역은 그 성격과 방향이 같을 수 없습니다. 공통성이 없는 것은 아닙니다. 그러나 차별성이 더 많아야 여러 분야의 지도자를 배출할 수 있습니다. 미국 같은 나라에서는 체육, 예능, 학업, 리더십, 봉사정신 등이 오랜 세월에 걸쳐 얻어낸 입시조건으로 되어 있습니다. 수능성적이 10점 높다고 해서 입학이 허락되고 10점 때문에 낙방을 한다면 그렇게 불공정한 기준은 없습니다. 성적의 공정성 때문에 인격과 인간 능력의 불공정을 감수하는 과오를 범하게 됩니다.

더 큰 문제의 하나는, 어려서부터 모든 공부를 수능시험을 치르는 방식대로 집중하게 되면 주입식 교육과 기억력에 의지하는 교육이 큰 비중을 차지할 수밖에 없습니다. 인생의 생명력이 되는 개성과 창의성은 설 자리를 잃게 됩니다. 수능시험을 위한 족집게 교육을 잘 시키는 학원이 학교보다도 필요한 수업의 대상이 됩니다. 사교육에 의존하는 길을 막을 방법이 없어집니다. 또 그런 방식대로 공부하는 습성에 빠져버리면 대학에 가서도 사고력과 창의성에 의한 학문은 불가능해집니다.

실제로 대학생들이 대학에 와서 공부하는 것을 보면 학문보다는 각종 고시 준비에 열중하곤 합니다. 한 대학의 교무처장이 요사이 대학은 학문은 외면하고 고시학원이 되어버렸다고 한탄한 일이 있습니다. 내가 60년 전에 대학생활을 할 때보다 더 수준 낮은 대학교육이 되고 말았습니다. 설상가상으로 많은 대학에서는 취직을 위한 준비교육을 시키며 면접의 방법까지도 가르치고 있습니다. 그렇게 반평생을 살아온 대학 출신들이 어떻게 사회의 지도자가 되며, 역사의 무대에서 창조적 기능과 책임을 감당할 수 있겠습니까. 대학은 학문하는 곳입니다. 지식을 배우기보다 지혜를 쌓으며 그것들을 바탕으로 인격적 성숙과 정신적인 창조력을 개발하는 장이어야 합니다.

세계 어디에서나 대학입시, 즉 학생 선발권은 본래가 대학의 권리이면서 의무사항입니다. 일류대학과 수준이 낮은 대학의 입시방법이 같아야 한다는 법도 없고 인문학과 자연과학이나 기계공학을 전공하는 학생들로 하여금 다 같은 수준과 내용의 예비지식을 갖도록 요구할 수도 없습니다. 인간은 모두가 자기가 선택한 인생을 살도록 되어 있습니다. 오히려 대학교육 기간에 (가능하다면 그 이전에) 학생들 스스로와 대학당국이 도와야 할 한 가지 과제가 있습니다. 그것은 학생들로 하여금 어떤 문제의식을 갖도록 하는 것입니다. 학원이 아닌 학교의 스승, 대학에서는 지도교수에게 필요한 것은 이런 문제의식을 갖도록 이끌어주는 일입니다. 대학에서 학위논문을 요청하는 이유는 이러한 문제의식을 갖도록 유도해주는 한 가지 과제입니다. 아무 문제의식도 없이 대학을 끝낸다면 그것은 고등교육의 본분을 포기하는 것이며 대학을 수능시험의 연장과 학원교육으로 되돌려주는 결과가 됩니다. 잉태하지 못한 여인은 아무리 기다리고 노력해도 아기를 낳을 수는 없습니다. 문제의식이 없는 대학생은 자신의 창조력을 찾을 수 없으며, 사회적 사명의식이 없는 사람은 사회의 지도자가 될 수 없습니다. 스승의 길이 무엇입니까? 제자들이 인간다운 삶과 이웃과 사회에 대한 봉사를 통해 지도자가 되는 것입니다.

바로 최근의 일입니다. 어떤 대학에서 노벨상 수상 교수를 초청한 일이 있었습니다. 그가 한국의 교수들과 대학생들에게 말했습니다. "노벨상은 내 명예를 위해서 주어지는 것이 아닙니다. 인류를 위해 봉사하려는 열정과 노력에서 이루어지는 것입니다." 대학사회에 대한 부끄러운 경고였습니다. 학문도 그렇고 교수다운 교수가 되는 것도 주어진 문제의식의 해결을 통해 가능해지는 것입니다.

더 많은 이야기를 할 필요가 없을 것 같습니다. 정부는 중고등학교까지는 도움을 주더라도 대학교육은 당사자들에게 맡겨야 합니다. 그리고 대학은 사회에 대한 가장 소망스러운 임무를 다해야 할 것입니다. 지금 우리는 그 정도(正道)를 이탈하고 있는 것입니다.

인성교육의 과거와 미래
— 인간교육으로 가는 길

인성교육의 필요성이 제창된 것은 오래전부터였습니다. 여러 가지 원인과 계기가 있었으나 학원 내 폭력사건들이 빈번히 발생하면서 학교교육의 위기의식까지 공감하게 된 것이 그 고비를 이룬 것 같습니다. 교육이 이대로 가서는 안 되겠다는 우려가 정부, 교육계, 그리고 사회 전반의 과제로 떠오르게 되었습니다. 문민정부 때에는 교육부를 넘어 정부와 여당에서까지 문제 해결의 길을 모색해보기도 했습니다.

거기에는 많은 원인이 있었습니다. 옛날부터 교육의 3대 요소로 여겨지던 지덕체(智德體) 교육의 틀이 무너지고 지식 중심 교육에만 매달렸다는 비판도 있었고, 입시준비 교육이 공교육 분야까지 점령하게 되었는가 하면 심한 성적 중심의 경쟁이 학생들의 친화성을 해쳤다는 지적도 있었습니다. 선하고 아름다운 우정과 인간관계를 병들게 했던 것입니다. 그러는 동안에 교육의 기본이 되는 인간성을 상실하게 되었고 오늘날 인성교육의 필요성을 강조하기에 이른 것입니다. 인성(人性)이란 선하고 아름답게 타고난 인간의 본성을 뜻하는 것입니다.

이 문제를 더 크게 교육학적으로 취급한 사람들은, 교육은 그 자체가 목적이어야 하는데 불행하게도 우리는 사회적 여건 때문에 교육이 수단과 방편으로 전락했다고 지적했습니다. 한때 우리는 반공교육을 필요로 하기도 했습니다. 어떤 이들은 정권 유지를 위해서라고 말하기도 했으나, 자유민주주의를 수호하며 정의롭고 사랑이 있는 사회를 만들기 위해서는 대한민국을 혼란과 분열로 이끄는 공산주의를 방어할 수밖에 없었던 것입니다.

한때 공화당 정부는 국민윤리를 대학교육에까지 강요한 일이 있습니다. 어떻게 보면 애국적이고 민족주의적인 장점이 있을지 모릅니다. 그러나 태평양전쟁 이전의 일본 교육과 나치 독일의 국가주의 교육의 폐단을 고려한다면 군사정부가 요청하는 국민교육은 최상의 것이 못 됩니다. 중고등학교 교육이라면 모르겠으나 적어도 대학에 있어서는 인류의 보편적 가치인 휴머니즘적 교육이 더 바람직스러운 것입니다. 참다운 교육은 인간목적관이어야 합니다. 국민목적관이 된다면 세계사를 병들게 한 제국주의적 요소를 크게 부추길 가능성도 있습니다. 일본이 현재 모색하고 있는 민족국가주의를 경계하는 이유도 마찬가지입니다.

적지 않은 사람들은 종교교육이 인성교육을 위한 최선의 길이라고 믿고 있습니다. 우리나라 사립학교의 많은 수가 종교학교인 것을 고려한다면 그 비중은 작지 않습니다. 나는 중고등교육을 기독교 학교에서 받았습니다. 고마운 것은 학생들의 폭력사태가 사회적 관심사가 되었을 때도 내 모교에서는 그런 문제로 고민하지 않았습니다. 종교적 신앙심이 직간접적으로 작용했던 것으로 생각합니다. 그러나 종교교육의 단점도 있습니다. 미안한 말씀이지만 지금 중동 지역이나 인도 같은 나라의 종교교육이 세계화되어도 좋겠다고 믿는 사람은 별로 없을 것입니다. 미국을 비롯한 기독교 국가에서도 기독교를 비롯한 종교학교들을 자유로이 허락하고 환영하면서도 공교육에까지 신앙교육을 영입하지는 않습니다. 종교교육의 장점과 더불어 한계도 있기 때문입니다. 종교적 신앙은 선택일 수는 있으나 강요나 필수의 대상은 아닙니다. 신앙을 강요하는 교육은 학교교육의 본질과 어긋나기 때문입니다. 그뿐만 아니라 대개의 종교교육 담당자들은 종교의 진리성보다는 신앙적 교리를 앞세우는 과오를 범해왔습니다. 그것은 종교 내부의 문제이지 범인간적 교육은 못 됩니다. 서구의 역사가 잘 보여주고 있듯이 많은 대학들이 중세기에는 신학교육으로 출발했으나 지금은 자유로운 학문과 사상의 대학으로 발전하고 신학교육은 그 종파의 전문학원으로 존속하고 있을 뿐입니다. 아무리 종교교육이라고 해도 특정 종교가 목적이 되는 교육은 인간교육에서 이탈하는 결과를 초래하게 됩니다.

문제는 여기에 그치지 않습니다. 현대사회를 휩쓸고 있는 가치관은 실용주의 정신입니다. 미국의 프래그머티즘이 주도했다고 해서 경제적 실용주의만이 아닙니다. 산업과 경제적 가치가 인류의 과제로 남아 있는 한 실용주의적 교육은 산업사회 및 메커니즘 사회에서는 비중이 더 커질 수밖에 없습니다. 사실 미국에서는 프래그머티즘적 교육이 대화교육을 비롯한 인성교육 및 인간교육의 방법으로 발전했으나, 우리와 같은 정신적 후진사회에서는 실용주의가 방법으로 받아들여지기보다는 목적가치로 변질되고 있는 추세입니다.

이런 입장과 주장들을 고려한다면 우리가 소망스러이 여기는 인성교육은 현재보다도 미래를 위해 더 필요하지 않을까 싶기도 합니다. 특히 오늘과 같은 교육경쟁과 인재경쟁 시대에 있어서는 시급하고도 중요한 과제라고 볼 수도 있을 것입니다. 어떤 사람을 키우는가가 어떤 미래사회를 만드는가 하는 필수조건이 되기 때문입니다.

이런 문제를 해결하기 위해 많은 사람들은 전통적인 교육의 장점을 되살려야 한다는 주장을 펴고 실천하기도 합니다. 수신(修身)교육이나 예절교육에 대한 향수심도 그 하나입니다. 특히 동양사회에 있어서는 몸과 마음을 다스리는 것은 모든 윤리와 도덕의 기초가 되어왔습니다. 예절교육을 말하는 것은 인간관계를 통해 서로 위하고 섬기는 마음을 높여줄 수 있다고 믿었기 때문입니다. 이런 노력들은 의식을 통해서 마음을 정리하며 선한 마음으로 이웃을 대하려는 윤리적 교육의 출발이 될 수도 있습니다. 그런 과정을 밟지 못한 젊은 세대들에게 기성세대가 교육적 불만을 갖는 것도 있을 법합니다. 그러나 문제는 그렇게 쉽지만은 않습니다. 젊은 세대들은 기성세대에게서 모범적인 행동을 보기보다는 그들에게 배우고 따라서는 안 되는 모습들이 더 많다고 지적합니다.

어떤 사람들은 인성교육을 과거의 전통적인 도덕관념에서 찾아야 한다고 말합니다. 많은 유학자들은 그 주장을 강조합니다. 충효사상은 언제나 그 대표적인 개념으로 되어 있습니다. 그러나 부모를 위한 효(孝)에 치우쳐 자녀들에 대한 의무와 희생을 소홀히 해서도 안 되며 발전적인 가정은 자녀를 위한 부모라는 가치관이 더 보편화된 것도 사실입니다. 충(忠)의 정신도 그렇습니다. 옛날에는 임금에 대한 충성심이었습니다. 그러나 지금은 애국심으로 승화되었고 그 애국심은 정의와 자유를 위한 국민적 의무로 발전하고 있습니다. 그리고 어떤 주어진 관념에 붙잡히게 되면 가치관의 선입견이나 고정관념에 빠질 우려가 있기 때문에 전통적 가치관은 언제나 새롭고 창조적이어야 한다는 데 그 의미가 있는 것입니다.

그렇다면 과거는 물론 미래사회를 위해서도 정립되어야 할 인성교육의 과제는 어떤 것이어야 합니까? 꼭 인성교육이라는 개념을 쓸 필요가 없습니다. 언제 어디서나 요청되는 인간교육을 위해 우리가 책임져야 할 과제는 어떤 것입니까?

이런 문제의 해결을 위해 문민정부 때 한 모임이 있었습니다. 교육계의 지도자들과 사회 원로들이 모여 우리 교육을 개선해보자는 취지였습니다. 국무총리, 교육부장관, 대학 총장 출신들이 많이 참석했습니다. 그때 나는 두 가지 제안을 했습니다. 모두에게 발언권이 주어져 있었기 때문입니다.

과거의 윤리교육도 중요하지만 어떤 교과목의 명칭보다도 필수적인 것은 초등학교에서부터 대학을 나올 때까지 배우고 읽는 교재에 인간목적의식을 함양할 수 있는 내용을 제시해주어야 합니다. 생명에 대한 경외심, 개성의 고귀성, 인격의 존엄성, 다른 것은 모두가 수단이며 방편일 수 있어도 우리의 생명과 인격은 언제 어디서나 목적이 되어야 한다는 휴머니즘, 즉 인도주의 정신을 심어주자는 뜻입니다. 어린이들에게는 그들의 수준에 맞게, 청소년들에게는 그들의 정서생활과 인간관계를 통해, 대학에서는 자유와 민주주의 정신을 일깨워주며, 사회생활의 질서를 위한 책임 등을 높여주자는 뜻이었습니다. 나 자신의 생명과 인격과 삶이 소중하듯이 다른 사람들의 생명과 인생도 소중히 여김을 받을 수 있어야 한다는 당위성과 의무감을 바탕 삼은 교육을 해야 한다는 생각이었습니다. 지나치게 이상적인 생각이기는 해도 인간이 생존하는 한 교육의 목적은 그렇게 될 수밖에 없다는 것이 그 당시 나의 신념이었습니다. 정치, 경제, 예술을 비롯한 전체적인 삶이 더 많은 사람들의 인간다운 삶에 이바지하는 길임을 알아야 하겠습니다. 그리고 우리들 각자는 지금 우리에게 주어진 일들을 통해 그 정신을 살려가야 하는 것입니다.

내가 제안했던 또 하나의 구체적인 과제는 중고등학교 연령의 청소년들에게 봉사하는 마음과 실천의 기회와 여건을 만들어주자는 것이었습니다. 선진국에 가면 봉사가 교육의 가장 소중한 의무과제로 되어 있습니다. 중고등학교 때 봉사 경험이 없는 학생은 원하는 대학에 진학할 수가 없습니다. 학과 성적, 예술적 재질, 건강한 체력, 친구 및 학생들 간에 있어서의 리더십, 그리고 봉사정신과 그 실천 경험은 좋은 대학에 진학하기 위한 필수조건으로 되어 있습니다. 대학은 공부를 잘하는 것도 의무이지만 지도자의 자질을 갖추는 것을 더 귀하게 여기기 때문입니다. 우리도 선진사회로 진입하기 위해서는 반드시 거쳐야 할 교육적 과정입니다. 나는 청소년 기간에 봉사 경험이 있는 사람은 사회생활을 하는 동안 다른 사람에게 피해와 고통을 주는 일은 하지 않는다는 사실을 믿고 있습니다. 나 자신이 경험했고 오랜 교육생활을 통해 얻은 결론입니다. 종교교육이 좋다는 것은 모든 종교가 사랑과 봉사의 정신을 심어주기 때문입니다.

한 가지 실례만 소개하겠습니다. 나는 오랫동안 국군의 정신교육지도위원으로 봉사한 일이 있었습니다. 가장 어려운 문제는 군 내부와 사회관계에서 젊은 사병들이 불법이나 사회악을 저지르는 것을 어떻게 최소화시키는가였습니다. 여러 각도에서 조사하던 중 뜻하지 못했던 한 가지 사실을 발견하게 되었습니다. 청소년 기간에 봉사생활의 체험이 있는 젊은이는 군 생활을 하면서도 불미스러운 사고를 저지른 일이 거의 없거나 적다는 사실이었습니다. 남을 위해서 살아본 사람들, 즉 봉사생활을 터득한 사람들은 다른 사람에게 피해나 고통을 주는 일은 할 수가 없는 것이 소망스러운 진실입니다. 그 뒤 그 뜻이 채택되어 중고등학교에서 봉사활동을 하도록 요청하게 되었습니다. 그러나 그 의미와 가치를 교육적으로 받아들이지 못한 사람들, 특히 학부모들이 봉사 기록과 점수를 조작하거나 대신하는 일까지 생겨 오히려 허위와 위선의 나쁜 폐습을 만들기도 했습니다. 교육과 사회풍토 모두가 병들었다는 괴로움을 숨길 바가 없어졌습니다. 그래도 선한 의지는 선한 결실을 맺도록 되어 있는 것이 역사의 교훈입니다.

나무가 훌륭하게 자라 좋은 재목이 되기 위해서는 필요한 세 가지 요소가 있다고 봅니다. 하나는 좋은 토양입니다. 그리고 든든한 뿌리와 굳건한 줄기입니다. 그 위에 많은 가지와 열매도 생각하게 됩니다. 교육적 토양이 되는 것은 그 사회가 만들어 지니고 있는 건설적 가치관입니다. 인도주의적 윤리의식입니다. 뿌리와 줄기에 해당하는 것은 삶의 성실성입니다. 꾸준히 반성하고 노력하면서 자라는 인격적 성실성입니다. 그리고 나무의 윗부분을 차지하는 것은 사랑의 인간관계입니다. 그래서 예로부터 가장 소중한 인간적 과제는 자아의 성실성과 이웃과의 사랑이었던 것입니다. 부족하지만 내가 제안하고 싶은 것이 바로 그런 정신임을 밝히고 싶었던 것입니다.

최근 우리는 정치계의 지도자들을 보면서 저런 무책임하고 비도덕적인 발언을 할 수도 있는가 하는 놀라움을 느끼기도 합니다. 국민들이 가장 혐오하는 폭력을 삼가지 않는 선량들을 볼 때는 부끄럽고 창피스러움을 숨길 곳이 없습니다. 조국의 치부를 드러내는 행동들이기 때문입니다. 지금 국민들은 어떤 정치적 지도자도 믿지 못하고 있습니다. 현직 대통령으로 있는 사람이 야당 후보를 원색적으로 비방하며 대통령직을 떠난 원로 정치인이 모든 힘을 동원해 반정부 투쟁을 하라는 선동을 서슴지 않고 있음을 볼 때는 아직도 우리는 사회의 윤리적 토양이 옥토가 아님을 발견하게 됩니다.

그럴 때마다 선진국에서 어린이들에게 두 가지 인성교육을 철저히 앞세웠던 사실을 깨닫게 됩니다. 하나는 정직성을 강조하는 교육입니다. 어떤 경우에도 거짓말은 용납하지 않습니다. 특히 사회의 지도자는 거짓말 한마디 때문에 사회적 매장을 감수해야 할 정도로 정직은 절대적입니다. 닉슨 대통령은 한마디 거짓말 때문에 대통령직에서 물러나야 했습니다. 정직은 민주사회의 토양입니다. 다른 하나는 상대방과 남을 칭찬해주는 교육입니다. 미국의 초등학생과 청소년들은 친구나 남을 욕하는 것을 공석에서는 허락지 않습니다. 그 대신 좋은 점과 앞선 면을 칭찬하고 박수를 쳐주는 것이 교육의 정도로 되어 있습니다. 그 대인관계의 풍토에서 자란 이들이 지도자가 되기 때문에 선하고 소망스러운 정치풍토와 사회질서가 유지되고 있습니다. 인성교육은 인간관계의 교육이며 사회적 질서를 높이는 교육입니다. 생각해보면 교육계와 더불어 우리 모두에게 주어진 책임에는 막중한 바가 있습니다. 그중의 한두 가지를 지적해보았던 것입니다.

인문학의 위기와 그 극복

오래전부터 인문학이 위기를 맞고 있다는 우려는 보편적인 추세가 되었습니다. 거기에는 몇 가지 이유가 있었을 것입니다. 옛날에는 인문학이 학문 영역의 대부분을 차지하고 있었는데 현대사회로 접어들면서는 자연과학과 사회과학이 학문의 대부분을 점유하면서 그 범위가 크게 축소되었다는 사실을 숨길 수 없게 되었습니다. 특히 20세기로 들어오면서는 실용적 가치가 대학사회를 풍미하면서 인문학은 유용성을 상실한 사치스러운 학문적 푸대접을 받게 되었습니다. 그리고 과학적 사고는 메커니즘적 기능을 창출했고 합리성이나 실증성을 갖추지 못한 것은 학문적 영역에서 배제당하는 느낌마저 풍기고 있습니다.

인문학은 대학교육을 떠나서는 존립할 공간이 없는데 대학들이 자연과학과 사회과학에 치중하면서 인문학은 뒷전으로 밀리는 신세가 되었습니다. 그것이 현대사회의 요청과 기대로 바뀐 것입니다. 대학은 이미 옛날의 상아탑이 못 되고 있습니다. 순수한 이론적 학문은 실용적 가치를 창출하지 못하는 것으로 여겨지고 있으며 심하게 평하면 대학조차도 기술자와 기능인을 양성하는 곳으로 변신해가고 있습니다.

특히 우리나라에서는 인문학을 대신할 수 있는 교양교육까지도 자리를 잃어가고 있습니다. 미국과 같은 나라에서는 고등학교는 물론 대학 2학년까지는 수준 높은 교양교육을 받도록 하고 있습니다. 이에 비하면 우리는 인문 고등학교보다는 실업교육이나 특수 고등학교의 비중을 더해가고 있는 실정입니다. 다시 말하면 인문학을 위한 필요성과 가치를 스스로 포기하고 있다는 것입니다.

그래도 선진국은 크게 우려하지 않아도 됩니다. 인문, 사회, 자연과학의 균형은 깨지는 것 같아도 인문학의 전통이 굳건히 뿌리내리고 있기 때문에 인문학 자체가 존폐의 위기를 맞을 염려는 없습니다. 그러나 우리와 같은 중진사회에 모든 학문의 기초가 되는 인문학이 뿌리도 내리기 전에 자연과학과 기계공학, 그리고 사상적 기반이 없는 사회과학이 선진사회로부터 도입된다면, 우리나라는 기초가 없는 모래 위에 집을 짓는 것 같은 우를 범하게 될 것입니다. 선진국에 비하면 뿌리가 약하거나 없는 수목의 운명을 초래할 가능성도 배제할 수 없습니다.

그렇다면 상식적인 물음으로 돌아가서, 인문학이란 어떤 학문을 가리키는 것입니까?

우리는 흔히 전통적인 학문을 셋으로 구분하고 있습니다. 인간의 삶과 자연의 관계를 담당하는 자연과학이 그 하나입니다. 그리고 우리의 사회적(자연에 비하면 정신적) 삶의 영역을 취급하는 사회과학이 있습니다. 19세기 중엽까지는 이런 사회과학도 인문학의 영역에 들어 있었으나 지금은 그 비중이 인문학을 앞지르고 있는 실정입니다. 이에 비하면 인문학은 인간과 사상을 대상으로 하는 학문이라고 보아 좋을 것입니다. 그러나 같은 인간과 사상을 취급하더라도 예술의 영역은 인문학과 구별하는 것이 보통입니다. 예술은 그 자체가 학문이기보다는 정신적 기술성을 필요로 하기 때문입니다.

그렇다면 인문학은 언어, 문자와 같은 개념으로 표출되는 학문이라고 보아 좋을 것입니다. 예술의 내용들도 개념화되었을 때는 그 상징성이 언어화될 수 있고 인문학의 영역에 편입될 수 있습니다. 상징적, 비언어적 사상이 언어로 개편되었기 때문입니다. 그래서 예로부터 대표적인 인문학의 과목은 철학, 언어와 문학, 역사학으로 지목되어왔습니다. 이 세 학문은 인간과 사상의 주류를 이루고 있었습니다.

그러므로 인문학의 학문적 성격도 본질적인 특수성을 지니고 있습니다. 인문학이 넓은 의미의 윤리성과 때로는 종교성을 포함하는 것은 다른 학문보다는 인간학적 과제를 책임 맡고 있기 때문입니다. 막스 셸러(M. Scheler, 1874-1928)의 저서 중에 『인간에 있어서의 영원한 것』이라는 책이 있습니다. 인문학의 성격을 잘 보여주는 실례라고 볼 수도 있겠습니다. 인문학은 정신과학과 사상의 다양성을 갖고 있습니다. 따라서 인문학은 언제나 개방성과 창조성을 생명으로 삼고 있습니다. 인문학이 가장 기피하는 것은 고전사상이나 선입관념의 노예가 되는 것입니다. 따라서 인문학은 어떤 목적이 있어 그 목적을 달성하기 위한 학문이어서는 안 됩니다. 방향과 이념은 있어도 완성된 목표나 주어진 결론을 전제로 삼는 학문은 아닙니다. 항상 현실을 초월하면서도 계속 미래를 창조해가는 학문입니다.

그래서 인문학은 종교적 교리나 마르크스 철학 같은 것을 배격합니다. 인문학에는 그런 결정적 진리는 용납되지 않습니다. 인문학에는 유일한 진리나 절대불변의 진리는 없습니다. 항상 새로운 진리를 찾아 창조해가는 학문입니다. 좁아지려는 학문을 넓혀가는 학문입니다. 중간 결론은 있지만 최후의 결론이나 절대적인 결론과 목표는 있을 수 없습니다. 인문학이 이성과 자유의 산실이 되는 것은 그 다양성과 창조성 때문인 것입니다. 마치 언어에서 사전을 펴나가는 것과 흡사할 것입니다. 사전은 계속 새로이 창출, 확대되어가는 것입니다. 자연과학은 하나의 물음에 대하여 하나의 답을 찾습니다. 사회과학은 하나의 물음에 대한 여러 개의 해답이 가능합니다. 어느 것이 타당성을 갖는가라고 물으면 됩니다. 그러나 인문학은 하나의 물음에 대하여 때로는 무한히 많은 답이 나올 수 있습니다. 선택이 가능할 뿐입니다. 사상의 자유가 바로 그런 것입니다.

우리는 인문학의 대표적인 한 사람을 플라톤으로 보고 있습니다. 그는 언어를 통한 개념의 창출을 시도한 대표적인 철학자였습니다. 많은 문학자와 역사학자들은 인간적 경험을 통한 사상의 창조와 전수(傳受)를 성취시킨 인물들이었습니다. 필요한 경우에는 언제나 새로운 학문의 방법론을 창안했고 그 사상과 학문적 업적은 영구히 이어지는 정신사적 전통을 창조해왔던 것입니다.

인문학에 관한 이러한 과제들을 정리해본다면 우리는 인류의 정신사가 인문학으로 출발해 오늘에 이르고 있다는 생각을 새삼 발견하게 됩니다.

인도 사상에 있어 우파니샤드 철학은 절대적 영향을 오늘에까지 미치고 있습니다. 우파니샤드의 철학적 사상을 종교적으로 해석, 해결하려 한 것이 불교를 비롯한 여러 종교로 탄생하게 된 것입니다. 중국의 노장사상이나 공맹사상도 말하자면 인문학의 시조에 해당하는 것이며 그 흐름은 지금까지도 도학 또는 유학의 전통으로 남아 있습니다. 이런 위대한 전통을 문헌으로 남기지 못한 사회는 인류 역사에 공헌한 바가 없었을 정도였습니다.

세계적으로 인문학의 발전과 현대사상에 지대한 영향을 끼치고 있는 서구문화도 같은 성격을 띠고 있습니다. 그리스의 아테네는 인문학의 발생지였습니다. 그들이 남겨준 혜택은 오늘까지 모든 학문의 원천이 되고 있습니다. 문명국가로 떠올랐던 로마도 정신적으로는 그리스 문화의 지배를 넘어서지 못했습니다. 로마는 인문학적 성격의 학문과 사상을 창조하지는 못했기 때문입니다. 로마라는 역사의 큰 그릇 속에 담긴 정신적 보화는 그리스의 인간관과 가치관이었고 그 내용은 인문학적 성격을 띤 것이었습니다. 서양의 중세기는 기독교 사상의 시대였습니다. 종교문화라고 보아야 하겠습니다. 그러나 그들이 취급한 과제는 인간과 사상의 과제였습니다. 그 사상이 철학과 신학을 중심으로 전개되었던 것입니다.

불행하게도 중세기는 사회과학이나 자연과학은 차지할 학문적 영역이 없었습니다.

그러다가 또 한 차례의 인문학 전성기가 찾아왔습니다. 그것이 근대사상사를 창출한 문예부흥이었습니다. 문예부흥은 인간 회복과 인문학의 부흥이었습니다. 아테네에 버금가는 사상사의 위대한 혁명이었습니다. 지금도 우리는 그 혜택을 받고 있습니다. 이 문예부흥의 출발이 후에는 영국, 프랑스, 독일을 중심으로 제2, 제3의 르네상스로 등장하면서 오늘의 세계정신사를 계승해오고 있습니다. 이러한 국가적 문예부흥에 실패한 사회는 세계무대에서 사상적 영향을 상실해가고 있습니다. 러시아도 뒤늦게 또 하나의 문예부흥을 창출하려 했으나 불행하게도 공산주의 국가로 전락하면서 그 기회를 놓치고 말았던 것입니다. 오히려 서구사상사의 후미를 따르고 있던 미국이 지금은 세계적 사상을 이끌어가는 인문학의 주류를 이어가고 있습니다.

동양에 있어서도 판도가 다른 정신 및 사상사의 역사적 변화를 엿볼 수 있겠습니다. 인도는 고대의 철학이 중세기의 종교사상으로 성장했으나 그 뒤로는 새로운 사상, 즉 인문학적 업적을 남기지 못했습니다. 근대화에 실패했다는 뜻이기도 합니다. 중국도 도학이나 유학의 사상 및 윤리적 전통이 계승되기는 했으나 서양의 르네상스에 해당하는 인문학적 창출에는 이르지 못했습니다. 서구사회에 비하면 근대화에 실패한 후진국가의 위상을 극복하지 못한 셈입니다. 오히려 일본이 서구문명을 받아들이면서 그들 나름대로 르네상스를 창출하는 데 성공했습니다. 일본이 아시아에서 선도적 역할을 담당한 것은 그 결과이기도 합니다. 후진국가의 문예부흥은 문학으로 출발해서 철학적인 학문으로 발전하는 것이 일반적입니다. 메이지유신이라는 사상적 성장이 그 임무를 담당했고, 지금도 인도 사상이나 중국 문헌과 학문적 연구에 있어서는 일본이 서구사회보다 앞섰다고 보는 견해가 많습니다. 역시 인문학의 성공적 사례 중 하나입니다.

이런 문제를 정리하다 보면 우리는 어떻게 되었는가를 묻지 않을 수 없습니다. 예로부터 등잔 밑이 어둡다는 속담이 있듯이 사실 우리는 우리 자신의 사상과 학문에 관한 연구에서는 밝히지 못하고 있는 점이 없지 않습니다. 아시아의 다른 나라들도 그 점에 있어서는 마찬가지일 것입니다. 역사는 그 시대가 지난 후에야 역사적 관찰이 가능하기 때문입니다.

우리는 구한말까지 대외적으로 내놓을 만한 인문학과 사상적 유산을 창출해낸 것이 없었던 것 같습니다. 실학사상이 있었고 많은 학자들이 이에 종사했으나 사회적 영향력이 적었고 그 전통을 활성화시킬 사회적 여건이 주어지지 못했던 것이 사실입니다. 중국과 일본의 정치적 압박은 사상의 불모지를 만들었기 때문입니다. 역사의 단절에서 오는 암흑기였다고 보는 이들도 있습니다. 일제 강점기 시대에 일본과 서구의 자극을 받아 사상적 자주성을 되찾으려 했던 노력이 어떻게 보면 새로운 사상과 인문학의 현대적 발단이었을지도 모릅니다. 최근에 일어난 현대문학의 출발이 그 시효일 것 같습니다. 많은 문학작품이 쏟아져 나왔습니다. 그리고 사상적 학문, 즉 인문학적 노력이 그 뒤를 계승하기에 이르렀습니다. 역사학자들과 철학적 연구에 뜻을 두는 학자들이 오늘과 같은 학문적 과제를 이끌어낸 것으로 보아 좋을 것 같습니다. 늦게나마 다행스러운 일이 아닐 수 없습니다.

문제가 되는 것은, 전통 있는 사회에서는 인문학, 사회과학 그리고 자연과학과 기계공학의 순서로 학문이 발전한 것이 정상적 과정이었는데 우리와 같은 후진국가에서는 이 세 가지 학문이 동시에 유입되었기 때문에 그 선후와 비중이 혼란스러운 상황에 처해 있는 것이 사실입니다. 그 결과가 처음에 이야기한 대로 우리 사회의 인문학의 위기를 자초하게 된 것입니다. 오히려 순서와 비중이 거꾸로 된 느낌이 뚜렷합니다.

그것이 사실이라면 우리는 당분간 인문학의 육성을 위한 노력을 더 증대시켜야 할 상황에 처해 있다고 할 수 있습니다. 그 일을 위해서는 정부당국이 세계무대에서 한국의 문화적 위상을 높여야 하며, 대학들은 인문학 발전을 위한 책임과 사명을 확고히 해야 할 것입니다. 그리고 국민들도 독서 등을 통해 인문학에 더 큰 관심을 갖고 민족적 성장을 위한 노력을 해야 할 것입니다.

제3의 사회는 가능한가
— 온정과 합리를 넘어서

　대부분의 동양인들이 그러했듯이 우리는 따뜻하고 정이 넘치는 온정주의 사회에서 살아왔습니다. 아름답고 고르로운 자연의 품에서 자랐습니다. 농경사회는 자연을 어머니의 품같이 느끼면서 사는 것이 보통입니다. 그리고 생활의 단위는 가정과 가족 중심이었습니다. 단일민족이기는 했으나 여러 씨족들이 섞여 옹기종기 부락 단위의 생활을 이어온 것입니다. 그런 생활은 거의 최근까지였습니다. 나 자신도 20세가 될 때까지는 농촌에서 자연의 아들로 성장했습니다. 그러한 삶의 내용이 되는 것은 따뜻한 정서였습니다.

　그러나 이러한 조용하고 행복했던 삶은 급속한 변화를 겪기 시작했습니다. 농경사회가 산업사회로 바뀌며, 농촌생활보다는 도시생활을 하는 인구가 늘기 시작했고, 도시생활은 상공업사회로 전환하는 역사적 변화를 초래하는 추세가 불가피해졌습니다. 그리고 가정 단위의 생활이 민족과 국가를 중심으로 이루어지는 개방사회로 변질되는 현실로 급변했습니다. 아마 1919년의 3·1운동은 그 뚜렷한 계기를 만들었을 것입니다. 그 당시까지는 나와 내 가정만 잘 지키면 행복할 것으로 믿고 살았는데, 국가의 운명이 바뀌면서는 가정보다는 국가가 우선되어야 자유롭고 행복해질 수 있다는 사실을 체감하기에 이르렀던 것입니다. 비로소 우물 안의 개구리 같이 살아오던 우리 선인들이 우물을 벗어나 여러 민족과 국가가 더불어 사는 역사의 무대로 내던져지는 신세가 되었습니다.

그 당시 우리 선조들이 민족적 동일성과 국민적 자주성을 찾지 못했다면 우리는 주권을 갖춘 민족으로 성장할 수 없었을지 모릅니다. 중국, 러시아, 일본의 침략을 방어할 자기결정권을 행사하는 데 긴 세월이 필요했던 것입니다. 해방과 독립을 얻은 뒤에도 우리는 여전히 정신적, 사회적 혼돈과 갈등을 극복하기에는 역사적 여건이 좋지 못했습니다. 남북의 분단은 이념적 장벽을 두터이 했고 6·25전쟁은 민족역사상 유래가 없는 비운을 자초하고야 말았습니다. 그것은 민족과 국가의 운명이었기보다는 20세기의 세계사적 과제를 우리가 몸소 치러야 했던 것입니다. 이런 역사적 급변사태가 불과 1세기 동안에 벌어지게 된 것입니다. 다른 국가들이 수 세기에 걸쳐 겪어야 했던 운명적인 시련을 우리는 짧은 기간 동안에 헤쳐 나가야 하는 역사의 파도였던 것입니다. 다행히 지금 우리가 몸담고 있는 대한민국은 그 시련과 역경을 극복하고 아시아 대륙에서는 주목을 받는 산업사회와 경제건설을 성취시켰고, 민주정치의 기틀을 굳혀가고 있는 것이 사실입니다. 우리 자신의 평가.

이기보다는 국제적으로 인정받고 있는 선진국가로의 접근을 모색해보고 있습니다. 그러나 문제가 되는 것은 가시적인 산업과 경제문제는 어느 정도 해결되었으나 정치적 혼란과 모순은 지금도 민족성장의 발목을 잡고 있습니다.

그보다 더 후진사회적 병폐를 안겨주고 있는 것은 우리들이 안고 있는 정신적 가치관의 빈곤입니다. 건전하게 성장한 국가들은 정신개혁이 앞섰고 그 뒤를 이어 사회개혁과 경제개혁이 이루어지는 역사적 순서를 답습해왔습니다. 그러나 우리는 경제개혁은 모방의 단계를 넘어 창의적 수순을 밟기에 이르렀으나, 아직도 사회개혁은 여전히 후진성을 면치 못하고 있습니다. 정치적 현실을 보아서는 누구도 그 사실을 부정하지 못할 것입니다. 그런데 문제가 되는 것은 이런 것들을 뒷받침하고 추진동력이 될 수 있는 정신개혁이 후진사회의 형태를 벗어나지 못하고 있다는 사실입니다. 경제는 성장했으나 그것을 뒷받침할 윤리성의 빈곤은 여전합니다. 정신적 가치관의 혼란과 대립은 부끄러울 정도의 처지입니다. 좌파와 우파의 때늦은 소용돌이를 벗어나지 못하고 있습니다.

그렇다면 무엇이 그 원인을 만들었습니까? 한때는 세계사적 근대화 과정을 밟지 못했다는 지적도 있었습니다. 그 과정을 극복한 일본은 선진국가가 되었고 그렇지 못한 중국은 우리와 비슷한 처지에 머물고 있습니다. 모든 국가와 사회가 성장하는 데는 어떤 공통된 과정이 필요했는데 우리는 그 과정을 순서대로 밟을 수 없었다는 것입니다. 이에 대하여 나는 나름대로 부족한 생각을 해보고 있습니다. 우리가 오랜 세월 지녀온 온정주의 사회는 잘못되면 본능사회로 굳어질 수도 있고 잘되면 가치 추구 사회로 발전할 길도 있는데, 폐쇄적인 본능사회로 퇴락한 면들이 남아 있다는 것입니다. 적어도 정신적 가치관에 있어서는 그런 면이 컸던 것 같습니다.

가장 중요한 것은 개방사회로 발전하기보다는 온정에 치우친 폐쇄사회로 문을 닫았다는 것입니다. 일본이 개방정책을 폈을 즈음에도 우리는 폐쇄정책을 굳혔고, 자연히 내부적 갈등과 대립을 초래했던 것입니다. 우물 안의 개구리라는 이야기를 했습니다만 밖으로 나오게 되면 단결할 수도 있고 발전의 가능성이 이루어지지만 안에 머물게 되면 집안싸움과 이해관계에 얽힌 대립을 초래할 수 있습니다. 다시 말하면 새로운 가치와 방향을 개척하지 못하면 인간의 본능적 욕구와 이기적인 소유욕과 지배욕의 노예가 될 수 있습니다. 우리가 바로 그런 사회의 폐습을 아직도 지니고 있습니다. 말하자면 폐쇄적인 본능사회의 사고방식입니다.

우리 사회를 병들게 하는 가장 큰 요인의 하나는 집단이기주의 가치관입니다. 그 집단이 작게 굳어질수록 그 결과는 커질 수밖에 없습니다. 내 가족만 생각하고 이웃을 배려하지 못하는 사고방식, 우리 문벌이기 때문에 무조건 당선시켜야 한다는 욕심, 같은 학교 출신이기에 도움을 줄 수밖에 없다는 통념, 그래도 같은 지방 사람이라야 믿고 일할 수 있다는 지역감정 등 모두가 같은 사고의 결과입니다. 자신이 선택한 정당 정책을 통해서 국가에 이바지하겠다는 상식적이면서도 보편적인 판단을 멀리하고, 국가보다는 정당을 우선하고 그보다도 자신이 정당을 업고 출세하며 정권에 참여하려는 정치인이 다수를 차지한다면 민주주의는 물론 국민과 국가에

피해를 주는 정치를 하게 될 것입니다.

사회문제 중의 하나인 대학교육도 그렇습니다. 미국과 같은 나라에서는 모교 출신의 교수를 채용하는 일을 좋게 여기지 않습니다. 모교 졸업생은 다른 대학과 사회에 나가 봉사하는 것이 당연하며, 모교 출신들이 모이게 되면 동질사회가 되어 발전에 지장을 준다고 믿고 있습니다. 그러나 우리 대학들은 같은 조건이라면 모교 출신 교수가 애교심이 강하다는 착각을 합니다. 어떤 대학에서는 다른 대학 출신의 교수를 실질적으로 멀리하는 현실입니다. 가장 지성적이어야 할 대학까지도 집단이기주의적 온상이 된다면 지역감정이 없어진다는 것은 요원해집니다. 한때는 거국내각이라는 말을 쓰기도 했습니다. 같은 정당에서 고락을 함께한 사람들끼리 행정권을 장악하자는 풍조가 너무 심했기 때문에 정당 밖에서는 물론 야당에서라도 유능한 인재가 있으면 등용해서 국가에 이바지하게 하자는 국민들의 요청을 대변하는 생각이었습니다. 본능사회란 다른 것이 아닙니다. 폐쇄적인 이기주의가 좌우하는 사회를 말하는 것입니다. 우리가 걱정하는 것은 지도층 인사들 가운데서도 그 탈을 벗어나지 못하는 사람들이 많다는 사실입니다.

본능사회의 불행한 요소의 다른 하나는 과거연장적이어서 미래를 개척하지 못한다는 관념적 병폐입니다. 우리는 모두가 현재에 살고 있습니다. 그러나 현재는 굳어져 돌이킬 수 없는 과거를 위해 있는 것이 아니라 무한의 가능성을 위한 미래를 위해 존재하는 것입니다. 그럼에도 불구하고 전통을 중요시하는 동양인들은 과거의 것이 좋기 때문에 그 과거를 이어가는 것이 바람직스럽다는 통념에 사로잡혀 있는 경우가 많습니다.

나는 대학에서 철학을 강의해왔습니다. 동양철학을 전공하는 사람들은 공자나 노자의 사상을 잘 받들어 따르면 된다는 이론을 강조합니다. 어떤 이들은 공맹보다 더 훌륭한 사상은 있을 수 없다는 생각을 갖기도 합니다. 그러나 서양철학을 연구하는 교수와 학생들은 플라톤이나 아리스토텔레스의 철학은 출발점이기 때문에 그로부터 건설적이고 창조적인 철학을 창출하는 데 도움을 주는 것으로 받아들이고 있습니다. 우리가 어떤 고정관념이나 선입관념에 집착해 미래를 개척하는 노력을 약화시키거나 포기해서는 안 되는 이유가 거기에 있습니다. 미래가 없는 현재는 죽은 현재가 되는 것입니다.

　이런 역사적 과정은 우리만 겪은 것은 아닙니다. 서구의 여러 나라들도 마찬가지였습니다. 그런데 그중의 몇 나라들은 그 과정을 성공적으로 극복했기 때문에 선진사회가 되고 세계무대에서 큰 영향력을 발휘하게 되었던 것입니다. 역사가들은 근대화 과정을 선도해나간 국가로 보고 있습니다. 그들은 본능사회가 안고 있는 부정적 요소들을 건설적인 과업으로 개척할 수 있었습니다. 단적으로 표현한다면 개방적인 가치 추구 사회로 발전시켰고 그 가치의 기준이 되는 것은 합리적 사고였습니다. 물론 합리적 가치가 보편화되는 데는 긴 세월이 흘렀습니다. 과학적 사고가 그 바탕을 형성했으나 논리적 철학도 가세했습니다. 그리고 자연적 본능사회가 감정과 의지를 바탕으로 이루어졌다면, 가치 추구의 핵심이 된 것은 지성과 이성의 힘이었습니다. 본능 의지에 대한 이성적 사고가 병행했거나 주류를 이루게 되었습니다. 그들이 예로부터 강조해온 로고스의 정신과 전통을 계승하여 결실을 맺기에 이른 것입니다. 특히 19세기 중엽부터 대두된 사회과학적 사고는 그 역할을 크게 담당할 수 있었습니다. 쉽게 말하면 사회생활에 있어 객관적 가치는 무엇이며 어떻게 그 가치에 도달할 수 있는가를 찾아왔던 것입니다. 본능사회에는 욕망과 목적은 있으나 그 방법론이 빈곤했습니다. 그러나 합리적 가치는 언제나 과학적 방법을 동반하는 장점을 지니고 있었습니다. 가치를 추구하는 합리주의 사회는 주어진 불가변적인 사회가 아닌 선택의 폭이 넓은 변화와 개척을 전제로 하는 사회입니다.

그런 과정을 밟은 사회가 과학의 혜택을 넓혀갈 수 있었고 발전적 민주주의와 경제적 풍요로움을 창출하게 되면서 20세기에는 뚜렷한 성과와 지도력을 갖추게 되었습니다. 우리가 흔히 말하는 선진국의 기능과 역할을 담당하기에 이른 것입니다. 역사를 이어온 경험주의와 공리주의적 가치관, 이성주의와 실증적 사고, 민주적 실용가치 등이 그 뒷받침을 했던 것입니다.

그러나 그러한 서구적 합리주의 사회가 그대로 완결된 것은 아닙니다. 부를 창출했다고 해서 부에서 소외된 계층이 없는 것도 아닙니다. 그 계층의식이 투쟁과 혁명을 초래하는 공산사회를 만들어 인간적 존엄성과 개인의 자유를 유린하는 결과를 초래하기도 했습니다. 자본주의가 남긴 사회적 병폐와 시련도 적지 않았습니다. 산이 높을수록 그림자도 깊은 골짜기를 만들도록 되어 있습니다. 민주주의의 나무는 피를 영양 삼아 자랐다는 말은 바람직스러운 관념도 못 됩니다. 합리에 치우쳐 가정의 생명력이 되는 온정과 그에 따르는 행복은 쇠퇴하기 시작했습니다. 이혼과 그에 따르는 결손가정은 늘어났고 인간의 여유로운 정서생활이 기계적인 생산과 경제발전의 수단과 도구로 화하는 감정적 황폐성은 점점 심화되고 있습니다. 과학적 사고에 치우쳐 종교 및 윤리적 가치도 생산과 번영의 그늘에 감싸여버리면서 경쟁의 승자만이 살아남는 메마른 사회로 변하는 현실 속에서 피로를 느끼는 도시생활의 모습을 우리는 여러 면에서 발견하기에 이르렀습니다.

어떤 서구인들은 잃어버린 온정과 본래적인 행복한 그리움을 오히려 동양적 온정사회에서 되찾고 싶은 기대를 가져보기도 합니다. 동양인들이 새로운 것을 합리주의 사회에서 얻으려고 하듯이 서구인들은 잃어버린 인간적 가치를 동양적인 전통에서 찾으려는 동경 같은 것을 느끼고 있는 것 같습니다. 동양을 대표하는 중국에서도 서구의 마르크스 사상을 흠모해 따랐으나 지금은 유학의 정신을 이어가려는 선택을 종용하고 있는 실정입니다. 현재를 중심으로 본다면 동양의 전통과 서구의 합리성을 비교적 조화 있게 유지하고 있는 나라가 일본이라고 볼 수도 있을 것입니다. 일본의 젊은이들은 서구적인 합리성을 따르면서도 기성세대가 누리고 있는 온정주의를 버리지는 못하고 있습니다.

그렇다면 이러한 갈등과 모순 속에서 우리가 찾아 누릴 수 있는, 또 누려야 하는 제3의 사회는 어떤 사회이어야 하겠습니까? 모두가 모색은 하고 있으나 그 해답은 주어지지 않고 있습니다. 그러나 한 가지 주목할 과제는 있습니다. 우리와 같은 온정주의 전통사회에서도 서구의 합리주의 가치사회 못지않게 행복을 누리는 사람들이 있고, 합리주의 사회 안에서 일하고 있으면서 따뜻한 인간적 삶을 높여가는 사람들이 있다는 사실입니다. 그들은 이것이냐 저것이냐를 묻기보다는 둘을 다 지니면서도 더 높은 삶을 찾아 누리는 적지 않은 수의 정신적 선각자와 지도자들입니다. 합리적 가치를 추구하면서도 그것이 목적이 아니고 더 높은 삶을 위한 과정이라는 사실을 아는 사람들, 온정사회에 머물고 있으면서도 그 뜻을 폐쇄적인 본능사회가 아닌 인간 및 인격적 가치로 끌어올릴 수 있는 정신적 가치를 깨닫고 스스로의 삶을 개척해가는 사람들입니다. 삶의 목표와 역사의 방향을 더 높은 곳에 두고 있기 때문에 온정과 합리를 높은 차원으로 승화시켜가는 정신적 지도층 사람들입니다.

그렇다면 더 높기 때문에 목표가 되며 더 목적적이기 때문에 영구한 가치는 무엇입니까? 오히려 그 대답은 간단합니다. 예로부터 지금까지 우리들의 삶의 기반이 되어왔고 앞으로도 정신적 생활의 소망스러운 가치가 되는 인격 및 인간성의 가치입니다. 인격적 가치가 채워지는 사회가 가장 소망스러우며 인간다운 삶의 가치를 위해서는 다른 모든 것들은 예비적 과정의 가치로 되어 좋은 것입니다. 그리고 이러한 인간목적관적 가치는 위대한 종교적 지도자들과 윤리적 삶의 의미를 깨달은 사람들이 공통되게 우리에게 전해주었던 것입니다. 또 우리가 존경하는 많은 사람들이 실천, 육성해왔기에 오늘의 사회와 역사가 발전과 성숙을 거듭해왔던 것입니다. 윤리성에 있어서는 인도주의와 인륜적 가치가 구현되는 사회, 역사에 있어서는 넓은 의미의 휴머니즘이 이끌어가는 사회입니다. 모든 강물은 바다로 흐른다는 말은 진실입니다. 그 과정에는 여러 가지 굴곡이 있습니다. 그러나 바다로 흘러드는 것은 역사적 과정의 종착입니다. 인간이 인간답게 살기 위해서는 온정도 버릴 수 없고 합리적 가치도 소홀히 할 수는 없습니다.

만일 동양적 삶을 이어온 우리에게 주어진 책임이 있다면 온정사회를 본능사회로 퇴락시키지 말고 합리적 가치를 추구하는 가치사회로 이끌어가는 일차적 과업을 성공적으로 굳힌 후에 다시 그 위에 휴머니즘적 인격사회, 인간적 가치를 채워가는 미래사회를 꿈꾸며 개척해나가야 할 것입니다. 미래에 대한 꿈이 있는 민족은 희망을 창출하게 되어 있습니다.

V. 죽음에도 의미가 있는가

종교가 머물 곳은 어디인가
— 지성인들은 종교를 떠나고 있다

　19세기를 대표했던 프랑스의 사회학자 콩트는 인류 역사를 세 단계로 보았습니다. 옛날에는 종교가 세계사상의 중심을 이끌어왔으나 그 시대가 끝나면서는 철학적 사유가 중심이 되었습니다. 그러나 이제부터는 철학의 시대가 끝나고 과학의 시대가 전개될 것이라는 견해였습니다. 그 판단이 옳다고 믿는 사람들이 지금도 적지 않습니다. 그러나 20세기 초반에 큰 영향을 남긴 독일의 철학자이면서 인간학을 주제로 다루었던 막스 셸러는 다른 견해를 내놓았습니다. 종교와 철학과 과학은 예로부터 지금까지 공존해왔는데 현대에는 과학이 더 큰 비중을 차지하게 되었다는 주장입니다.

　학자나 사상가들이 어떤 학설을 제창하든지 19세기 후반부터는 과학이 사상계를 지배하기 시작했고 따라서 종교가 설 자리가 좁아지고 있는 것은 사실입니다. 적어도 지성사회와 사상계에 있어서는 그렇게 보는 것이 정당할 것입니다. 우리가 말하는 과학은 자연과학만을 지적하는 것은 아닙니다. 사회과학까지도 포함해서이며 인문학의 과학적 방법론도 염두에 두고 하는 시대적 추세를 뜻하는 것입니다.

한때는 마르크스주의자들이 공공연히 종교적 신앙을 거부했고, 최근에는 신의 존재를 부정하는 과학자들의 이론이 광범위한 공감을 얻고 있는가 하면, 세계 휴머니스트협회에서는 광고에까지 반종교적 선전을 하고 있는 실정입니다. 통계적으로 보더라도 유신론보다는 무신론이, 종교적 신앙보다는 이성적 가치와 자유의 가능성을 높이 보려는 경향이 강해지고 있습니다. 교육수준이 높아지고 지성인들의 비중이 커질수록 종교적 신앙은 약화되며 그 영향은 위축되는 것 같은 인상을 주고 있는 것이 사실입니다.

그뿐만 아니라 오늘의 세계를 바라보는 지성인들은 종교적 현실의 후진성과 병폐를 묵과할 수가 없다는 고민입니다. 만일 인류가 종교를 위해 바치고 있는 시간, 재정, 노력을 과학과 도덕을 위해 제공할 수 있다면 그 결과는 더 좋은 삶을 약속해줄 것이라는 생각을 많은 사람들이 인정할 것 같습니다. 종교사회적 성격을 띠고 있는 인도 사회의 후진성이나, 신앙적 교조주의에 빠져 세계평화를 위협하고 있는 중동 사회를 생각해보면, 잘못된 신앙이 초래하는 인간의 고통과 불행을 지적하지 않을 수 없을 것입니다. 종교문명 간의 갈등과 분규는 21세기에도 가시지 않을 것이라고 역사가들은 우려하고 있습니다. 우리와 같은 정신적 후진사회에 있어서는 신앙의 미신적 요소와 사이비종교의 폐습을 근절하기 어렵다는 우려를 불식할 수 없는 것도 사실입니다. 다시 말하면 과연 종교적 신앙은 필요한가를 묻기보다는 종교가 주는 피해와 정신적 후진성 과 병폐를 어떻게 치유할 수 있는가를 모색하고 싶은 안타까움을 느끼는 때도 있습니다.

그러나 다른 견해도 있을 것입니다. 우리나라 역사에서 불교가 없는 신라와 고려, 유교가 없는 조선, 기독교가 없는 개화기와 현 대사회를 생각할 수 있는가 하는 점입니다. 우리 민족의 정신사를 이끌어온 주류가 모두 종교적 성격을 띠고 있었던 것은 인정하지 않을 수 없기 때문입니다. 그렇게 본다면 신라의 문화를 탄생시킨 것도 불교이지만 고려의 종말을 촉진시킨 책임도 불교에 있다는 생각을 하게 됩니다. 조선의 정신적이며 사회적인 퇴락을 만든 것 도 유교였다고 볼 수 있을 것 같습니다. 유럽의 역사에서 기독교가 그 사회를 흥하게도 했고 쇠퇴시키기도 했다는 실례는 쉽게 찾아 볼 수 있습니다. 물론 역사는 종교사만으로 이루어지는 것은 아닙 니다. 그러나 종교를 중심으로 보았을 때는 과거의 역사는 그러한 과정을 밟아왔다는 견해를 면치 못할 것입니다.

그렇다면 종교 자체 속에 긍정적인 요소와 부정적인 요소가 공 존해 있으며 사회에 대한 건설적인 기능과 파괴적인 요건이 함께 포함되어 있다는 점을 발견하게 됩니다. 어떤 이들은 종교적 신앙 과 이성적인 가치의 괴리가 없어야 하며, 신앙적 교리와 도덕적 요 청 간의 모순이 없어야 한다고 말합니다. 이성적 판단을 거부하거 나 약화시키는 신앙은 용납될 수가 없으며 반인륜적 또는 비인륜 적인 종교는 배제되어야 한다는 주장입니다. 마땅히 그래야 할 것입니다. 사회의 도덕적 가치와 이성적 진리를 거부하거나 후퇴시키는 종교와 신앙은 이미 비판과 공격의 대상이 되어왔고 또 그 추세는 계속되고 있습니다.

그러나 내가 지적하고 싶은 것은 동일한 종교 내부로부터의 비판적 자성이 더 중요하다는 사실입니다. 우리나라의 종교와 내가 몸담고 있는 기독교의 경우를 예로 들어 좋을 것 같습니다.

만일 석가가 한국에 와 오늘의 불교계를 살핀다면 어떨 것 같습니까? 구체적으로 표현한다면, 이렇게 많은 사찰과 그 안에서 벌어지고 있는 행사와 의식을 어떻게 볼 것 같습니까? 어디에나 안치되어 있는 불상들을 대할 때 무엇이라고 말하겠습니까? 당신의 뜻과 가르침과는 99퍼센트가 어긋나고 있는 현실에서 놀라움과 실망을 감출 수 없을 것입니다. 공자가 성균관에서 벌어지는 제전과 의식을 보며, 한때 우리나라 사대부들이 유교를 등에 업고 서민들의 고통과 불행을 조장했던 역사를 안다면 무엇이라고 말하겠습니까? 자신이 원했던 선하고 아름다운 인간관계는 버림받고 선량한 서민들의 양심과 자유까지도 병들게 하는 처사가 무엇인가 개탄할지 모릅니다. 도스토예프스키는 그의 작품 속에서 현실 교회 제도와 행태에 대한 뼈저린 비판을 내린 바가 있습니다.

로마법왕청의 비유를 예로 들겠습니다. 어느 날 예수가 다시 왔다는 소식이 전해져왔습니다. 법왕청에서 회의를 열어 그 진위를 살폈더니 예수가 다시 온 것이 사실이며, 옛날과 같은 가르침과 사랑을 버림받은 사람들에게 베풀고 있었습니다. 회의를 거듭한 끝에 법왕청에서는 대표자들을 예수에게 파송했습니다. 그리고 다시 온 예수에게 항의와 진정을 했습니다. "주님, 오시려고 하면 옛날 그 당시에 오시지, 지금 오시면 우리는 어떻게 합니까? 무엇을 가지고 오늘의 번영과 영광을 누릴 수 있습니까? 도로 가셔야 하겠습니다."

이런 것이 오늘의 종교계의 실정일 수 있습니다. 그런 종교가 버림을 받는 것은 어쩌면 당연할지 모릅니다. 모든 책임은 종교를 비난하는 사회에 있는 것이 아니라 종교 자체 내부에 있었던 것입니다.

어째서 이런 결과가 되었습니까? 기독교의 예를 들면 우리는 예수와 기독교 정신과 눈에 보이는 교회를 구별해서 보지 못하고 있기 때문입니다. 눈에 보이는 것은 기독교 공동체를 대표하는 교회입니다. 그러나 교회 자체는 기독교 정신을 구현하기 위한 그릇, 그것도 때로는 무엇을 담기 위한 빈 그릇으로 볼 수 있습니다. 그 안에 담기는 것은 기독교 정신의 구현입니다. 그 정신의 중심이 되는 것은 예수의 삶, 인격, 교훈입니다. 구심점이 되는 것은 예수 그리스도입니다. 그런데 많은 사람들은 교회가 기독교의 전부인 듯이 착각하고 있습니다. 그릇이 중요한 것은 아닙니다. 그릇은 물건을 담기 위해 필요한 것입니다. '몸 된 교회'라는 것은 영혼을 위한 2차원이란 뜻입니다. 예수는 좋은 교회나 훌륭한 교회를 만들라는 교훈을 준 일이 없습니다. 교회보다는 하늘나라가 목적이었습니다. 구약에도 민족과 국가가 교회보다는 우위에 있었습니다. 교회는 목적이 아닌 수단과 과정이었습니다. 그렇게 본다면 기독교는 교회보다는 기독교 정신이 중심이고, 기독교 정신의 핵심은 예수라는 결론을 얻게 됩니다.

　그럼에도 불구하고 세상 사람들은 교회가 기독교의 전부인 듯이 여겨왔고 기독교를 대표하는 사람은 성직자라는 통념을 따랐던 것입니다. 그래서 다른 종교는 모르겠으나 기독교 안에서는 반교회 운동이 줄기차게 제기되어왔습니다. 일본의 성경주의자들은 처음부터 무교회주의자들로 인정받았으나 그 영향은 대단한 것이었습니다. 전통적인 교회 밖에도 기독교 공동체는 언제나 가능했고 실존해왔던 것입니다. 우리는 흔히 쓰는 개념은 아니지만 교회주의, 즉 교회가 기독교의 전부이면서 목적이라는 사고는 정당한 견해가 아닙니다. 교회보다 소중한 것은 기독교의 정신입니다.

　만일 교회주의에 빠지게 되면 기독교는 교회와 더불어만 존재한다는 큰 과오를 범하게 됩니다. 교회는 공동체이기 때문에 제도가 필요해지며 그 기구가 존속되기 위해서는 교권이 필요해집니다. 정치사회가 정권을 필수조건으로 삼는 것과 같은 맥락입니다. 그러나 기독교는 교권보다는 인권을 위해 존재합니다. 그것이 예수의 가르침이었습니다. 계명과 율법은 인간을 위해 있는 것이지 인간이 율법이나 계명을 위해 존재하지는 않습니다. 더 넓게 말하면 종교가 사람을 위해 필요한 것이지 사람이 종교를 위해 있는 것이 아닙니다. 그것은 교회가 사회를 위해 있는 것이지 사회가 교회를 위해 존재하지 않는다는 뜻입니다.

　교회는 우리 사회를 하늘나라로 승화시키는 책임과 의무를 안고 있습니다. 그 책임을 소홀히 하거나 위배한다면 뜻있는 크리스천들은 교회를 떠나거나 반대할 수도 있습니다. 지금도 적지 않은 평신도들이 『교회가 죽어야 예수가 산다』는 책 제목에 공감하고 있을 정도이며, 대교회제도에 회의를 느끼는 것은 교회주의에 빠질 가능성을 우려하는 까닭입니다. 옛날에는 교회가 파문권을 갖고 있는 듯이 착각했습니다. 그것은 교권주의의 유산이었습니다. 인권을 소중히 여기는 공동체는 파문 같은 것은 생각지 못하고 있습니다.

교회주의에 빠지게 되면 교회를 지키기 위한 교리가 진리보다 앞서는 것으로 오판합니다. 교회의 소수를 위한 교리 때문에 인류 전체를 위한 진리를 배제하는 과오는 없어야 합니다. 예수는 언제나 진리를 가르쳤습니다. 진리란 모든 사람이 받아들일 수 있는 인생관이며 가치관입니다. 그러기에 크리스천이 되려고 하는 것입니다. 구약에서 신약으로 탈바꿈했다는 것이 바로 그 변화를 지적하는 것입니다. 크리스천들에게 있어서는 할례도 문제가 안 되며 안식일은 사람을 위해 해석되어야 합니다. 인간이 계명의 노예가 될 수 없듯이 교리의 노예가 되어도 안 됩니다.

모든 종교는 권위의식을 바탕으로 성립되고 있습니다. 종교를 창출했다고 볼 수 있는 교주들에 대한 권위는 종교의 기본이 되어 있습니다. 많은 종교는 창조주나 절대자에 대한 권위를 지키고 따라야 합니다. 그 권위가 무너진다면 믿을 바가 사라지게 됩니다. 그러나 교회주의에 몰입하게 되면 권위의식이 권위주의로 전락하게 됩니다. 교회적인 것이 권위를 대신하게 됩니다. 크리스천들이 성(聖)의 가치를 소중히 여기며 가능하면 성인 또는 성자가 되기를 원하는 것은 신앙적 권위에 동참하려는 잠재적 욕구와 의도 때문입니다. 기독교에서는 인간은 구원을 받아야 할 존재이지 성자가 되기 위한 존재는 아닙니다. 이렇게 잘못된 권위주의가 교회 지도자인 신부나 목사들에게 잘못 전해지게 되면 평신도들은 권위를 예수나 하나님보다는 교직자인 성직자에게 돌리는 과오를 저지르게 됩니다. 실제로 중세기의 많은 성직자들이 그런 과오를 범하기도 했습니다. 기독교가 타락하는 하나의 원인이 되기도 했습니다. 기독교의 권위나 권위의식은 교회 내외의 선한 질서를 탄생, 유지시키고 높여주는 데 그 뜻이 있습니다. 기독교 사회는 세상 사회보다는 더 정직하고 진실하며 정의와 공익을 일삼으며, 자비와 사랑으로 이웃들을 평화와 행복으로 이끌어주어야 합니다. 기독교가 있는 곳에는 자유와 평화가 머물 수 있어야 합니다. 하나님에 대한 권위가 사회와 역사에 있어서의 선한 질서로 열매 맺을 수 있어야 합니다.

이런 점들을 감안한다면 역사 속에 나타난 반기독교운동은 기독교 정신에 대한 반기가 아니라 교회와 교회주의에 대한 비판과 반대였습니다. 교회가 버림을 받는다고 해서 기독교 정신이 버림받는 일은 없었습니다. 그때마다 기독교의 정신은 교회 밖에서 열매를 맺어왔던 것입니다. 서양의 많은 혁명이 되풀이되면서도 기독교가 존재해온 것은, 교회가 비판의 대상이 되었어도 기독교 정신은 언제나 영구한 것을 사모해왔고 건설적인 가치관을 제시해주었기 때문입니다. 태양의 빛과 온기는 항존하는 것입니다. 사회악이 그것을 막기도 하고 교회가 그것을 가리기도 했으나 그리스도로 비롯한 기독교 정신은 언제나 희망의 빛으로 항존하고 있습니다.

종교들과 기독교
— 신앙의 창조적 가치는 가능한가

　20세기 전반기의 석학들은, 공산주의는 그 위력이 오래지 않아 사라지겠지만 종교 간의 갈등은 오래 지속될 것이라는 예언을 했습니다. 지금 생각해보면 그 판단은 정확했습니다. 20세기의 가장 큰 세계사적 사건은 공산주의의 등단과 그 종식이었다고 보아야 하겠습니다. 그 당시와 같은 공산주의는 다시 세계무대에 등단하지 못할 것으로 우리는 보고 있습니다. 그러나 종교 간의 갈등은 21세기는 물론 더 오래 지속될 것으로 예측되는 것이 사실입니다.

　무엇 때문에 종교분쟁을 지성인들이 우려한다고 생각합니까? 종교적 신앙을 갖는다는 것은 인류의 행복과 희망을 위해서입니다. 그런 종교가 우리의 행복과 희망을 저지하거나 파괴한다면 우리는 종교를 멀리하거나 반대할 수밖에 없습니다. 예로부터 반(反)

종교운동이 그치지 않는 것은 그 때문입니다. 그런데 종교 간의 갈등이 폭력이나 전쟁으로까지 번진다면 그것은 종교가 남겨주는 인류의 재앙이 될 수 있습니다. 십자군의 역사가 바로 그런 사실을 잘 보여주고 있으며, 지난 2001년 발생했던 9·11테러와 그 뒤를 잇는 분규는 실질적으로는 종교 간의 갈등에서 비롯된 것입니다.

그런데 불행하게도 종교 간의 갈등과 대립은 본질적으로 종교 내부에 잠재해 있습니다. 다종교사회와 우리 신앙의 유일성이 문제인 것입니다. 세계에는 여러 종교가 있고 우리는 다종교사회에 살고 있습니다. 종교들의 공존은 필수적입니다. 그러나 모든 종교는 자신들의 신앙적 유일성을 갖고 있으며 그것이 그 종교의 존립 특권인 것입니다. 공존은 해야 하면서도 자신의 신앙은 양보할 수 없으며 그 믿는 바를 전파하는 것이 종교의 특성인 것입니다. 따라서 자신이 믿는 신앙에 열중할수록 다른 종교와의 갈등과 모순은 더해질 수밖에 없습니다. 신앙인들이 가장 존중하는 순교가 바로 그 사실을 잘 알려주고 있습니다. 목숨을 던져서라도 신앙을 지키며 전파해야 하기 때문입니다.

이런 문제를 위해 우리가 제안할 수 있는 대전제가 있다면 가장 앞서는 것은 종교인들의 자기반성입니다. 종교는 항상 자아반성을 가르치고 있습니다. 그러나 대부분의 종교인들은 신앙적 교만에 빠지기 쉬우며 그 교만이 집단화되면 타 종교와 세상에 대한 우월감에 도취되는 것이 보통입니다.

우선 우리는 종교가 인간을 위해 있는 것이지 인간이 종교를 위해 존재하지 않는다는 사실을 명심해야 합니다. 인간의 삶이 있는 곳에는 종교도 존재할 수 있으나 인간이 없는 세계에는 종교적 신앙도 존립할 수가 없습니다. 그럼에도 불구하고 종교적 신앙에 몰입하게 되면 우리의 삶이 종교와 믿음을 위해 있는 것으로 주객이 전도되는 경우가 일반적입니다. 인간이 인간답게 살며 그 인간이 스스로의 유한성과 절망적 상황을 벗어나기 위해 학문, 예술, 사상을 모색하다가 얻은 것이 종교적 신앙입니다. 그렇다고 해서 우리 모두가 어떤 종교적 신앙을 위해 살고 있는 것은 아닙니다. 종교적 신앙의 가치가 우리의 목표가 되는 경우는 있습니다. 그러나 그 신앙은 인간의 완성과 구원을 위해 필요한 것입니다. 인간으로 태어나지 않았다면 신앙의 가치는 우리와 무관한 것입니다. 그것이 상식이면서도 우리는 자가당착에 빠지는 경우가 있습니다.

오래전에 있었던 학생들과의 대화가 기억에 떠오릅니다. 한 학생이 "선생님, 우리가 사는 인생의 목적이 무엇입니까?" 하고 물었습니다. 나는 그 학생 옆에 앉아 있던 다른 학생에게 "너는 인생의 목적이 무엇이라고 생각하지?"라고 방향을 돌렸습니다. 그 학생은 서슴지 않고 "저는 인생의 목적은 하나님께 영광을 돌리는 것으로 믿고 있습니다"라고 대답했습니다. 그 얘기를 들은 먼저의 학생이 "저는 교회에 나가볼까 하는 생각을 하다가도 저런 말을 들으면 실망하곤 합니다. 인간의 목적이 인간에게 있으면 있고 없으면 없는 것이지 어떻게 상관없는 제삼자에게 있습니까?" 하고 항의를 했습니다. 그러자 다른 학생은 "저는 오래전부터 그렇게 믿고 있습니다. 그것이 신앙의 핵심이기 때문입니다"라면서 내가 자기 편에 서주기를 원하는 눈치이기도 했습니다. 내가 대답을 할 차례가 된 셈입니다. 나는 이렇게 설명해주었습니다. "생각이 깊은 많은 사람들이 인간의 목적은 인간, 즉 나에게 있다고 주장해왔습니다. 그 길밖에는 해답이 없었으니까요. 그런데 그 인간, 즉 나에게 운명적인 한계가 있음을 부정할 수 없게 되었습니다. 삶을 무의미하게 만드는 죽음이 있고, 무한 앞에서 유한한 존재인 자신을 발견하게 되었고, 시간 속에서 자기실존을 찾아보았으나 영원은 내 것이 못 됨을 깨닫게 되었고, 역사의 모순과 사회악을 극복하는 가능성은 주어지지 못한다는 사실도 체험하게 된 것입니다. 그러한 자아를 극복하거나 초월하기 위해 소수의 종교인들이 신을 믿게 되고, 그 신을 믿고 따랐을 때 비로소 자아를 완성하고 절망을 희망으로 바꿀 수 있다면 신을 믿는 것이 절망으로부터의 구원이며, 유한했던 내가 영원을 약속받을 수 있는 길을 찾았다면 그 하나님께 영광 돌릴 수 있는 길이 자기완성과 구원의 삶이었음을 고백하게 되지 않겠어요?"

이러한 인간적 갈망과 기대가 채워질 수 있다고 믿는 것이 종교적 신앙의 길일 것입니다. 한때 실존주의 사상가들이 유신론적인 실존과 무신론적인 실존을 얘기했던 것도 같은 맥락의 사상이었을 것입니다. 우리 주변에서도 인본주의는 반기독교적이며 신본주의는 신앙의 정통성을 말하는 것이라는 이분법을 강조한 바가 있습니다. 그러나 인간의 정신적 가치 추구에는 인간만의 길도 없으며 신만의 종교도 존재하지 않습니다. 인간이 참된 삶과 영원에 대한 기대와 갈망을 품고 있는 동안은 종교적 삶이 오히려 보편성을 갖는 것이 현실이며 타당할 것입니다.

우리가 종교인들에게 자기반성을 요청하는 것은 신앙적 교만이

나 독선을 버리고 인간적 겸손과 보편적 가치 추구의 길을 찾아달라는 뜻입니다. 어떤 종교적 신앙이나 교리의 특수성을 위해 다른 사람에게 불행과 고통을 주는 것은 용납될 수 없는 죄악이기 때문입니다. 종교가 인간을 위해 있는 것이지 인간이 어떤 특정된 종교를 위해서 존재하지 않기 때문입니다. 특정 종교의 소수인이 타 종교나 무종교의 다수인에게 고통과 불행을 감행한다면 그 종교는 존재의 가치를 상실하는 것입니다.

따라서 종교적 신앙은 선택의 대상이지 강요의 내용은 못 됩니다. 아무리 선교를 위한 열정에서라고 해도 강압적 주장은 금물입니다. 우리의 신앙이 인류의 평화, 행복, 희망을 약속해줄 수 있음을 깨닫게 해주는 것이 전도이어야 합니다. 반(反)종교운동도 존재할 수는 없습니다. 종교적 신앙은 그들이 선택한 참 가치의 구현이었기 때문입니다. 다른 종교를 비난, 배척하는 것도 종교인들이 할 일은 못 됩니다. 그것은 그 사람들의 인생관과 인격을 모독하는 것과 차이가 없습니다. 모든 사람의 생명, 개성, 인격은 어떤 종교적 신앙보다도 소중한 것입니다. 그것이 종교의 보편적 가치인 것입니다.

그렇다면 지금 우리가 믿고 있는 기독교는 어떤 종교입니까? 물론 종교마다 갖고 있는 장단점은 있습니다. 그러나 종교다운 종교는 어떤 특수성을 지녀야 하며 그 신앙이 인류와 역사에 무엇을 줄 수 있는가를 묻지 않을 수는 없습니다. 우리가 믿고 있는 기독교는 어떤 신앙을 요구하고 있으며 그 내용이 현대사회에 있어 긍정적 평가를 받을 수 있는가, 또 그런 종교적 신앙이 현실적으로 수용될 수 있는 보편적 가치를 지니고 있는가를 물어야 할 것입니다.

먼 옛날 사람들은 스스로의 고통과 한계를 느꼈을 때 초인간적인 대상을 자연에서 찾았습니다. 자연은 그 시대에 있어서는 삶과 존재의 원천인 동시에 삶의 터전이었습니다. 그래서 자연의 힘은 인간의 능력을 초월하며 약한 인간이 믿고 의지할 상대는 자연 그 자체이거나 자연을 지배하고 있는 어떤 질서나 법리(法理)라는 사고가 지배적이었습니다.

모든 것은 영혼을 갖고 있으며 그것은 인간의 영혼과 사귐을 가지는 것으로 생각하는 애니미즘(animism)적 신앙을 갖게 되었고, 후에 그런 생각이 샤머니즘과 연결, 전승된 것도 의미가 있는 민속 신앙의 원천이었습니다. 복을 받고 싶은 욕구와 장수하고 싶은 의욕이 인간과 다른 동물들에 의해 주어진 것이라는 소박한 종교심으로 변질되어 토템신앙을 만들기도 했습니다. 고통을 멀리하고 재물과 건강의 복을 받으며 가능하다면 장수와 불사(不死)의 비결도 자연을 통해 주어질 수 있으리라는 소박한 종교심으로 자리 잡게도 되었습니다. 그러나 그런 뿌리 깊은 욕구는 완전히 사라진 것은 아닙니다. 동물이나 자연의 영적 기능과 구별하여 인간의 영혼은 사후에도 존속하면서 우리의 삶과 행운을 주관해줄 능력을 갖추고 있으리라는 관념은 옛날 사람들에게는 자연스러운 현상이기도 했습니다. 우리는 지금도 로마나 파리를 여행할 때는 위대한 선인들의 무덤인 판테온을 찾아보곤 합니다. 자연이나 동물의 영적 기능보다는 선조들이나 위대했던 선인들의 영을 추모하는 일은 자연인으로서는 충분히 가능한 종교적 관념일 수 있습니다. 서양의 판테온은 기독교 사회이기 때문에 종교적 신앙의 대상은 아니지만, 일본의 신사참배는 신도(神道)주의로 발전한 종교가 되고 있습니다. 역시 자연신앙의 한 형태라고 보아 좋을 것입니다.

우리나라의 유교는 종교적 의식을 갖추고는 있으나 본래부터 윤리와 도덕의 규범을 갖추고 있습니다. 그래도 공자에 대한 제사는 어느 정도 종교적 신앙을 함유하고 있는 것이 사실입니다. 하늘(天)의 도(道)를 인류의 도리로 끌어들이려는 노력도 그렇습니다. 하늘의 도는 다분히 자연종교의 성격을 띠고 있습니다. 이에 비하면 도학과 도교는 자연의 법리를 인간의 것으로 받아들이며 사람은 자연의 신비성과 어울려 신선이 될 것이라는 사상도 자연신앙의 일부로 보아야 하겠습니다. 위대하고 존엄스러운 자연의 질서와 근원은 신앙의 대상이 되어 좋다는 전통의 산물이었던 것입니다.

이렇게 본다면 불교도 그렇습니다. 불교의 원천은 우파니샤드 철학입니다. 어떻게 하면 우주의 법인 브라만(梵)과 자아의 실체인 아트만(我)이 하나가 되는가가 그 근본과제였습니다. 범아일여(梵我一如)의 정신이 바로 그 핵심이었습니다. 그 문제에 대한 종교적 해결을 모색한 여러 종교 중의 하나가 불교로 탄생된 것입니다. 불교신앙의 핵심은 석가의 유언 그대로 법(法)입니다. 법을 깨닫고 법으로 돌아가는 것이 종교적 신앙의 궁극적 목표인 것입니다.

이렇게 본다면 구약과 신약의 종교가 탄생되기 이전에는 모든 종교는 자연에의 신앙이었습니다. 기독교는 이러한 상황 속에서 태어난 유일한 성격을 가진 종교였습니다. 기독교의 처음 출발은 아브라함이라고 하는 인물로 비롯됩니다. 그는 하란이라는 페르시아 지역에 살다가 여호와(야훼) 신의 지시를 따라 서북쪽인 팔레스타인 지역으로 떠납니다. 모든 자연조건을 버리고 한번도 가본 적이 없는 미지의 땅으로 출발했습니다. 자연적 삶을 떠나 역사적 삶의 출발이 된 것입니다. 그것은 인격적인 신의 지시에 따른 것입니다. 그래서 자연과 철학의 세계관을 뒤로하고 신이 관여하는 역사적 신앙의 문을 열게 되는 것입니다. 자연의 뜻을 따르는 삶에서 역사를 창조하는 종교적 삶을 창출하게 됩니다. 구약과 신약은 자연종교가 아닌 역사신앙인 것입니다.

아브라함의 신앙은 자연신(범신론이나 이신론)이 아닌 역사와 더불어 실존하는 인격신과의 관계에서 전개되는 것입니다. 그 신앙은 아브라함과 그 가족으로 이어지는 씨족 또는 부족 신앙으로 발전하다가 모세에 이르러서는 민족과 국가를 단위로 하는 민족신앙의 성격을 갖추게 됩니다. 다윗과 솔로몬 왕조를 거치는 번영을 누리기도 하나 민족적 수난기를 겪으면서 많은 종교적 선지자와 예언자를 배출하는 종교국가를 계승하는 역사가 구약의 내용으로 되어 있습니다.

그런데 이상스럽게도 구약은 역사신앙이기 때문에 미래에 대한 약속으로 채워져 있습니다. 자연에는 공간은 있으나 시간의 의미가 없습니다. 그러나 역사는 언제나 미래지향적인 시간관념에서 성장하게 되어 있습니다. 이 미래에 대한 약속이 해방과 구원의 주인공인 메시아에 대한 예언이었습니다. 여호와 신의 약속이 채워지리라는 미래창조적 신앙이었습니다.

신약은 그 메시아의 오심으로부터 재출발을 하게 됩니다. 계란을 깨뜨리고 병아리가 태어나면 계란은 책임을 다한 빈 껍데기로 남을 뿐입니다. 신약종교가 탄생됨으로써 비로소 기독교가 새로운 신앙의 길을 열게 됩니다. 이제 신약이 없는 구약은 이스라엘 민족의 종교로 남을 뿐이지만 예수에 의한 신약신앙은 인류와 세계의 종교와 신앙으로 새 출발을 하게 됩니다. 우리가 또 하나의 인격신을 숭앙하는 이슬람교를 존중히 여기면서도 기독교와 비교하게 되는 것은 코란의 신앙은 여전히 민족신앙의 울타리를 벗어나지 못한 구약적 신앙의 전통과 성격을 그대로 이어받고 있기 때문입니다. 실제로 이슬람교 신앙을 따르는 사람들은 그들의 인생관과 가치관이 구약적 민족신앙과 큰 차이가 없습니다. 지금 유대교와 이슬람교의 풀리지 못하는 종교적 갈등은 구약과 코란의 성격을 극복하지 못한 데서 비롯되고 있습니다.

그렇다면 기독교가 선포하는 신앙적 핵심은 어떤 것이라고 생각합니까? 그 하나는 구약의 중심과제인 율법과 계명이 인간을 위해 있는 것이지 인간이 종교적 계율을 위해 존재하는 것이 아니라는 혁명적 선언입니다. 종교가 인간을 위해 존재하는 것이지 인간이 어떤 종교를 위해 있지 않다는 것입니다. 그것은 구약 및 구약적 신앙을 가진 사람들로서는 용납할 수 없는 지적입니다. 바울이 평생을 두고 고민했던 문제이기도 했습니다. 지금 우리가 일반적으로 쓰고 있는 개념에 따른다면 휴머니즘의 선포입니다. 휴머니즘을 인도주의(人道主義)로 받아들인다면 인도주의를 병들게 하거나 인간을 또 다른 목적을 위해 수단화하는 종교는 배척한다는 뜻입니다. 신앙은 인간의 이성과 자유를 충족시켜주어야 하며 이성과 자유를 억압하거나 구속하는 것이어서는 안 된다는 뜻입니다.

기독교는 그 종교성을 보존하기 위해 교회를 설립했고 교회를 유지하기 위해 교권과 교리를 수립해왔습니다. 그것은 구약신앙의 틀과 큰 차이가 없습니다. 그러나 예수의 뜻은 교회나 교권, 교리도 인간의 이성과 자유를 위축시키거나 구속해서는 안 된다는 가르침이었습니다. 예수의 가르침은 교회가 아닌 하나님의 나라였고, 교리가 아닌 진리였습니다. 교권에 집착하는 것은 하나님의 것을 가이사의 것으로 만드는 과오를 범할 수 있다고 보았습니다. 중요한 것은 사회가 교회를 위해 존재하는 것이 아니고 교회가 사회를 위해 이바지하는 데 의미가 있습니다. 더 많은 사람들의 인간다운 삶을 위해서는 교회적인 것들은 양보하고 이웃을 섬겨야 하는 것입니다. 단적으로 표명한다면 하나님의 사랑 안에서 모든 인간이 인간다운 삶을 영위할 수 있도록 돕는 책임이 중요한 것입니다. 교회보다는 이런 기독교의 정신이 중요하며 그 정신의 중심이 되는 것이 하나님의 사랑인 것입니다.

그러면 이런 인간애의 길은 무엇입니까? 인간의 자기완성과 구원의 길입니다. 옛날 사람들은 그 가능성을 자연에서 찾았으나 기독교는 그 길을 하나님 아버지와의 사랑에서 얻는 것입니다. 인간은 유한 속에서 무한을, 시간에 살면서 영원을, 죽음이라는 종말을 극복하기를 바라는 염원을 안고 있습니다. 그것이 자아의 완성이면서 자아의 초월인 동시에 구원인 것입니다. 그것은 인간 더하기 인간으로는 불가능합니다. 시간에 시간을 더해도 영원은 못 되며 인간적 절망은 인간의 능력으로는 극복할 수 없습니다. 의사가 환자의 생명을 연장할 수는 있습니다. 그러나 모든 환자와 의사는 마침내 죽음의 한계를 넘어설 수는 없습니다. 그것을 자연이나 복수 인간이 아닌 절대자이면서도 인격적 존재인 신을 통해 성취시키는 것이 신앙인 것입니다. 자연은 물론 인간도 인간을 죄와 악, 불안과 절망에서 구원할 수는 없습니다. 그것이 종교적 신앙의 요망과 과제입니다. 그 가능성을 신과의 사랑에서 터득하고 누리는 것이 신앙입니다.

그것을 가르쳐주었고 모범을 보여주었으며 그 길을 열어준 이가 예수였던 것입니다. 예수는 스스로를 사람의 아들이라고 불렀습니다. 세상에 머무는 동안 우리와 다름없는 인간 중의 인간이었습니다. 그러나 세상을 떠나면서는 인간의 책임을 다하고 하나님과 모든 인간의 관계를 열어주었습니다. 인간과 하나님의 관계는 사람의 아들로 태어난 우리 모두의 삶의 내용으로 채워지고 있습니다. 그 계속되는 믿음의 관계를 이끌어주며 가능케 해주는 역할을 담당하는 사랑의 기능적 주체를 예수는 성령의 역할이라고 약속해주었던 것입니다. 하나님과 인간의 관계는 사랑과 구원의 결실을 맺어가면서 모든 믿는 이들의 삶을 이어가고 있습니다. 그래서 하나님의 사랑은 개인과 인류의 희망이면서 구원의 사실로 나타나고 있는 것입니다.

현대인에게도 종교는 의미가 있는가
― 너무 많은 사람이 종교의 병을 앓고 있다

1962년 여름, 나는 인도와 중동 지역을 여행하게 되었습니다. 그 기간 동안 과거에 깨닫지 못했던 종교문제에 관한 생각들을 정리해보게 되었습니다. 그 결론은, 아직도 인류와 세계의 문제를 좌우하고 있는 것은 종교들이며, 그 종교들은 새로 태어나지 못하는 한 인간에게 도움이 되기보다는 피해를 주는 바가 더 많다는 사실이었습니다.

뭄바이는 인도의 3대 도시 중 하나이면서 서구문명을 처음부터 수입한 근대문명의 발원지였습니다. 인도 국민 전체가 그러하듯이 이곳 주민들도 종교적 의식과 행사가 많았습니다. 상류사회에 속하는 사람들은 배화교(拜火敎, 조로아스터교) 신자가 많았습니다. 그들은 사람이 죽으면 매장이나 수장을 피해서 시신을 도시 한가운데 있는 숲 속, 침묵의 탑에 안치합니다. 그렇게 하면 그 숲을 떠돌던 솔개와 독수리들이 시체를 뜯어 먹고 나머지 뼈들은 탑 밑으로 떨어지는 장례절차를 밟고 있습니다. 일종의 종교적 행사입니다. 도시 안에는 자이나교 사원들이 있습니다. 그 교주인 마하비라(大勇)는 30대의 장사 모습을 하고 있어 불상과는 대조적입니다. 코끼리가 교주 양쪽을 지키고 있습니다. 교리 내용은 잘 이해하지도 못하는 주로 여신도들이 경전을 뜻 없이 외우고 있었습니다.

뭄바이에는 간디가 18년 동안 살았던 집이 있습니다. 지금은 간디기념관으로 되어 있고 이층 방에는 간디가 손수 실을 뽑던 물레가 그대로 보존되어 있습니다. 설명해주는 뭄바이대학 경제학부 출신인 안내원의 말에 의하면 간디는 기계문명을 거부했기 때문에 친히 실을 뽑고 천을 짜 입었다는 것입니다. 우리가 생각했던 대로 영국의 경제적 압박을 피하고 독립정신을 키우기 위한 것이 아니었는가 물으니, 간디의 정신은 반(反)기계와 반물질문명에 있었다고 말합니다. 델리에 가면 돌로 꾸며진 간디의 무덤이 있는데, 그 돌들은 간디의 정신을 따라 기계를 쓰지 않고 손으로 갈아 만들었다고 했습니다. 그 당시에는 델리 도심 거리에도 소떼들이 줄을 지어 다니면서 오물을 배설하지만 말리는 사람이 없었습니다. 소는 힌두교의 숭앙의 대상으로 되어 있었기 때문입니다. 이런 모습들을 보면서 옛날에는 종교가 인도인들의 정신적 안정과 성장에 도움을 주었겠으나 그들의 신앙이 미래의 인도와 어떤 관계를 가질까를 묻지 않을 수 없습니다.

요르단 왕국과 이스라엘을 다니면서 흔히 성지라는 곳들도 찾아보았습니다. 그 지역을 다녀본 사람들은 누구도 크리스천이 되겠다는 생각을 하지 못했을 것입니다. 미신적인 시설과 돈벌이에 집착하는 시민들이 전부였습니다. 그곳들을 찾아보면서 성지순례라는 관념은 없어지고 말았습니다. 그저 예수의 고향을 찾아보고 왔다는 생각을 굳혔을 뿐입니다. 이 지역의 이슬람교를 아는 사람들과 코란을 읽는 사람들은 여성에 대한 인권과 종교적 교리주의가 어떤 사회를 육성해갈 것인가를 묻지 않을 수 없습니다. 1년에 한 차례씩 치러지는 메카 순례 때마다 수많은 희생자가 발생하곤 하지만 알라신의 예정이었다고 판단해버리는 태도는 종교가 인간을 위해 존재하는지 인간이 종교를 위해 사는지를 의심케 합니다.

내가 여행을 끝내고 돌아온 얼마 후에는 인도에서 종교전쟁에 가까운 분규가 생겨 600명 내외의 신도들이 목숨을 잃었습니다. 보도에 따르면 이슬람 사원에 보관되어 있던 마호메트의 머리카락이 분실되었는데 힌두교도들의 소행일 것이라는 소문이 번졌습니다. 그 때문에 두 종교인들 간의 폭동이 발생했고 많은 희생자가 생기게 되었던 것입니다. 생각해보면 거기에 마호메트의 머리카락이 보존되어 있었을 리도 없고, 그 때문에 존귀한 인명을 희생시켜도 된다는 생각은 누구도 해서는 안 되고 할 수도 없는 일입니다. 종교적 명분이 그런 죄악을 범할 수 있었던 것입니다.

그 10년 뒤인 1972년에는 기독교에 대한 관심을 갖고 여행한 일이 있었습니다. 코펜하겐에 갔을 때였습니다. 마침 일요일 예배에 참석할 기회가 생겼습니다. 도심지에 있는 오랜 예배당이었습니다. 예배시간이 되어 5, 6명의 목사가 준비를 갖추고 예배를 진행하는데, 예배에 참석한 교인의 수는 30명 정도뿐이었습니다.

그것도 대부분이 노인들이었습니다. 옛날에는 그 예배당에 600명 정도가 가득 찼었을 것입니다. 다음 일요일은 런던에서 맞게 되었습니다. 호텔 주변에 있는 한 교회를 찾았습니다. 그 교회에서는 오전 예배가 아닌 저녁 예배가 중심으로 되어 있었습니다. 두 목사가 있었고 수는 적었지만 찬양대가 있었습니다. 교인은 25명 내외였습니다. 그런데 목사의 광고를 듣고 조금 놀랐습니다. 그날이 그 교회의 마지막 예배가 되고 다음 일요일부터는 다른 교회와 합치기 때문에 교회는 문을 닫는다는 것이었습니다. 내가 부목사에게 이렇게 오래된 교회가 폐쇄되는 것이냐고 물었더니, 오늘은 마지막 예배이기 때문에 교인들이 모두 참석했지만 교인 수가 없어지니까 두세 교회가 합치는 일이 자주 있다는 것이었습니다.

나는 파리의 노트르담 성당과 로마의 성 베드로 성당 미사에도 참석해보았습니다. 관광객은 몇 천 명 이상이 다녀가지만 미사에 참석하는 교인은 관광객에 비하면 극소수에 지나지 않았습니다. 성 베드로 성당 미사에 참석한 사람들은 대부분이 전 세계에서 모여든 신부와 수녀들이었습니다. 짐작하기에는 400명 정도가 모였던 같습니다. 관광 인파는 헤아릴 수 없이 줄서고 있었습니다. 미국의 도심지 교회는 노인들이 중심이기 때문에 좌석 앞에는 장례식장 광고가 언제나 깔려 있곤 했습니다. 일본은 기독교인의 수는 많지 않았습니다. 그래도 내가 학생 때 긴자(銀座) 교회에 가면 400-500명이 모이곤 했는데, 후에 내가 밤 예배에 참석했을 때는 30여 명이 예배를 드리고 있었습니다.

물론 예배에 참석하는 교인의 수가 전부는 아닙니다. 또 한국과 같이 많은 수가 모이는 교회도 있습니다. 오순절교회와 같은 열성적인 집회도 볼 수 있습니다. 그러나 생각하게 하는 문제는 있습니다. 교육수준이 높고 지성인이 많은 사회일수록 종교인과 교회를 찾는 수가 줄어들고 있다는 사실입니다. 교육의 수준과 반비례로 증감한다는 것은 미래의 종교와 기독교에 대한 충격적인 경고가 아닐 수 없습니다.

그리고 후진사회에 갔을 때는 누구나 갖는 의아심이 있습니다. 종교를 위해 바치는 시간과 재정과 노력을 과학과 도덕적 함양을 위해 썼을 때 어느 편이 더 효과적일 수 있을까 하는 의문입니다. 만일 교육이나 의료를 통한 봉사가 종교를 위한 희생보다 더 소망스럽다면 우리는 종교를 강요할 자격이나 권리를 잃게 되는 것입니다. 또 선진사회에 있어서도 문제는 없지 않습니다. 우리나라의 경우도 마찬가지일 것입니다. 저렇게 많은 지성인들이 교회에서 보내는 시간과 노력을 교회보다는 사회문제를 위해 이바지할 수 있다면 어떠했을까 하는 물음입니다.

내가 잘 아는 교회 장로가 대학원장직을 맡았던 때가 있습니다. 그는 가급적이면 교회에 열성으로 봉사하는 장로 교수는 채택하지 않는다고 얘기했습니다. 교회 밖 학자들은 모든 정열과 노력을 학문 연구에 바치는데, 일부 크리스천 교수들은 그 정성과 시간을 교회와 양분하기 때문에 학자와 교수로서는 부족한 점이 없지 않다는 고백이었습니다. 사회의 민도가 낮았을 때는 사람들이 교회를 통해 배우고 성장했는데 지성인의 수가 많아지면서는 교회가 오히려 그들의 지적 수준과 인간적 성장을 저해하고 있다는 지적입니다. 심지어는 일부 목사들까지도 자녀들에게 교회에서 너무 많은 시간을 보내지 말고 학교공부에 열중하라고 권고할 지경이 되었습니다. 그뿐만 아니라 사회인들도 연세대나 이화여대 같은 교육기관은 물론 세브란스 병원 같은 의료기관을 설립하는 것이 수십이나 그 이상의 교회를 키우는 것보다 필요하며 감사하다는 사실을 인정하고 있습니다. 종교공동체는 언제나 사회보다 앞서 있어야 하는데 선진사회에서는 사회공동체와 지성인들이 지도력을 갖고 있다는 문제인 것입니다.

그렇다면 이를 해결하는 방법은 무엇입니까? 그 열쇠는 사회인보다도 종교지도자들이 먼저 책임지고 풀어야 하는 것입니다.

그 가장 중요한 과제는 모든 종교는 신앙공동체를 유지하고 확장하기 위해 교리를 강조하기보다는 사회와 모든 사람이 기대하고 있는 진리를 제공해주어야 합니다. 기독교의 경우는 더욱 그러합니다. 많은 교단과 교파가 생기면 서로 내부적인 대립과 경쟁을 하게 됩니다. 그때 필요한 것은 교단과 신앙을 위한 교리입니다. 그 교리를 강조하다 보면 진리를 멀리하거나 진리와 배치되는 교훈을 주게 됩니다. 유대교인들이 할례를 강요했으나 지금은 신앙과 어떤 관련도 갖지 못하고 있습니다. 안식일 논쟁은 지금도 화두에 오르고 있지만 교회 밖 사람들과는 아무런 상관이 없습니다. 어떤 교회에서는 십일조를 강요하지만 그 사용도가 사회적 경제관보다 앞서지 못하면 과오를 범하게 됩니다.

크리스천들은 그리스도가 무엇을 가르치고 우리에게 요망했을까를 물어볼 필요가 있습니다. 그리스도는 교리를 요청한 바가 없습니다. 담담하게 인생의 진리를 가르쳤습니다. 대화를 즐겼지 설

교자의 자세는 아니었습니다. 기독교 신학의 창설자이면서 대변인이었던 바울도 율법과 계명을 신앙으로 탈바꿈하는 데 긴 세월을 바쳤습니다. 그 신앙은 우리 모두의 인생관과 가치관이었습니다. 그것이 바로 진리인 것입니다. 교회는 산적하는 교리의 껍질을 벗기고 진리로서의 인생관과 가치관을 모두에게 제시할 수 있을 때, 그것이 바로 전도이기도 한 것입니다. 진리를 거부하는 교리는 후에 버림을 받습니다. 교리는 진리와 공존할 수 있을 때 만인의 믿음이 되는 것입니다. 그렇다면 교리와 진리를 위한 종교 및 기독교의 중심은 무엇입니까? 그것이 바로 기독교 정신인 것입니다. 불교에서는 석가의 교훈입니다. 세상이 요구하고 있는 것은 기독교 정신이지 교회를 지키기 위한 교리는 아닙니다.

많은 종교들은 그 종교의 정신보다는 교리를 계승해왔기 때문에 사회로부터 비난을 받기도 하고 때로는 버림을 당하기도 했습니다. 종교의 정신이 사회를 이끌어갈 때는 종교도 흥했지만 그 정신이 세속화되거나 세상의 삶을 병들게 했을 때는 종교공동체가 버림을 받았던 것입니다. 기독교회가 버림을 받았다고 해서 기독교 정신이 버림받은 것은 아닙니다. 어떤 때는 기독교회가 비판의 대상이 되고 공격을 받음으로써 기독교 정신이 회생되는 경우가 있었습니다. 불교의 경우도 그렇고 이슬람이 바로 그 과정을 밟고 있는지도 모릅니다. 루터 같은 새로운 지도자가 있었기에 가톨릭과 개신교가 생명을 얻게 되었던 것입니다. 가톨릭교회는 그를 버렸습니다. 그 결과로 기독교 정신은 새로운 생명과 희망을 되찾게 된 것입니다.

예를 들면 기독교 정신은 인간애의 책임과 의무입니다. 인간이 인간답게 살 수 있도록 이끌며 섬기는 일입니다. 교리는 바로 그 인간다운 삶을 약화시키며 때로는 병들게 했던 것입니다. 인간애 란 다른 것이 아닙니다. 모두의 자유를 소중히 여기며, 평화에 기 여하며, 인권을 신장시키며, 행복과 사랑이 있는 삶을 위해 노력하 는 것입니다. 기독교가 공산주의를 반대하며, 독재정권과 투쟁하 며, 약소민족과 국가의 독립을 뒷받침하는 이유가 거기에 있습니 다. 사회와 역사 속에서 진실을 추구하며 소금, 빛, 누룩의 책임을 다하라고 가르친 그리스도의 교훈이 바로 기독교 정신인 것입니 다. 그리고 그 정신은 보편적 가치를 지닌 것입니다. 다른 종교를 믿는 사람의 진리이기도 하고 종교와 무관한 세상 사람들에게 있 어서도 필수적인 가치이기에 진리가 되는 것입니다.

그러나 그것으로 모든 문제가 다 해결되는 것은 아닙니다. 그 책 임은 모든 종교의 과업인 동시에 윤리와 도덕의 과제이기도 합니 다. 휴머니즘, 즉 인도주의의 정신이 바로 그런 것입니다. 그렇다 고 해서 종교적 신앙이 인도주의와 영역을 같이하므로 종교의 특 수성과 필요성이 그 의미를 잃게 되어서는 안 됩니다. 예로부터 종 교는 그 이상의 의미를 갖고 태어났습니다. 도덕과 종교는 정신적 공간을 함께하면서도 그 본질과 목적은 질적으로 다른 임무를 띠 고 있었습니다. 기독교는 그것을 복음이라고 선언해왔습니다. 복 음은 한마디로 말하면 구원의 소식으로서의 진리입니다. 모든 사 람이 받아들일 수 있는 은총과 구원의 말씀이라는 뜻입니다.

옛날 사람들의 구원관은 소박했습니다. 죽을병에서 고침을 받 는다든지 인간이면 누구나 희망하는 불사(不死)와 영생을 뜻하기 도 했습니다. 극락세계나 천국이라는 관념이 종교의 궁극적인 과제이기도 했습니다. 지성인들과 철학자들은 인간이 스스로가 구원에의 실존이라는 정신적 자아를 깨달았을 때는 구원은 불안과 절망으로부터의 해방, 즉 인간적 희망을 지향하는 것으로 여겨왔습니다. 인간의 유한성, 인간적 삶과 가치의 좌절과 난파(難破)를 겪었을 때 인간은 정신적 존재이기 때문에 영원 및 영원한 것을 사모하게 됩니다. 허무주의는 인간적 본질의 하나입니다. 그 허무를 실존하는 현존 또는 영존(永存)으로 바꿀 수 있다면 그것을 마다할 필요와 권리는 누구에게도 없습니다. 그것은 마치 난파한 배에 매달려 있던 사람에게 구원의 밧줄이 던져지는데 거부할 수 없는 것 같은 인생의 절규와 갈망입니다. 그 절망으로부터의 구원이 가능하다면 우리는 그 길을 택할 수밖에 없습니다. 그것이 종교입니다. 그것을 가능케 하는 것이 인간으로부터가 아닌 초월적 존재로부터라고 가르치는 것이 종교이며, 그 의미를 현실화시키는 것을 복음 또는 은총의 선택이라고 선언하는 것입니다. 어떤 신학자는 그것을 영원한 것에 대한 희망이라고 설명하기도 합니다. 종말과 절망을 극복할 수 있는 삶이 가능하다면 그것은 종교가 베풀 수 있는 교훈이면서 믿음이 될 수 있습니다. 믿음은 아는 것이 아니라 실천적 삶 그 자체를 말하는 것입니다.

이 절망으로부터의 희망은 두 가지 뜻을 갖고 있습니다. 하나는 개인적 신앙의 문제이며 다른 하나는 역사에 있어서의 희망인 것입니다. 그 희망이 영원자로부터의 것이라면 우리는 그 영원자를 절대자라 부를 수도 있겠고 예로부터 종교인들은 그 절대자를 신이란 명칭으로 불러왔습니다. 그런 뜻에서 종교는 현대사회에서도 그 의미와 실재를 인정받고 있는 것입니다.

죽음에도 의미가 있는가

태어남의 여건이 같을 수 없듯이 죽음에 대한 자세도 제각기 다릅니다. 많은 동양인들은 죽음을 정서적으로 받아들이는 것 같습니다. 그래서 슬픔과 고통, 운명과 절망으로 임하는 편이 더 강합니다. 죽음에 대한 합리적인 사고, 객관적인 관찰은 적었던 것 같습니다. 상가에서 벌어지는 일들, 장례식의 절차 등에서도 발견하게 되는 현상입니다. 슬픔은 없어도 곡(哭)은 해야 하며 비통한 표정은 가는 이와 유가족을 위한 예절이기도 했습니다.

보통사람에 비하면 죽음을 많이 대해보는 의사들이나 과학적 사고의 전통이 강한 서구인들은 죽음을 합리적으로 보는 면에서 앞서지 않았는가 싶기도 합니다. 얼마 전 남태평양 괌에서 비행기 추락 사고가 있었습니다. 그 현장을 찾아온 유가족들 중 미국인들은 울음을 터뜨리는 일이 없었습니다. 일본인들은 눈물을 흘렸고 친지의 어깨에 얼굴을 묻고 슬퍼했습니다. 그런데 한국 유가족들은 쓰러져 대성통곡을 하는 것이 보통이었습니다. 유서를 쓰는 일도 그렇습니다. 서구인들은 죽음에 대비해 유서를 작성하는 것은 권리이면서 의무라고 생각합니다. 그러나 우리는 유서 문화가 아직은 일반화되지 않고 있습니다. 그 배후에는 가급적 죽음은 멀리하고 싶으며 죽음을 받아들이는 것을 꺼리는 정서가 강했던 것 같습니다.

그러나 따져보면 죽음은 언제나 삶과 더불어 있습니다. 동전의 한쪽 면이 삶이라면 다른 쪽 면은 죽음인 것입니다. 아침에 가득한 삶의 열정을 안고 집을 나섰던 사람이 오후에 주검이 되어 돌아오기도 합니다. 병원의 중환자실을 찾아본 사람은 삶에 대한 기대보다는 죽음에 대한 상념에 붙잡히는 것이 보통입니다. 좋아 보이지 않는 표현입니다만 "요사이 사는 재미가 어떻습니까?"라는 인사와 "지금 죽어가는 느낌이 어떻습니까?"라는 인사 중에 어느 편이 더 과학적 타당성을 갖는 것입니까? 시간 시간을 산다는 것은 죽음으로 가고 있으며 삶의 공간이 줄어들고 있는 것이라는 사실을 안다면 '죽음으로 가는 삶'이란 말이 더 정확할지 모릅니다.

그러나 죽음은 우리 모두의 현실적 운명입니다. 물에 빠진 사람이 두 손으로 물을 밀어내려고 애태우지만 물은 우리의 몸 전체를 감싸고 있듯이, 죽음을 멀리하거나 거부하고 싶지만 죽음은 항상 우리 옆에 있습니다. 오히려 죽음으로 삶을 채워가는 것이 인생일지 모릅니다. 인생의 종착역은 누구에게 있어서나 죽음으로 되어 있습니다. 확실한 것은 죽음도 삶의 한 부분이라는 사실입니다. 인생을 단 한 번뿐인 마라톤 경기에 비유한다면 경기의 종착점이 삶의 끝인 동시에 목표점이기도 한 것입니다. 죽음이 없는 삶은 허락되어 있지 않습니다. 태어난 생명이 소중한 것같이 죽음 또한 소중한 생명의 완결점인 것입니다.

그런 생각은 정당합니다. 그러나 삶에 대한 애착은 하나의 집착이기도 합니다. 될 수 있으면 건강하게 오래 살고 싶은 것이 숨길 수 없는 욕망입니다. 그렇다면 얼마나 오래 사는 것이 타당할 것입니까? 내가 생각하기에는 일할 수 있고 다른 사람들에게 도움을 줄 수 있을 때까지 사는 것이 좋을 것입니다. 일도 할 수 없고 다른 사람에게 어려움을 남기면서까지 살기를 원하는 것은 욕심에 불과합니다. 우리가 치매와 같은 병을 두려워하는 것은 죽음만 못한 삶의 연장이 되겠기 때문입니다. 물론 뜻대로 되는 것은 아니지만 건전한 생사관을 갖는 것은 필요합니다. 오히려 오래 살고 싶다는 욕심보다는 많은 일을 하며 이웃을 돕고 싶다는 소망을 실천하는 것이 정당한 판단일 것입니다. 사실 건강의 목적은 일을 위해서이고 모든 일은 더 많은 사람들에게 기쁨과 행복을 주기 위해 있는 것입니다.

이렇게 본다면 가장 값있게 사는 사람이 가장 의미 있는 죽음을 맞게 되는 것이 사실입니다. 사람들은 인생의 목적은 무엇인가를 묻습니다. 그것은 죽을 때까지 무엇을 위해 어떻게 살아야 하는가를 묻는 것입니다. 일생의 평가는 죽음과 더불어 가능해지기 때문입니다.

그렇다면 그 평가는 가장 보편적인 과제를 안겨줍니다. 무엇을 남기고 가는가입니다. 예로부터 우리는 "공수래공수거(空手來空手去)"라는 말을 들어왔습니다. 우리의 신체는 그렇게 태어났습니다. 그러나 남기고 가는 것은 제각기 다릅니다. 인간을 정신적 삶을 살기 때문입니다. 신체는 빈 무덤만 남기게 되어 있습니다. 그러나 우리의 삶은 빈 것으로 끝나지는 않습니다. 어떤 때는 부끄러운 유산들을 남기는 경우도 있습니다. 그런 사람은 세상에 태어나지 않았던 편이 좋았을 것이라는 삶을 살고 간 사람들도 적지 않습니다. 내가 들은 가장 가슴 아픈 호소는 "내가 왜 저런 자식을 낳았을까"라고 가슴을 치는 어머니를 보았을 때였습니다. 존재하지 않았어야 할 인생을 살았기 때문입니다. 한평생을 다른 사람들에게 고통과 슬픔을 주면서 산다면 그보다 저주스러운 인생이 어디 있겠습니까. 그래서 우리는 무엇을 남길 것인가를 묻게 되는 것입니다.

예로부터 "호랑이는 죽어서 가죽을 남기고 사람은 죽어서 이름을 남긴다"는 말이 있습니다. 그러나 히틀러나 스탈린과 같은 이름을 남긴다면 무명의 삶을 사는 것이 좋을 것입니다. 이름을 남긴다는 것은 업적의 대가, 또 그에 대한 평가를 내리는 것입니다.

우리 주변에는 물질적 소유와 그에 따르는 향락을 위해 사는 사람들이 많습니다. 그런 사람들은 거의 남기는 바가 없는 인생을 살게 되어 있습니다. 육체적 가치에 목적을 두었기 때문에 육체적 죽음과 더불어 공허하게 삶을 마감하게 되는 것입니다. 오히려 소유를 필요로 하는 사람에게 줄 수 있다면 그 물질적 가치를 인정받을 수 있습니다. 가난한 사람을 위해 베푸는 부자, 치부보다도 기업체를 남기는 사람들, 국민을 위해 봉사하는 정치가, 많은 사람들의 삶을 편리하게 만들어주는 기술자, 이런 사람들은 소유와 향락이 목적이 아니라 줌으로써 행복을 차지하는 사람들입니다. 이기주의자는 무슨 일을 해도 남기는 바가 없습니다. 자신을 위한 소유가 목적이기 때문입니다. 재산을 팔아 가난한 사람들에게 주라는 교훈은 재물을 베풂으로써 삶의 값을 남기라는 뜻입니다. 가지려고 하는 사람은 잃을 것이며 주려고 애쓰는 사람은 그 값을 얻을 수 있게 되는 것이 물량적 가치의 기본입니다.

이에 비하면 정신적 가치를 창출하기 위해 사는 사람들은 무엇인가를 남기도록 되어 있습니다. 진리를 찾기 위해 노력하는 학자, 아름다운 삶을 추구하려고 애태우는 예술가, 도덕적 가치를 구현시키기 위해 정성을 쏟는 지도자 같은 사람들은 자신이 원하지 않아도 그 노력의 결과를 남기도록 되어 있습니다. 정신적 가치는 소유의 대상이 아닌 주기 위해 창출되는 것이며 사회적 공유가치이기 때문입니다. 더 귀한 것을 더 많이 남겨줄 수 있기를 바라는 것이 정신적 가치입니다. 그런 사람들은 그 노력과 업적의 대가에 따라 사회적 평가와 존경을 받도록 되어 있습니다. 그 업적의 영향이 우리에게 정신적 풍요로움을 더해주는 것입니다. 그 얻어지는 명성에 따라 이름을 남길 수도 있습니다. 노벨상을 비롯한 수상자가 된다는 것은 우리에게 무엇을 남겨주었는가를 대변해주는 것입니다.

이런 생각을 진전시킨다면 우리는 또 한 부류의 인간 평가를 내려 좋을 것 같습니다. 그것은 모범적인 삶으로 이웃과 인간에게 사랑을 베풀어준 사람들일 것입니다. 인간은 이렇게 살아야 한다는 모범을 남겨준 사람들, 자신을 희생시켜가면서 다른 사람들에 대한 봉사와 사랑을 목적으로 산 사람들입니다. 그들은 물질적 소유는 적었을 것입니다. 때로는 유명한 인사에 끼지도 못했을 수도 있습니다. 그러나 스스로의 삶을 사랑과 섬김의 제물로 살아간 사람들입니다.

정의의 질서를 위해 기꺼이 독배를 마셨던 소크라테스, 사랑의 가능성을 몸소 보여주기 위해 십자가를 택했던 예수 같은 이들은 인류의 모범을 보여준 고마운 스승들이었습니다. 인도인들에게는 간디 같은 지도자가 있었고, 사회마다 그런 이들이 있어 역사는 바른길과 희망을 찾아 누리도록 되어 있습니다. 우리가 의사다운 의사, 스승다운 스승, 불행한 사람들의 고통을 나누어 가진 사회사업가들을 존경하고 흠모하는 것은 그들이 직접적으로 인간을 사랑하고 위해주었기 때문입니다. 그들은 삶의 모범과 사랑을 실천한 아름다운 삶을 남겨준 이웃들입니다.

최근 우리 주변에는 다른 사람들의 죽음의 고통에 동참하려는 호스피스 운동이 전개되고 있습니다. 기쁨을 함께하는 일도 중하지만 죽음의 고통에 동참하려는 의지는 가장 아름다운 삶의 자세일 수 있습니다. 우리의 마음의 자세를 반성케 하는 착한 모습으로 남게 될 것입니다.

한때 우리는 아름다운 노년기를 제안한 일이 있습니다. 평균수명이 높아지면서 노인들의 모범적인 아름다운 삶이 갖는 사회적 의미가 기대되었기 때문입니다. 그러다가 요사이는 아름다운 죽음 운동이 전개되기 시작했습니다. 노인에게 국한된 문제만은 아닙니다. 삶이 귀하고 아름다워야 하듯이 죽음은 더욱 아름다운 삶의 결실이어야 한다는 뜻이 나타난 것이라고 봅니다. 그리고 그것은 어느 정도까지는 우리의 선택과 노력에 따라 가능할 것이라고 믿고 싶습니다.

그래서 죽음을 앞둔 사람들에게 '유종의 미'라는 부담스럽지 않은 교훈이 있을지 모르겠습니다. 동물들 중에서도 아름다운 죽음을 찾아가는 경우가 있는 것을 볼 때는, 하물며 인간에게 있어서야 하는 생각을 하게 됩니다.

나의 대학 때 은사 한 분의 경우가 생각납니다. 그가 세상을 떠난 뒤, 유서가 발견되었습니다. 그 유서는 "나의 장례식 때문에 생길 수 있는 여러분의 시간과 수고를 덜어드리고 싶습니다. 나와 오랜 세월을 함께 보냈고 병중에 있을 때에 사랑을 베풀어주셨던 21명이 장례에 참여해주시기 바랍니다. 장례 미사는 간소하게 해주시고 다른 사람들에게는 비밀로 했으면 감사하겠습니다. 먼저 간 아내의 옆에 잠들겠습니다. 모든 식전은 ○○○ 신부께서 주관해주시기로 되어 있습니다"라는 내용이었습니다. 존경과 사랑을 받는 학자였기 때문에 성대한 장례식을 기대했던 많은 사람들은 나중에야 그분의 서거 소식을 전해 듣게 되었습니다. 그 지명을 받은 사람들이 참석하여 고인이 다니던 성당 기도실에서 유지대로 장례를 끝냈습니다. 대학신문을 통해 그 소식을 접했을 때, 나는 눈시울이 뜨거워짐을 느꼈습니다.

내가 간접적으로 잘 알며, 미술계에서는 아낌과 존경을 받아온 B라는 화백이 있었습니다. 어느 날 신문을 읽다가 그 화백에 관한 기사를 보게 되었습니다.

그동안 암으로 투병생활을 계속해오고 있었습니다. 시한부 인생임을 통고받았던 것입니다. B화백은 남은 날들을 무엇을 위해 어떻게 보낼 것인가를 스스로에게 물었습니다. 주어지는 대답은 간단했습니다. 자기에게 주어진 재능과 사명은 그림에 있다는 생각입니다. 그래서 기교에는 한계가 있고 노력에는 미흡한 점이 있어도 혼이 들어간 몇 폭의 그림이라도 남겨야겠다는 결심을 했습니다. 혼자 의자에 앉아 화필을 잡는 것이 힘들기 때문에 팔걸이가 있는 의자에 앉고 몸이 기울지 않도록 끈으로 묶은 채, 가족들의 도움을 받아 그림을 그리는 모습의 사진이 실려 있었습니다. 나는 그 글과 사진을 보면서 나도 가능하다면 저런 정성어린 삶을 본받고 싶다는 생각을 했습니다. 유종의 미를 거둔다는 것은 그런 아름다운 삶의 완성을 보여주는 것이 아닌가 싶은 생각을 해보았습니다.

그러나 아무리 유종의 미를 거둔다고 해도 죽음은 삶의 종말인 것은 사실입니다. 죽음 후에는 무엇이 있는가? 허무와 적막이 있을 뿐인가? 그렇게 사랑해온 삶은 무로 돌아가고 마는가? 하루살이가 나타났다가 사라지듯이 모든 생명 있는 것은 존재와 더불어 그 의미도 사라져버리고 마는 것일까? 모든 종말은 또 하나의 출발이 되는데 인간의 죽음에는 새 출발이 없는가? 우리의 마음과 정신 속에 깃들어 있던 영원한 것에 대한 향수와 갈망도 아무 의미가 없었던가? 그런 문제에 대한 해답은 예로부터 종교적 신앙의 과제로 주어져왔습니다. 그리고 영원에 대한 믿음은 누구나 원하면서도 노력해서 얻어지는 것은 못 됩니다. 종교적 은총의 영역에 속하는 문제일 것입니다.

이야기 하나를 소개하겠습니다. 나에게 있어서는 같은 철학계의 선배이면서 많은 사람들의 존경을 받아온 박종홍 교수가 있었습니다. 그는 진리를 탐구하는 철학도였기 때문에 종교적 신앙을 거부하면서 살아왔습니다. 철학적 탐구의 성실성을 위해서라도 신앙은 이성의 가치를 약화시킨다는 신념을 지키고 싶었던 것입니다. 그가 말년에 불치의 암을 앓게 되었습니다. 모든 희망과 가능성을 접어야 할 지경에 이르렀습니다. 그때 그는 인생의 고아가 되기를 바라지 않았습니다. 소박한 신앙을 가진 주변 사람들의 권고를 받아들여 크리스천이 되기를 선택했습니다.

그가 세상을 떠났을 때 가족들이 다녔고 담임목사의 이끄심을 받았던 새문안장로교회에서 장례 예배를 드리게 되었습니다. 신문마다 그 기사를 크게 다루었고 예상 밖의 성황을 이룬 식전이었습니다. 새문안교회 교인들보다는 사회 인사들의 참여가 사람들을 놀라게 했을 정도였습니다. 그만큼 아낌과 존경을 받던 교수였습니다.

그날 아침, 학교에 나갔던 나는 연구실에서 그분과의 지난날들을 회상하고 있었습니다. 옆방에 있던 같은 과의 B교수가 찾아 들어왔습니다. 그는 나에게 "아침 신문 보셨어요? 박종홍 교수가 새문안교회에서 장례식을 치른다면서요? 그분이 언제 크리스천이 되었던가요? 뜻밖의 소식이어서 그럽니다"라고 얘기했습니다. 나는 그동안 있었던 일들과 임종을 앞두고 신앙을 갖게 되었다는 사실을 알려주었습니다. 내 설명을 들은 B교수는 "그렇게 되셨군요.

나는 모르고 있었습니다"라고 일어서면서 "그래, 그분도 갈 곳이 없었던 거지요…"라고 중얼거렸습니다.

평생을 성실한 철학도로 살았으나 종교적 선택은 누구에게나 가능한 것은 아닌 것 같았습니다.

시간에 관한 이야기들

1950년대의 일입니다.

한국철학회가 그때쯤 발족했는지 모르겠습니다. 제2회(?) 철학
자대회에서 발표를 해달라는 청탁이 왔습니다. 제1회는 서울대의
박종홍 교수가 맡았던 것 같은 생각이 떠오릅니다. 연세대 차례가
되었는데 정석해 교수가 나를 추천 아닌 지명을 했던 모양이었습
니다.

서울대 강당에서 '시간의 실천적 구조'라는 주제로 발표회를 갖
게 되었습니다. 그런 발표회가 별로 없었던 시기였고 주제가 생소
했기 때문에 의외로 많은 관심을 모았던 셈입니다.

나 자신도 어떻게 그렇게 무모하고 부족한 강의를 했는지, 지금
생각해도 얼굴이 붉어질 정도로 철없는 도전을 했던 것 같습니다.

한 가지 위안이 된다면 그런 문제에 관한 공부를 앞으로 계속하고 싶었던 내용의 밑그림을 찾아보고 싶었던 것입니다.

발표 내용은 다음과 같이 간단했습니다.

우리는 시간에 관한 생각과 개념을 자연적 운동의 순서에서 받아들이고 있는데 그것은 아리스토텔레스가 밝혀준 것입니다. 큰 자연인 우주의 움직임과 물리학의 운동에서 찾아낸 운동의 순서와 반복성에서 고대 사람들이 자연스럽게 찾을 수 있었던 질서와 법칙의 유산입니다. 천문학적 시간과 근대의 뉴턴까지 계승되는 물리적 시간이 그 전통과 핵심을 만들고 있습니다.

그렇게 긴 세월이 지난 뒤, 프랑스의 앙리 베르그송이 시간에 대한 새로운 해석을 내리게 됩니다. 자연과 운동 속에는 시간도 없고 시간관념도 없습니다. 운동이 있을 뿐입니다. 그렇다면 시간의 개념이나 관념은 어디 있습니까? 우리, 즉 인간의 의식에 들어와 있을 뿐입니다. 태양과 지구의 연륜은 태양이나 지구도 모릅니다. 동물들은 자기가 어느 정도의 기간(시간)을 살았는지 모를 것입니다. 그저 삶이 시작되었다가 끝날 뿐입니다.

인간만이 시간의식을 찾아 갖습니다. 우리의 의식기능이 없다면 시간관념도 없습니다. 인간이 존재하지 않는다면 종교, 학문, 예술도 없듯이, 인간의식이 없다면 시간관념은 머물 곳이 없어집니다. 인간의식의 한 산물입니다.

그러면 시간관념은 어떻게 생기는 것입니까? 우리의 의식이 지속적으로 움직이다가 어떤 때 또는 순간 자기반성이나 자각을 합니다. 그때 기억기능으로 나타나는 것을 우리는 과거의 것으로 느끼며, 기대기능의 대상이 되는 것들을 미래의 것으로 받아들입니다. 지난 것으로 느껴지는 것들의 장(場)을 과거라고 생각하며 다가올 것으로 기대되는 것들의 장을 미래로 받아들이는 것입니다. 그리고 그 자각의 기능의 장을 현재라고 느끼는 것입니다.

그래서 마치 시간은 과거, 현재, 미래로 나누어지며 그 시간들이 실재하는 듯이 생각하면서 사는 것이 우리의 시간 현상입니다. 2015년 1월 1일을 현재의 시간으로 가정한다면, 그 이전 것들은 모두가 기억의 대상과 내용이기 때문에 과거가 되며, 그 이후는 기대이기 때문에 미래로 간주하게 되는 것입니다.

시간은 인간의식의 소산입니다. 그 관념을 자연의 운행, 운동과 연관 지어 아리스토텔레스가 자연적 시간관을 창출해낸 것입니다. 시간의 일차적 근거는 의식이고 이차적 기반을 제공해준 것이 자연입니다.

그러다가 실존철학의 대부라고 불리는 마르틴 하이데거의 『존재와 시간』이라는 저서가 나오면서, 일부 철학자들은 시간에 관한 또 한 차원의 관념을 인정하게 된 셈입니다. 인간적 존재, 자아의 실존에 나타나는 시간은 시간의식보다 먼저 그리고 근원적으로 적용하고 있었던 것입니다. 그것은 마치 바다 위의 파도보다도 그 파도를 일으키게 하는 조류가 바닷속에서 움직이는 것과 비슷할지 모릅니다.

우리는 항상 다가올 어떤 사태에 대응하면서 살고 있습니다. 그 극한적인 내용의 하나가 우리에게 다가오는 죽음에 대한 대응입니다. 죽음에 대한 불안은 절대적이며 한계의식이나 정신적 절망감은 언제나 우리를 위협하고 있습니다.

이때 운명적이며 결정적인 어떤 것이 우리 앞에 직면하게 되면 우리는 그에 대한 어떤 선택, 결단을 강요당하지 않을 수 없습니다. 그 선택과 결단에 따라 삶의 내용과 의식의 과제가 탄생됩니다. 그러니까 의식기능은 삶의 작용의 일부이고 삶 자체를 가능케 하며, 그 내용을 만드는 것은 의지, 열정, 결단적 선택과 더불어 이루어집니다. 거기에는 윤리관도 포함되며, 삶의 가치와 의미를 어떤 영구한 것과 연결 지으려는 의욕과도 무관할 수 없습니다. 키에르케고르 같은 사상가가 '불안'과 죽음에 이르는 병으로서의 '절망'을 제기하는 배경과 이유도 짐작할 수 있습니다.

이런 실존적 시간을 보편적으로 보았을 때 역사적 시간으로 본다면, 시간은 자연적인 차원과 의식적인 단계를 거쳐 역사적, 윤리적, 실천적 의미와 과제로 발전할 수도 있으며, 그런 시간관을 이론철학의 전통적인 시간에 비해 실천철학적 시간으로 구별하면서 발전시켜갈 수도 있을 것입니다.

그때나 지금이나 이런 주장이 어떤 정론(定論)이 되어야 한다는 것은 아닙니다. 윤리, 역사, 종교와 같은 철학의 실천적 분야를 연구하고 개척하려면 거기에 맞먹는 어떤 시간관이 필요하며 그 길을 모색해볼 필요가 있다는 것이 나의 생각이었습니다.

사실 실존주의 철학자들이 아니래도 좋습니다. 공간과 시간의 문제는 칸트식의 감성적 규범으로 그쳐서는 안 됩니다. 단적으로 표현한다면 자아(나)의 제일차적 공간은 무엇입니까? 나의 신체입니다. 신체라는 원초적 공간이 없다면 나의 삶은 존재와 그 의미를 상실해버립니다. 시간도 그렇습니다. 나로 하여금 내 존재를 가능케 하는 원천적 시간은 무엇입니까? 내 삶의 기한(시간)입니다. 태어나서 죽을 때까지의 시간이 나의 존재근거입니다. 내 신체와 무관한 공간, 내 삶과 무관한 시간은 나의 것도 아니며 나의 존재와 관련이 없습니다. 태어난다는 것은 나의 공간과 시간의 출발이며, 죽는다는 것은 나의 공간과 시간의 상실, 소멸입니다.

이렇게 본다면 시간의 문제도 훨씬 더 높은 차원의 실재성, 실념성(實念性)을 갖게 되며 그에 관한 고찰도 외면하거나 회피할 수 있는 문제는 아닙니다.

먼저 문제로 돌아가기로 하겠습니다.

과거 철학자대회의 발표 주제로 나는 왜 그런 문제에 관심을 갖게 된 것일까요?

나는 철학에 관심을 갖기 이전부터 기독교 사상에 접하고 있었습니다. 철학사상적 배경은 모르면서 성경을 읽었습니다. 그러는 동안에 두 가지 문제를 깨닫게 된 것입니다. 그 하나는 종교 및 기독교 사상을 배제하고 서양철학을 충분히 이해한다는 것은 타당치 못하다는 판단과 기독교가 지니고 있는 철학적 근거는 서양사상의 어떤 전통보다도 인간학적 근거를 형성하고 있다는 인식이었습니다. 그것은 마치 유교나 유학 정신과 무관하게 동양 및 중국의 사상을 연구하는 것은 불가능하다는 생각과 통하는 것이었습니다.

기독교 사상을 살피다 보면 구약과 신약적 종교사상과 신학은 철저히 역사종교와 신앙이라는 것을 깨닫게 됩니다. 여타의 종교가 자연종교적 신앙이라면 기독교 정신과 사상은 역사정신으로 구성되어 있습니다.

구약의 첫 출발이 창조와 역사적 시간의 시점이 됩니다. 그리고 구약적 신앙은 메시아가 올 때라는 미래지향적인 관념으로 채워져 있습니다. 신약의 주인공인 메시아로서의 그리스도의 기간이 끝나면 구세주로서의 그리스도가 다시 재림함으로써 인류 역사의 완성과 종말이 올 것이라는 역사적 완성을 위한 미래를 지향하고 있습니다. 그렇게 본다면 그리스도의 인간 역사적 존재는 역사의 중심이 되는 셈입니다.

요한복음은 그런 의미를 잘 부각시키고 있습니다. 수가성의 여인이 예수에게 그들이 갖고 있는 종교와 신앙적인 핵심적 질문을 꺼냅니다. 유대인들과 같이 예루살렘 성전에서 예배를 드려야 하는가, 우리 사마리아 사람들의 산에서의 예배가 정당한가의 질문이었습니다. 자연종교와 공간신앙의 문제를 꺼냈던 것입니다. 그 문제에 대해 예수는 예루살렘이나 산이 아닌 신령과 진정으로 예배할 '때'가 왔다고 대답합니다. 구약적 전통신앙의 뜻을 잘 깨닫고 있던 여인은 "그렇다, 메시아가 오는 '때'는 이 모든 문제가 해명될 것"이라고 공감적 신앙고백을 합니다. 예수는 그 여인에게 "너와 대화를 나누고 있는 내가 (모든 시간이 채워지는) 메시아, 그리스도"라고 말합니다. 놀란 여인은 더 할 말을 찾지 못합니다.

바로 그 '때'가 기독교 역사와 신앙의 영원한 현재로서의 시간인 것입니다. 그리스어에는 내용이 없이 연장되는 시간을 '아이온(aion)'으로 표시하고 그 시간의 빈 그릇이 채워지는 때를 '카이로스(kairos)'라고 구별합니다. '아이온'은 형식적 공간으로서의 시간일 수 있으나 '카이로스'는 그 시간의 그릇이 무엇인가로 채워지는 시간을 가리킵니다. 우리는 시간과 더불어 살고 있으나 우리 삶의 내용은 그 '때'로 채워진다고 보아 좋을 것 같습니다. 그래서 고대 그리스인들, 반복과 윤회를 믿고 있는 자연적 사고의 사회에서는 시간은 영원히 회귀하는 것으로 받아들여왔습니다.

그러나 기독교인들은 시간은 시발과 종말이 있는 역사적인 일회성을 갖는다고 생각합니다. 성경은 언제나 역사적 시간에는 심판이 뒤따른다고 말합니다. 농사를 짓는 사람은 금년의 실패를 명년에 회복할 수 있다고 믿습니다. 그러나 금년에 사랑하는 사람과 헤어졌으면 그것은 반복이나 회복이 불가능합니다. 그래서 역사적 수레바퀴는 반복해서 돌아가는 것 같아도 단 한 번씩의 의미를 가질 뿐입니다.

이러한 사상적 전통을 가진 기독교이기 때문에 제2의 사도 바울이라고 볼 수도 있는 아우구스티누스는 기독교 역사 초창기에, 시간은 미래로부터 와서 현재라는 순간점을 거쳐 과거로 가서는 없어진다고 지적했습니다. 놀라운 착상이었습니다. 시간은 과거로부터 와서 현재를 거쳐 미래로 간다는 일반적인 시간관을 바꾸어놓았던 것입니다. 미래지향성보다도 미래도래성으로 보아 좋을 것 같습니다.

이런 시간관을 실존적 시간으로 재해석하여 구성해본 사람이 기독교 철학자로 불러서 좋을 키에르케고르였습니다. 그의 저서들이 1905년 덴마크에서 독일어로 번역되면서 기독교 정신이 실존적 의미를 지니고 서구사회와 일본 동양에까지 그 영향을 미치게 됩니다. 학자들은 키에르케고르의 신(神)을 바탕 삼은 것이 K. 발트의 신학이 되었고 그의 인간관이 하이데거의 철학으로 발전되었다고 평하고 있을 정도입니다.

나 같은 사람이 기독교의 철학적 이해를 찾다가 그런 사상적 흐름을 발견했기 때문에, 먼저 발표했던 시간의 실천적 재해석을 제안할 수 있었습니다. 그 당시에는 낯설면서도 어느 정도 수긍이 가는 과제였을 것 같습니다. 우리 사회 전체가 일제강점기와 전란으로 인해 서구학계와 단절된 긴 세월을 보낸 것이 더 큰 원인이기도 했습니다만….

지금까지 언급해온 잠재적인 시간관념이 긴 세월을 거쳐 한 사회적 전통을 만들게 되면, 그 결과는 우리가 예상했던 것보다 엄청난 차이를 초래할 수도 있습니다.

역사적으로 가장 오랜 전통을 자랑하는 인도의 경우가 그 하나입니다.

영국의 학자들이 인도와 관련을 가지면서 가장 신기할 정도로 특이한 점을 발견한 것이 있습니다. 그것은 인도 사회는 역사의 과학적 기록을 남긴 바가 거의 없었다는 사실입니다. 역사의식의 빈곤이 남겨준 결과입니다. 인도 사회만큼 시관관념과 역사의식이 빈곤한 사회는 없었다는 것입니다. 서구사회에 비해 역사의식의 빈곤 상태로 수천 년을 살아온 것입니다.

왜 그렇게 되었을까요?

인도의 예로부터의 문헌인 베다경이나 우파니샤드의 내용을 살펴보면, 탈역사적, 초시간적인 철학이 그 주류를 만들고 있습니다. 역사적 현실보다는 그 배후의 영구한 관념의 세계를 추구했고 시간적 현상이 아닌 삼라만상의 실체를 초현실적 관념세계에서 찾으려 했습니다. 브라만(Brahman)이나 아트만(Atman)의 정신이 그 대표적인 내용입니다. 공간적 세계와 우주의 근원체는 무엇인지를 묻고, 현실적이며 현상적인 자아의 삶보다는 자아의 관념적 실체를 찾는 것이 그들의 철학이었습니다. 역사적 현실과 현상이 중요한 것이 아니라, 탈현실적, 초현상적인 것이 철학적 탐구의 목표였습니다.

그런 철학적 전통이 종교사상으로 변화되면서 나타난 것이 힌두교와 불교를 대표로 삼는 여러 종류의 신앙으로 등단하게 됩니다. 현실세계를 넘어선 정신적, 관념적 가치를 추구하며 시간적 현상보다는 이념적 실재를 추구하는 신앙을 강조해왔습니다.

그런 전통이 근대사회까지 유지되는 동안에 관념적 철학과 이상적 종교는 성행했으나 삶의 역사성과 생활의 시간적인 현실은 약화되어 소외당하고 배제당하는 긴 역사를 이어왔습니다. 말하자면 탈역사적인 정신과 초시간적인 가치가 존중시되는 사회를 형성해왔던 것입니다.

이에 비하면 우리 사회까지를 포함하는 중국 중심의 동양사회는 색다른 정신적 전통을 창출해왔습니다.

우리는 광대한 자연 속에 적은 수의 민족이 역사적 삶을 시작했을 옛날부터 자연 중심의 생활을 이어왔고, 그런 생활은 모든 정신적 가치를 자연 질서로부터 물려받는 길을 버릴 수가 없었습니다. 우리 선조들이 예로부터 존중시해온 하늘(天)의 사상과 도(道)의 정신이 바로 그런 것이었습니다.

그런데 자연 질서의 시간적 근거가 되는 것은 반복의 서열 질서입니다. 춘하추동이 반복되며 천체의 움직임이 윤회되고 있습니다. 그래서 우리의 전통적 계절의식은 반복이며 그것이 자연적 시간관념의 기반이 되었습니다. 그것이 절대시되면 그 속에 사는 인간들은 자연의 큰 운명과 인간의 작은 노력을 스스로 인정하면서 살도록 되어 있습니다. 동양인의 강한 운명론적 사고는 그 옛날부터 존재했던 것입니다.

자연 질서로서의 시간관은 그대로 옛날을 존중히 여기며 순응할 수밖에 없는 전통사회를 만들어주었습니다. 현재는 과거의 연장이며 미래도 과거를 떠나서는 있을 수 없다는 사고를 굳힌 것입니다. 과거, 현재, 미래에서 가장 중요한 것은 과거가 됩니다. 과거의 삶의 가치는 소중하며 모든 현재와 미래는 그 전통을 계승하는 것으로 보았습니다.

그러한 시간관념의 결과로 풍부한 윤리와 도덕관념은 탄생시켰으나, 역사의식과 시간적 미래에 대한 도전의식은 약화될 수밖에 없었습니다. 인도 사회의 종교적 신앙을 윤리적 가치로 대치하는 데는 성공했으나, 역사의식의 빈곤은 어떻게 할 수 없었던 과거였습니다. 전통사회의 약점이 거기에 있습니다.

이렇게 본다면 우리는 또 하나의 시간적 문화권을 연상하게 됩니다. 그것은 현재를 즐기는 라틴 민족 사회입니다. 주로 유럽 남부와 중남미 지역을 통칭할 수 있으며, 그들 대부분은 가톨릭교회 계통의 신앙을 가졌습니다. 그들은 북부 유럽 사회와 비교하면 과거나 미래보다도 현재를 즐기는 풍조가 강합니다. 자연환경의 영향도 있었을 것이며 개신교들과 달리 교회 중심 전통 때문인지는 모르나, 지금도 그 지역을 여행해보는 외국인들은 그들의 오늘과 현재를 즐기는 열정적인 기질을 쉬 엿볼 수가 있습니다.

우리는 현실에서 그런 면들을 접하고 경험하면서 살고 있습니다. 언젠가 현대그룹의 창립자인 정주영 씨가 했던 말이 기억에 떠오릅니다. 자기는 사업상 여러 지역을 다녀보면서 느끼곤 하는데, 아무래도 불교 국가들은 경제발전이 유교 국가들보다 늦어질 것 같다는 것이었습니다. 그들의 역사적 현실에 대한 애착과 열정의 차이가 너무 심하다는 평이었습니다. 그것은 어쩔 수 없는 현실입니다. 아마 우리 사회에서도 불교인들이 경제나 기업에서 크게 사회적으로 기여한 사람은 적을 것입니다.

1972년에 유럽을 여행한 일이 있었습니다. 파리에 갔을 때는 내 조카뻘 되는 유학생과 같이 며칠을 보냈습니다. 여름방학에 해당하는 때였습니다. 내가 "너는 여름방학이 되면 무슨 아르바이트라도 해서 생활에 도움이 되기라도 하느냐?"라고 물었더니, 금년 여름은 피서를 떠나 비어 있는 집을 지키고 돌보는 아르바이트를 얻어 도움이 된다는 것이었습니다. 내가 "그래도 동양 학생들을 믿고 집을 맡기는 것을 보니까 다행이다. 프랑스 학생들도 많을 텐데…"라고 말했을 때 그 유학생의 대답은 약간 뜻밖이었습니다.

"그런 것이 아니고요, 프랑스 학생들은 '너희들은 별장에 가서 즐기는데 나는 왜 일을 해야 해? 텐트를 치고 해수욕을 즐기면 되는데'라면서 다 떠납니다. 그러니까 우리와 같은 동양 학생들도 아르바이트 자리가 생기는 것이지요. 독일이나 북유럽 대학생들과는 기질이 다릅니다."

오래전 여행가로 널리 알려져 있던 김찬삼 씨의 얘기도 그랬습니다. 자기가 우루과이에 갔을 때 아르헨티나와의 축구경기에서 승리했는데, 그날 밤은 전 국민이 축제 분위기여서 밤새도록 춤추며 야단이었다는 것입니다. 공짜나 외상 술집과 식당이 대부분이었고 대중교통은 전부 무료 승차인 것을 보고, 우리는 저렇게 살아 본 과거가 없었던 것 같은 허전함을 느꼈다는 고백이었습니다.

그들의 사회적, 경제적 성장이 북유럽보다 뒤지는 데는 어떤 현실성과 역사의식의 차이점이 잠재적으로 작용했을 것이라는 생각을 하게도 됩니다. 삶의 시간적 성격은 과거가 약화된 현재만으로 가능한 것도 아니며 미래를 위하지 않는 현재만으로는 부족하기 때문입니다.

지금까지 언급한 사회들과 비교하면 북유럽 국가들과 러시아, 미국의 경우는 좀 다른 면이 있을 것 같습니다. 러시아는 공산주의 사회가 되면서 1세기 동안 비(非)유럽 또는 반(反)유럽 전통의 사회를 만들었기 때문에 별개의 것으로 보아야 하겠으나, 만일 공산 사회가 아니었다면 북유럽에서 아메리카를 연결 짓는 사회로 성장했을 것 같습니다. 지정학적으로도 유럽의 동북부를 차지하고 있기 때문입니다. 그리고 현재로서는 미국의 위상이 서구문화의 큰 비중을 차지하고 있는 것도 사실입니다. 영어 문화권인 앵글로색슨 사회를 배제한 서구문화는 논의의 대상이 될 수 없을 정도입니다.

서구문화의 또 한 축을 이루고 있는 북유럽 사회는 같은 기독교 문화권이기는 하나 주로 개신교 계통의 국가들입니다. 다 알려진 대로 가톨릭과 개신교는 밖에서 보았을 때는 하나의 종교 공동체이나 내부에서 관찰하면 큰 차이점을 안고 있습니다. 가톨릭교도의 대부분은 교회와 교리에 편중하는 데 비해 프로테스탄트는 교회와 더불어 사회문제에 더 큰 관심을 갖고 있으며, 교리보다는 성경을 많이 읽고 따랐기 때문에 그 차이는 엄청난 것입니다. 가톨릭이 교회주의적 보수세력을 굳히고 있을 때, 개신교는 사회와 역사의 진보세력을 확대시켜나갔습니다. 신앙에 있어서도 가톨릭이 보수적인 데 비해 개신교는 진보적입니다. 다시 말하면 가톨릭은 과거와 전통을 지키려고 노력했으나 개신교는 미래와 발전, 개혁을 지향하지 않을 수 없었습니다.

사람들은 그 결과가 오늘의 두 사회의 차이와 격차를 초래했다고 봅니다. 막스 베버의 『프로테스탄트 윤리와 자본주의 정신』이 잘 보여주고 있는 그대로입니다. 많은 사람들이 가톨릭 사회보다 개신교 사회가 진보적이며 발전적이었음을 인정하고 있습니다. 동일한 종교 안에서도 시간관의 차이가 사회적 변화에 영향을 주었던 것입니다.

물론 우리는 시간관의 문제가 모든 것을 다 좌우하거나 지배한다고는 보지 않습니다. 또 시간관의 내용도 역사와 더불어 변하도록 되어 있습니다. 오늘과 같이 지구 공간의 교류와 공존의 시대가 계속되면 과거보다도 더 빨리 하나의 세계사와 동질적 시간관이 형성될 것도 의심하지 않습니다.

그러나 20세기 말까지의 세계와 사회적 역사에 있어서는 위에 지적한 것과 같은 차별화된 내용을 살펴볼 수 있는 것도 사실입니다. 당장 우리 민족은 어떤 역사관과 시간관을 지녀왔는가도 물을 수 있고, 앞으로 변하는 사회와 더불어 어떤 시간관을 소망스러이 여겨야 하는가도 찾지 않을 수 없습니다. 중국의 보수적인 가치관과 무엇이 다르며 동남아의 역사의식과 어떤 차이가 있는지도 찾아보아야 할 것입니다. 모든 교육자들과 종교계 지도자들의 반성과 선택도 크게 영향을 줄 수 있기 때문입니다.

한두 세기가 지나게 되면 아시아 사회에도 적지 않은 변화가 나타날 것입니다. 그러나 한 가지 뚜렷한 현상은 있는 것 같습니다. 인도 사회를 종교 중심의 사회, 중국을 윤리 중심의 사회로 본다면, 서구사회는 종교, 윤리와 더불어 역사의식이 강한 복합사회로 성장했다는 점입니다. 기독교가 강렬한 역사종교였기 때문입니다.

우리가 만일 미래지향적인 사고와 가치관을 존중히 여기며 그 결과로 창조적인 지성을 갖출 수 있다면, 그것이 민족과 국가를 위한 소망스러운 건설적 가치관이 되리라는 점에는 의심의 여지가 없을 것 같습니다.

Ⅵ. 하나의 세계와 민족주의

공산주의의 탄생과 종말에 관하여

　18세기에서 19세기로 접어들면서는 독일이 부흥하여 그 영향력이 점점 커지기 시작했습니다. 영국과 프랑스를 뒤이어 사상과 학문의 영역에서는 신흥국가의 명목을 넘어 동양에까지 그 파급이 이어지기 시작했고, 특히 그 당시 정신계를 대표하는 철학에 있어서는 칸트에서 헤겔에 이르는 독일 관념론이 서양철학의 주류를 유지하고 있었습니다. 헤겔의 영향력이 얼마나 컸는지는 그의 탄생 100주년 기념 세계철학회에서도 나타났고 마르크스 사상을 계기로 뉴레프트운동 기간에도 사상무대를 장식하는 위력을 보여주었습니다.

　이렇게 막강한 영향력을 행사했던 헤겔이 1831년에 세상을 떠난 뒤에 독일 사상계는 큰 혼란에 빠지게 됩니다. 그 발단은 헤겔의 철학보다도 그의 종교관을 중심으로 전개되기 시작합니다. 독일은 개신교를 바탕으로 하는 기독교 국가였기 때문입니다. 사실 헤겔 좌파와 우파의 대립은 독일 정계와 맞물리면서 헤겔의 신앙관에서 발단됩니다. 독일 집권층은 전통적인 교회를 배경 삼고 있으나, 영국과 프랑스를 거쳐 유럽을 휩쓴 기독교는 신앙 대신 이성을 택했고 교회보다도 사회운동의 변혁을 원하고 있었던 것입니다. 헤겔은 젊었을 때는 교리적 신앙보다는 예수에 대한 인간적, 이성적 신앙을 강조했습니다. 그러나 말년에는 국교인 기독교의 전통적인 신앙고백을 요청받으면서 그의 소신과 입장을 바꾸었던 것입니다. 그래서 그를 어용교수로 낙인찍는 소장 후배들이 득세하기 시작했습니다. 그 세력은 자연히 반정부적인 새로운 개혁 세력과 합류하게 됩니다. 예수는 하나님의 아들이 아닌 인간 중의 인간이며, 예수의 교훈은 현실사회에서 휴머니즘적 의미를 갖는다는 반교회적 주장을 폈던 것입니다.

그 당시의 독일 국회는 양분되어 있었는데 우측은 여당이 차지하고 야당은 좌측에 자리 잡고 있었습니다. 그때부터 헤겔 우파는 정부와 여당 편이 되고 좌파는 진보적이고 사회주의적인 성격을 띠게 되었으며, 보수와 진보의 개념이 뚜렷해지기 시작했습니다. 다른 나라에서는 찾아보기 어려운 현상이 일어났던 것입니다. 이즈음 좌파의 철학과 사상을 대표하는 철학자가 등장했습니다. 포이에르바흐(L. Feuerbach, 1804-1872)였습니다. 그는 모든 종교의 가치를 지상세계의 의미를 위한 것으로 전락시켰고, 신이 인간을 창조한 것이 아니라 인간이 자신들의 염원을 이념화시켜 신적 관념을 만들었다는 주장을 폈습니다. 말하자면 종교와 기독교를 부정한 휴머니즘을 정착시켰고 따라서 자연주의적 유물론을 신봉하는 철학자가 되었습니다. 반종교, 무신론의 세계관을 제창했습니다.

이와 때를 같이하면서 새로운 세력을 갖고 등장한 자연과학은 화학을 중심으로 종교와 철학의 무대를 잠식하기 시작했고 그 결과는 유물론적 세계관을 뒷받침하게 됩니다. 역사상 가장 철저한 유물론 사상이었습니다. 무엇을 먹느냐에 따라 어떤 인간이 되느냐가 결정되며 광부의 이마에서 흐르는 땀 속에 들어 있는 인(燐)이 우리의 사고를 좌우한다는 주장이 공공연히 받아들여졌을 정도였습니다.

이러한 반종교적 인본주의, 유물론적 가치관을 배경으로 사회경제의 이론체계를 구축한 사람이 마르크스였습니다. 또 한 가지 마르크스와 그의 사상적 동반자인 엥겔스에게 사상적 배경을 제공해준 것이 있다면 이상주의적 유토피아의 사회관이었습니다. 그들은 철학적이며 어떤 면에서는 종교적인 이상을 동반하는 이상향적 사회주의를 제창했고, 그것은 정치와 경제적 갈등과 모순을 극복할 수 있으리라는 기대를 뒷받침해주었습니다. 무정부주의가 관심을 모은 것도 같은 맥락에서였습니다. 마르크스가 그들의 사상을 공상적이며 실현 방법이 없는 철학적 사회주의로 배격하고 자신들의 주장을 과학적 사회주의 이론으로 차별화한 것도 시대적 요청의 결과라고 보아 좋을 것입니다.

이러한 정신사적 흐름과 혼란을 겪으면서 그 모든 문제의 근원적인 해결을 위해 창안된 것이 마르크스의 철학이었고, 그 구체적 방법을 제창한 것이 공산주의 정책으로 등장하게 된 것입니다.

따라서 거기에는 몇 가지 잠재적인 정신사적인 난관과 갈등의 소지가 깔려 있었고 그 결과를 지금 우리는 발견하고 있는 것입니다. 공산주의자들의 입장에서 본다면 모든 기성종교의 신앙은 무의미하며 도태되어야 할 유물들에 불과했습니다. 그러나 종교적 신앙이 자리 잡혀 있는 사회에서는 공산주의가 성공하지 못했다는 것이 역사적 결과가 되었습니다. 이슬람 문화권에서는 여러 가지 사회적 모순이 있었음에도 불구하고 공산주의는 버림을 받고 있습니다. 기독교 국가들의 대부분은 공산주의 사상과 체제를 거부해온 것이 사실입니다. 오히려 종교가 억압을 받았던 공산주의 국가에서 새로운 종교운동이 전개되고 있다는 사실은 공산정권 스스로 인정하는 바가 되었습니다.

중국에서는 기독교인의 수가 공산당원의 수를 능가하고 있으며 앞으로는 종교인들에게도 당원 자격을 허용하게 될 것이라는 전망입니다. 종교, 특히 기독교를 가장 탄압해온 북한은 그 때문에 많은 인재를 대한민국으로 탈출시키는 과오를 범했고 사상의 획일성을 위한 정치적 노력은 한계에 부딪히고 있음을 서서히 인정하고 있는 실정입니다. 중국이 마르크스적 사회주의 이념을 유일한 사상으로 정립하려고 전개했던 문화혁명은 오히려 사회주의 이념을 약화시켰고 종교의 자율적 선택을 부추기는 결과가 되었습니다. 거기에는 여러 가지 이유가 있었습니다. 그러나 지금 우리는 그것들을 거론하려는 것은 아닙니다.

또 한 가지 공산주의가 자기 신념에 빠져 인정하지 못했던 사실이 있었습니다. 그것은 극단의 사회주의는 인간이 본래부터 타고난 개인(주의)과 자유의 가치를 무시했거나 거부했다는 모순입니다. 사회주의가 있는 곳에는 개인적 가치와 존엄성을 되찾으려는 인간 본연의 요청이 필수적이며 그 노력은 자유의 쟁취로 이어지게 되어 있는 것이 삶의 현실입니다. 따라서 극단의 사회주의를 신봉하는 공산세계에서는 강렬한 개인주의와 자유운동이 불가피해지며 세월이 지날수록 개인의 자유는 그 삶의 가치를 추구, 발전할 수밖에 없었던 것입니다. 그리고 오늘에 이르러서는 개인들의 자유와 그에 따르는 창조적 노력이 사회발전의 원동력이 되고 있음을 자타가 공인하게 되었습니다. 공산당이 지배하고 있는 중국에서도 그 사실이 인정받고 있으며 북한과 대한민국을 비교해보는 사람들은 그 사실을 인정하지 않을 수 없게 되었습니다. 결국 사회의 성장과 발전은 개인들의 창조적인 노력과 자유로운 선택과 성장에서 가능한 것입니다. 그러나 공산주의는 기정사실로 고정시킨 사회이론에 현실을 맞추어가는 우를 범했던 것입니다. 만들어놓은 그릇에 알맞은 내용을 담으려 했지, 넘치는 내용에 그릇을 바꾸려는 정책을 거부했던 것입니다. 커지는 발에 신발을 맞추지 않고 주어진 신발에 맞추기 위해 발을 자르는 과오를 범했던 것입니다. 여유 있는 사회주의는 성공할 수 있어도 극단의 사회주의는 실패하는 이유가 거기에 있었던 것입니다.

마르크스는 유물론을 택했고 그 사회구조는 경제를 바탕으로 형성된다고 믿었습니다. 경제의 기반이 되는 것은 생산수단이었습니다. 생산수단과 방법이 사회구조의 기반이기 때문에 생산방법이 바뀌면 경제관계가 변화되고 거기에 따라 법률이나 정치의 변화는 불가피해진다고 보았습니다. 철학을 비롯한 사회관념, 예술, 종교

등은 경제와 생산성의 변화에 따라 변질될 수밖에 없는 상부구조에 속한다는 철학이었습니다. 하부구조를 만들고 있는 경제생산이 바뀌면 상부구조에 속하는 것들은 무너져 쓸모가 없어지고 새로운 경제생산 구조에 맞는 법, 정치, 사상 등으로 변질된다는 것입니다. 그렇게 될 수밖에 없고 그렇게 되어야 한다는 것이 공산주의 이론입니다. 말하자면 정신적 가치는 물질적 가치의 부수적 의미를 가질 뿐입니다. 정신적 가치는 경제적 가치에 비해 사회적 요망과 기대를 채워줄 수 없다고 본 것입니다.

그러나 역사는 여러 면에서 마르크스의 견해를 바꾸어놓았습니다. 농경사회나 초창기 자본주의 사회에서는 상상할 수 없었던 정신적 생산가치가 물질적 가치를 능가하는 시대로 바뀌었습니다. 미켈란젤로의 시스티나 성당의 벽화가 갖는 경제적 가치는 이탈리아의 어떤 물량적 생산보다도 큰 수입과 부를 창출해주고 있습니다. 수많은 관광객의 유치는 이탈리아의 경제적 효과를 수백 년, 아니 수천 년 동안 지속시켜줄 것입니다. 최근에는 지식산업이 물질산업을 앞지르고 있음은 누구나 인정하는 상식이 되었습니다. 정신은 물질의 부산물이 아닌 물량경제를 이끌어가는 원동력이 되었습니다. 또 그것이 인간적 존재와 삶의 본성이기도 한 것입니다.

공산주의의 역사관에도 우리는 깊은 회의와 비합리적인 이론을 제기하지 않을 수 없습니다. 마르크스와 공산주의자들은 역사의 변화에 있어서 다원적인 발전보다는 대국적 면에서의 결정론을 신봉하고 있습니다. 그 대표적인 견해가 계급 없는 경제 평등에서 완성되는 공산세계로 가는 과정이었습니다. 그 출발은 (1) 원시 공산사회(생산수단을 공유하는 계급 없는 사회)입니다. 그리고 (2) 고대 노예사회(생산수단과 노예를 사유(私有)하는 소유자와 노예의 계급 대립 사회), (3) 중세 봉건사회(생산수단과 제한된 노예를 사유하는 봉건영주와 농노의 계급 대립 사회), (4) 근대 자본주의 사회(생산수단을 사유하는 유산자(有産者)와 무산자의 계급 대립 사회), (5) 사회주의 사회(생산수단을 공유하는 계급 없는 공산사회)로 이어집니다. 마침내는 공산 공유 사회로 복원하는 과정이 사회경제를 주도하는 유물사관으로 규정한 것입니다.

마르크스가 자기 사상을 정립할 때는 농경사회의 울타리를 벗어나 대도시가 형성되며 공업발달에 의한 기계적 생산이 궤도에 오르기 시작했던 시기였습니다. 산업혁명의 한가운데서 경제사회를 관찰했던 것입니다. 서서히 농경사회가 변질되면서 공업에 따른 생산과 소비가 경제의 주도권을 갖게 되면 자본주들이 경제적 부를 축적, 독점하고 많은 고용인들은 그 밑에서 착취당하며 인간적 대우를 받지 못하는 노동자로 전락할 것으로 보았던 것입니다. 농경사회에서 농민들이 천대를 받았듯이 도시에서는 노동자들이 소외계층으로 밀려날 것을 예견했던 것입니다. 자본의 사유화가 인정되는 사회에서는 불가피한 현상이기 때문에 자본주의의 죄악상을 방치할 수는 없다는 주장을 폈습니다. 공산주의자들이 농민과 노동자의 각성을 촉구하며 단결된 투쟁을 호소했던 것은 그 시대와 사회적 의무라고 믿었던 것입니다. 또 그 정신이 경제적 평등을 위한 사회정의로 인정받을 수 있는 길이기도 했습니다.

이러한 사회적 혼란과 갈등은 선진국들의 과제가 아닐 수 없었습니다. 더 많은 사람들이 인간답게 살 수 있기 위해서는 반드시 해결되어야 할 중대한 과업으로 떠오르게 되었습니다. 마르크스주의자들은 생산수단의 공유화가 그 목표였고 그러기 위해서는 재산의 사유를 배제하고 공유하는 길이 유일한 방법이라고 보았습니다. 그 과제를 해결하기 위해서는 농민과 노동자가 단결하여 지주와 영주를 배제함은 물론 생산공장과 기업을 점유하여 공유물로 만드는 것입니다. 그래서 계급이 없는 공유와 평등사회를 쟁취하는 것입니다. 가장 중요한 것은 계급투쟁이며 농민과 노동자가 주권을 차지하면 공산이상사회는 가능하다는 이론이었습니다. 그 이론을 뒷받침하는 것이 그 당시에는 유일하게 인정받고 있던 변증법 논리였습니다. 헤겔은 역사와 사회발전의 원천을 정신에 두었으나 마르크스는 그 주체를 경제적 유물론으로 대체했습니다. 그리고 자기부정의 근본은 모순논리로 규정했습니다. 모순에는 중간이 없습니다. 긍정과 부정이 상극적으로 투쟁, 발전하는 것입니다. 이 모순논리가 사회적 혁명을 뒷받침해줍니다. 이상적인 공산사회를 위해서는 끝없는 투쟁과 혁명이 불가피해집니다. 싸워서 이겨야 하며 그 투쟁은 무자비해질수록 역사를 단축시킬 수 있다고 주장합니다. 자본을 공유하기 위한 노동운동도 투쟁으로 승리해야 하며 농민들은 생산한 것을 국가에 헌납하고 재분배를 받아야 공정해집니다. 모든 소유와 분배는 국가가 공적으로 처리하는 공급의 공평성이 불가피해집니다. 국가가 부해지면 모든 인민은 부에 동참하게 되므로 개인의 부는 죄악시될 수밖에 없습니다.

그러면 이러한 생산과 경제를 누가 어떻게 관리하는 것입니까? 계급투쟁에서 승리한 농민, 노동자로 구성되는 정권이 주관해야 합니다. 따라서 정권 장악은 절대적 조건이 됩니다. 공산주의자들은 어떤 수단 방법을 구사해서라도 자신들이 정권을 장악해야 이상적인 공산사회를 만들 수 있습니다. 목적은 방법을 정당화시키며 공산사회를 위한 투쟁은 순교정신과 비교할 수 있는 성스러운 의무인 것입니다. 때로는 지하공작과 간첩행위도 높이 평가를 받으며 그 수행자는 영웅적 대우를 받을 수도 있다는 반인도적 투쟁을 삼가지 않습니다. 그런 실례를 우리는 소련에서, 중공에서, 북한에서 보아왔던 것입니다. 그 궁극적인 목적에 도달하기 위해서는 개인의 양심이나 자유로운 이성은 희생당해야 합니다. 한때 캄보디아의 크메르 루즈에 의해 지성인들과 교육을 받은 사람들이 무자비하게 대량학살을 당했던 것도 그 논리의 결과였고, 모택동의 문화혁명도 같은 맥락에 속하는 것이었습니다. 북한의 정신적 가치의 획일성도 공산주의 이념을 위한 정신적 자유의 봉쇄를 뜻하는 것입니다.

70년 전에만 해도 서울에서 부산으로 가는 과정은 단순했습니다. 기차를 타고 대전, 대구, 삼량진을 거쳐 부산으로 가면 되었습니다. 다른 방법은 없었습니다. 그러나 지금은 그렇게 생각하는 사람은 없습니다. 고속도로와 지방국도를 이용할 수도 있고 비행기를 선택할 수도 있습니다. KTX도 더 빠른 교통수단이 되었습니다. 대전, 대구가 아닌 다른 대도시들도 많이 생겼습니다. 마르크스는 200년 전까지의 경제관을 전부라고 생각했습니다. 그러나 지금은 경제의 양과 질에 있어 그 당시와는 비교가 안 될 정도로 다원화되었습니다. 마르크스가 지금 태어났다면 그 당시와 같은 논리는 전개하지 않았을 것입니다.

마르크스는 극단적 사회주의인 공산주의를 권력으로 해결하려 했으나 복지사회를 희망하는 유연성이 있는 사회주의 국가들은 또 다른 사회정책을 택했습니다. 영국, 캐나다, 북유럽의 나라들은 자본주의의 장점과 사회주의의 열매를 함께 거두는 정책에서 더 소망스러운 결과를 얻고 있습니다. 자본주의를 끝까지 개선, 발전시킨 미국은 개인의 소유체제를 기업을 통한 사회에 대한 기여체제로 변화, 발전시켜 오늘은 세계경제를 주도하는 제도를 확립했습니다. 투쟁이 아닌 대화와 개선의 길을 택했고 더 많은 사람들의 자유로운 창의력을 수용하여 사회 전체가 균형 있는 소유와 분배를 향유할 수 있도록 진보시켰습니다. 지금은 공산사회주의를 포기한 러시아, 중국 등이 그 길을 따르고 있으며 일본과 한국이 같은 방향을 선택하고 있습니다. 공산주의 노선을 끝까지 고집하고 있는 북한과 대한민국을 비교해보았을 때 우리는 그 차이가 얼마나 커졌는지를 의심하지 않습니다. 문제는 경제적 격차가 아닙니다. 어느 편이 더 인간다운 삶을 누리고 있는가를 살펴야 할 것입니다. 지금은 누구도 정치나 경제이념이 인간을 위해 필요한 것이지 인간이 어떤 이념의 수단이나 노예가 될 수는 없다는 사실을 부인하지 않습니다.

인간은 그 시대 그 사회에 사는 개인들입니다. 그들의 현재를 희생시키면서 먼 후일의 어떤 이념과 목표를 성취시킨다는 것은 이룰 수 없는 꿈을 위해 인류를 불행과 고통으로 몰아넣는 용서받을 수 없는 죄악이 될 수도 있습니다. 그리고 우리는 더 많은 사람들의 인간다운 삶을 위해 꾸준한 개선과 희망을 창출해나가야 합니다. 희망은 강요당하는 것도 아니며 주어지는 것도 아닙니다. 더 많은 사람들의 자유와 행복을 위해 창조해가는 과정에서 열매를 맺는 것입니다.

자본주의는 성공하고 있는가
— 미국의 경우를 중심으로

오래된 이야기 하나를 소개하겠습니다.

나는 1961년 처음으로 미국을 방문하게 되었습니다. 미국에 간지 5개월쯤 지난 뒤였습니다. 뉴욕에 갔다가 내 제자와 함께 저녁을 먹게 되었습니다. 제자는 컬럼비아대학에서 경제학을 전공하고 있었습니다. 나는 제자에게 이런 질문을 했습니다. "미국에 와서몇 달 머무는 동안 풀리지 않는 한 가지 문제가 있다. 정치에 있어서는 민주주의 방법이 최상의 것이라는 점은 쉬 인정하게 되는데경제적 자본주의는 소망스러운 제도라고 생각되지 않는다. 오히려중도적인 사회주의가 더 민주정책과 어울리는 것 같은 생각이 든다. 그런데 미국인들은 하나의 수박을 정치면에서 보면 민주주의이고 경제면에서 보면 자본주의로 모순 없이 받아들이는 것이다.

어떤 갈등이나 모순도 없이 수용하고 있는데 어떻게 된 것이냐?"

비교적 경제에 대해서는 문외한인 나에게 제자는 현실적인 얘기를 해주었습니다.

당시에 소련의 흐루시초프 수상이 UN 총회에 참석하기 위해 뉴욕을 다녀간 일이 있었습니다. 흐루시초프는 UN 방문을 마치고 뉴욕 거리를 다녀보다가 록펠러센터 앞에 서게 되었습니다. 그리고 한두 개인이 이렇게 많은 재산을 소유하게 되면 그 반면에 많은 사람들이 그 밑에 예속되어 살 것이 아니겠느냐고 말했습니다. 흐루시초프의 그 얘기를 들었던 뉴욕타임스의 한 기자가 후에 그 발언에 대답을 했습니다. "흐루시초프 수상은 어떤 큰 회사나 산업체가 대표자 개인의 명의로 등록되거나 알려졌다고 해서 그것이 그 개인의 소유라고 착각하는 것 같은데, 미국인들은 그렇게는 생각지 않는다. 그 재산을 소유하는 이들은 그 기업의 주식을 갖고 있으며 대표자는 그 기업체를 운영, 관리하는 책임을 지는 것이다. 그들은 마치, 학자가 학문을 통해 사회에 기여하며 정치가가 정치를 통해 국가에 이바지하듯이, 기업인들은 그 기업체를 통해 경제적 혜택을 사회에 주는 사람들인데 어떻게 경영인들을 소유주로 보는지 모르겠다."

나는 제자의 얘기를 들으면서 석연치 않았던 한 가지 과제가 해명되는 듯했습니다.

200년 전 미국인들이 아메리카에 이주해 와 경제활동을 시작했을 때는 모든 재산이 개인의 소유로 인정되었습니다. 자본주의의 출발이었다고 볼 수도 있었을 것입니다. 그러는 동안에 빈부의 격차가 심해지고 경제사회적 갈등이 발생하면서는 사회주의 경제관이 유입되고 복지정책의 필요성이 불가피해졌습니다. 극단의 사회주의라고 볼 수 있는 공산주의의 도전과 영향도 크게 작용하게 되었습니다. 부자는 자신이 소유하고 관리할 수 있는 재산의 한계를 발견하게 되었습니다. 그런 여러 가지 시련을 겪으면서 자본주의는 소유체제에서 주식에 따르는 공유체제로 바뀌게 되고 지금은 최상의 체제와 제도로 변신된 것이 기업을 통한 기여체제로 귀착된 것입니다. 그런데 흐루시초프나 나 같은 사람들은 아직도 자본주의는 개인의 소유체제라는 뒤떨어진 착각을 하고 있었던 것입니다.

그로부터 10여 년 뒤라고 기억합니다. 뉴욕의 체이스맨해튼은행의 총재로 있는 록펠러가 우리나라를 방문한 일이 있었습니다. 우리나라 기자들이 록펠러 총재에게 물었습니다. "당신은 그 은행의 주를 얼마나 갖고 있습니까?" 그는 법에 의해서 5퍼센트까지 갖는다고 대답했습니다. 그러면 나머지 95퍼센트는 누구의 소유냐고 물었을 때, 당신도 원하면 곧 가질 수 있다고 말했습니다. 그 5퍼센트의 수입도 대부분이 세금으로 나가게 된다는 대답이었습니다. 그러면 당신이 갖는 권익은 무엇이냐고 물었더니 경영권이라고 말하면서 더 중요한 것은 그 경영에서 얻은 부가가치를 투자하여 많은 사람이 부를 차지하는 사회를 위해 기여하는 권리라고 대답했습니다.

미국에 가면 우리는 두 부류의 사람들 얘기를 항상 듣곤 합니다. 그 하나는 정치지도자들이며 다른 하나는 기업가들입니다. 민주주의 정치를 위해 노력한 사람들과 아메리카의 부를 창출해준 사람들에 대한 이야기들입니다. 그런데 우리와 다른 점은 두 계통의 사람들이 같은 존경의 대상이 되고 있다는 사실입니다. 공산주의 사회에 가면 부를 누리는 사람은 인민의 적으로 투쟁의 대상이 되어 왔습니다. 우리 사회에서도 부를 차지하는 사람은 혐오의 대상이 되기도 했습니다. 이명박 정권에 동참했던 지도자들이 노무현 정권 때 사람들보다 재산이 많다고 해서 곱지 않은 평을 받았던 것도 사실입니다. 생각해보면 그 사고가 타당한지는 모르겠습니다. 대체로 정치계의 지도자들은 그 사회의 중상위급에 속하는 것이 보통입니다. 우리나라의 중상위급 사람들의 재산이 어느 정도인지를 살펴보아 적절하다면 그것으로 긍정적인 평가를 받아 좋을 것입니다. 사실 제 살림도 꾸려나갈 수 없을 정도로 가난하게 산다면 그 사람은 지도력을 갖추었다고 볼 수가 없습니다. 나 자신도 젊었을 때에는 가난할수록 지도자의 자격이 있다고 생각했습니다. 누군가는 부자들 때문에 우리는 가난하게 되었다고 말하기도 했고 나도 그런 생각을 한 때가 있었습니다. 사회주의 사상에 젖어 사는 젊은 이들 가운데 한 사람이었습니다.

그런데 아메리카의 기업인들과 부자는 존경을 받고 있다는 것은 그 사회가 갖는 특징일지도 모릅니다. 그것은 그들이 경제적 기여를 했고 그 혜택이 인정받고 있기 때문입니다. 실제로 산업을 일으켜 많은 사람들에게 일자리를 제공하며 국제무대에서 부를 창출해 들여오는 기업가들이 없다면 그 나라의 국민들은 빈곤의 악순환을 벗어날 수 없을 것입니다. 그런 전체적인 견지에서 볼 때 부의 소유체제가 아닌 기여체제로 탈바꿈할 수 있다면 부의 창출과 기여에 대한 감사와 존경은 기업인들에게 돌려져 마땅할 것입니다.

　내가 미국에 가서 처음 머문 곳은 시카고대학 국제학사였습니다. 그 학사에는 외국에서 온 교수들과 학자들, 대학원 학생들이 기숙하고 있었습니다. 그때 나의 숙식비는 미국 국무성에서 지불했을 것으로 압니다. 풀브라이트 장학금으로 1년간 미국에 머물렀기 때문입니다.

　시카고대학은 1960년대에는 미국의 가장 대표적인 대학의 하나였습니다. 당시 대학을 평가하는 기준의 하나는 그 대학 출신 중 대학교수를 얼마나 많이 배출했는가 하는 것이었습니다. 그 당시의 발표에는 미국 제4위였던 것으로 기억하고 있습니다. 나를 미국 대학에 추천해준 사람들도 하버드대학과 시카고대학을 권고했을 정도였습니다.

　그 대학의 창설자가 록펠러재단이었습니다. 전해 듣기는 록펠러의 고향이 뉴욕이기 때문에 록펠러는 뉴욕과 미국 동북부에만 도움을 주고 있다는 평을 받은 모양입니다. 그래서 시카고에 세계적인 대학을 설립하도록 계획한 것이라고 합니다. 록펠러는 그 당시 28세였던 허치슨을 총장으로 선출하고 30년간 총장직을 위촉했던 것으로 알려지고 있습니다. 지금도 대학 캠퍼스 안에는 세계에서 최초로 핵분열 실험에 성공한 곳이란 기념물이 설치되어 있고, 중동 지역 문화 연구를 위한 대표적인 박물관이 운영되고 있습니다. 내가 머물던 당시에는 그 대학 출판부 예산이 우리나라 연세대 예산보다 많다는 얘기이기도 했습니다.

　록펠러가 한 일은 그뿐만이 아닙니다. 제2차 세계대전 직후에

UN을 뉴욕에 유치하면서 그 대지를 기증한 것을 비롯해 체이스맨해튼은행을 운영하고 있습니다. 유명한 리버사이드교회를 설립해 세계 개신교의 한 중심지를 만들기도 했습니다. 대학과 문화재단을 육성해 많은 인재를 배출했습니다. 우리나라에서 처음 만든 한국어 큰사전을 후원해주기도 했습니다. 지금도 세계적으로 질병과 빈곤 퇴치에 큰 기여를 하고 있습니다.

따져보면 아메리카를 위해 그만큼 큰 업적을 남겨준 사람도 적었습니다. 그렇다면 그 업적에 대한 감사와 존경은 받아서 좋은 것입니다.

1960년대에 일본 대학생들에게 설문조사를 한 일이 있었습니다. 정치가를 믿는가라는 질문에는 40퍼센트가 그렇다고 대답했는데 기업가를 믿는가라는 물음에는 60퍼센트가 믿고 따를 수 있다는 대답이었습니다. 그 당시만 해도 일본 대학생들에게는 마르크스 사상이 팽배해 있었습니다. 그럼에도 불구하고 일본 기업인들은 신뢰와 존경의 대상이 되어 있었습니다. 그것이 일본 경제를 뒷받침했던 것입니다. 기업인들이 존경과 감사를 받을 수 있는 사회. 그것이 바로 자본주의가 설 수 있는 고장이었던 것입니다.

물론 그런 선택과 노력이 쉬운 일은 아닙니다. 물질적 대상과 가치는 한정되어 있습니다. 그래서 사람들은 남의 것을 빼앗아 가지는 것이 부를 소유하는 길이라는 생각을 하게 됩니다. 정신적 대상과 가치는 무한히 제공될 수 있습니다. 작곡자가 아무리 많이 탄생되어도 새로운 곡을 창출해낼 여지는 얼마든지 있고 과학자는 많을수록 학문적 혜택은 누구나 받을 수 있도록 되어 있습니다. 그러나 대통령이나 수상의 자리는 하나뿐입니다. 선의의 경쟁에서 그 자리를 찾아 누리게 됩니다. 그런데 부의 여건은 두 가지입니다. 타인의 부와 그 가치를 빼앗아 갖는가, 아니면 없었던 부의 가치를 창출해 갖는가입니다. 만일 기업인들이 타인의 부를, 그것도 가난한 사람의 부를 탈취해 갖는다면 그것은 사회악입니다. 그러나 새로운 부의 가치를 창출해 다른 사람과 공유한다면 그런 사람들은 감사와 존경의 대상이 되어 잘못이 아닙니다.

문제는 빼앗아 소유하는가, 창출해 사회에 기여하는가에 달려 있습니다. 미국이 소망스러이 생각하는 기업인들은 후자에 속하는 것입니다. 그런 기업인들은 많을수록 좋고 그들이 남겨주는 경제적 혜택은 국민들의 복지와 행복을 위해 필요한 것입니다. 마르크스는 산업사회 초창기의 소유체제, 부의 가치를 탈취해 독점하려는 소유체제만을 생각했기 때문에 많이 갖는 자의 것을 탈취해 공유하는 것이 사회정의의 길이라고 보았던 것입니다. 지금도 북한은 그렇게 가르치면서 투쟁을 일삼고 있습니다. 마르크스가 오늘에 태어났다면 그의 유물사관은 탄생되지 않았거나 추종자가 없을 것입니다. 경제적으로 성공한 국가에서 그들의 주장이 수용되지 못하고 있는 것이 그 역사적 결론이 되고 있습니다.

나는 경제 전문가도 못 되며 경제문제는 건강보다는 병든 요소를 많이 안고 있기 때문에 누구도 그 정도(正道)와 희망적인 장래를 예언할 수는 없을 것입니다. 그러나 나 같은 위치에서 본다면 모든 경제활동이 더 많은 사람들의 인간다운 삶을 위해 이바지된다면 그 경제는 필수적이며 정당성을 갖는 것이라고 믿습니다. 지금까지 자본주의의 좋은 면을 소개한 것 같은 인상을 주었습니다만, 내가 말하고 싶은 것은 자본주의나 시장경제는 경제 자체가 목적이 아니라 인간의 복지와 행복을 위해 존립할 수 있을 때 그 가치를 인정받을 수 있다는 신념입니다. 모든 경제활동이 휴머니즘과 뜻을 함께할 수 있다면 그 경제는 수용되고 발전시켜갈 의무를 요청할 수 있을 것입니다.

경제에도 정도(正道)가 있는가
— 한 학생의 질문에 답하여

오래전에 있었던 일입니다. 대학생들을 위한 강연을 끝냈을 때 한 학생이 질문을 했습니다.

"교수님, 누가 무슨 말을 하든지 빈부의 격차가 없는 평등한 사회가 가장 좋은 사회가 아니겠습니까?"라는 것이었습니다. 그래서 나는 "빈부의 격차가 없는 사회보다는 부자는 있더라도 경제적으로 소외된 가난한 사람이 없는 사회가 더 소망스러운 사회라고 생각합니다"라면서 다음과 같은 설명을 한 일이 있었습니다.

나는 가난한 교수이기 때문에 대중교통을 이용하거나 때로는 걸어서 출퇴근을 하는 것이 보통인데, 내 친구 한 사람은 자가용을 타고 지나간다고 합시다. 그래서 내가 "이 친구야, 학교에 다닐 때는 내가 공부도 잘했고 선생님도 나를 칭찬했는데 너는 자가용을 타는 부자가 되고 나는 먼지를 피해 다니는 불편을 겪고 있으니까 세상이 불공평하다"라고 말했습니다. 그랬더니 내 친구가 "그러면 내 자가용과 사장으로 받고 있는 봉급을 너에게 줄 테니까, 네 학문과 교수직을 나에게 넘길 수 있어?"라고 대답했습니다. 나는 "이 철없는 친구야, 내 학문과 사상을 너의 재산과 바꾸자고? 다이아몬드를 팔아 쇠붙이를 사는 바보도 있느냐?"라고 대답했습니다.

학생들에게 이런 이야기를 하고, 내 대답이 잘못되었는지를 반문했습니다. 그리고 설명을 추가해주었습니다.

세상 사람들은 평등한 경제정책이 최선의 삶을 유지해줄 것이라고 생각합니다. 특히 마르크스의 공산주의 경제관을 이어받고 있는 사람들은 그 철학과 사상을 절대적인 것으로 믿고 있습니다. 그러나 그들은 다원화된 사회의 가치관을 이해하지 못하고 있습니다. 학자는 경제보다 더 소중한 학문과 진리를 갖고 살기를 원합니다. 예술가는 예술의 가치는 부의 가치와는 비교가 안 될 정도로 귀하다고 생각합니다. 교육자는 재정적 보수보다는 제자들의 바른 성장이 국가에 대한 값있는 봉사라고 믿고 삽니다. 어떤 종교가들은 물질적 부는 인격을 타락시키는 원인이 된다고 가르치기도 합니다. 그 모든 사람들에게 빈부의 격차가 없는 사회를 강요한다면 인간의 존엄성과 가치는 경제의 수단과 노예로 전락할 것입니다.

또 학문과 지식의 격차도 없어지고, 음악과 미술의 조예에도 평등이 유지되어야 하며, 정치나 군사적 직책의 상하도 없는 평등한 세상이 되어야 한다면 그것은 평등을 위해 자유와 사랑의 정신도 희생시키며 모든 개성과 인격을 벽돌과 같은 생명 없는 인간으로 만들고 말 것입니다. 학문과 지식을 많이 가진 사람이 지식이 부족한 사람들을 가르치며 도와주고, 음악에 탁월한 소질을 갖춘 사람이 원하는 사람들의 예술적 가치를 높여주며, 정치적 지도력이 앞선 사람이 국민들을 선하게 이끌어가는 책임을 맡는 것이 모두가 행복하게 서로 돕는 사회가 되는 것입니다. 경제력이 앞선 사람이 기업체와 회사를 운영하여 많은 사람들에게 경제적 혜택을 줄 수 있다면 경제력을 지닌 부한 사람이 많아야 그 나라의 국민들이 가난에서 벗어날 수 있지 않겠습니까. 우리나라에도 삼성, 현대, LG 같은 큰 기업체가 20개만 된다면 한국도 세계적으로 부유한 국민생활을 유지하게 될 것입니다. 열매를 맺는 나무가 많아야 과실을 여러 사람이 먹을 수 있고, 물은 높은 곳에서 낮은 곳으로 흘러들어 필요한 수량을 채울 수 있듯이, 부한 사람이 많아야 가난한 사람도 그 혜택을 받는 것입니다. 좋은 교육자가 많아야 여러 사람이 값있는 인생을 살게 되는 것과 마찬가지일 것입니다. 그 원칙과 다원사회의 공존원리를 무시하고 경제적 평등만이 사회정의이며 그 목적에만 도달하면 된다고 최대의 노력을 쏟았던 공산주의 사회가 세계에서 가장 못사는 가난한 국가로 전락한 것을 우리는 잘 보았습니다. 그 대표적인 실례를 바로 북한에서 발견하고 있습니다.

우리나라의 경제정책을 입안하는 지도자들도 이 문제를 갖고 고민해왔습니다. 김대중 정권과 노무현 정권 때는 평등한 분배를 중요시했습니다. 그러나 지금은 성장을 앞세우는 정책을 택하고 있는 실정입니다. 전 세계가 시장경제의 정책을 택하고 있는 것은 높은 성장이 없이는 윤택한 분배가 불가능하다는 사실을 인정했기 때문입니다. 평등한 분배만을 위했던 공산주의 국가들이 가난에

몰려 그 정책을 포기했고, 성장과 평등을 동시에 이룩하려고 했던 영국이나 캐나다가 안정된 사회는 구축했으나, 성장에서 분배의 절차를 밟았던 미국, 일본이 경제적 부를 누리는 사회로 발전하고 있습니다. 지금은 영국도 그 방향을 바꾸고 있으며 중국도 시장경제의 무대로 뛰어들고 있습니다. 자원을 별로 갖지 못한 북한만이 계속 평등한 분배정책을 유지하려고 고립된 정책을 펴고 있습니다. 그 결과는 세계 최악의 빈곤국으로 퇴락한 실정입니다.

그렇다고 자유로운 성장과 그에 뒤따르는 분배를 계획하는 시장경제의 갈등과 모순은 없지 않습니다. 사회는 언제나 발생하는 갈등과 모순을 해결해가는 동안에 발전을 거듭하는 것입니다. 그 해결책은 어떤 것입니까? 나는 경제학적 술어에는 익숙하지 못합니다. 그러나 쉽게 말하면 부는 소유가 아니라 기여의 기능이어야 한다는 정신입니다. 모든 개인은 필요한 정도의 부를 소유하도록 되어 있습니다. 그리고 필요한계를 넘어선 부는 사회에 기여하도록 되어 있는 것이 경제의 원칙이라고 생각합니다. 고가의 골동품은 박물관으로 가도록 되어 있습니다. 개인이 숨겨두면 사장품이 되고 맙니다. 개인은 고가의 것이 아닌 예술적 가치를 즐길 수 있는 것들을 소유해서 좋은 것입니다. 모든 사람은 필요한 부로 족하게 되어 있습니다. 필요 이상의 부를 소유하게 되면 그 사람은 부와 재물의 노예가 될 뿐입니다. 학자나 예술가가 필요 이상의 부를 관리하게 되면 그들은 학문과 예술을 상실하는 우를 범하게 됩니다.

그렇다면 부를 관리하는 기업인들은 어떤 가치관과 신념을 가져야 합니까? 학자가 학문을 통해 사회에 봉사하며, 정치가가 선한 정치를 통해 국민에게 봉사하듯이 기업가는 경제를 운영, 관리함으로써 사회와 국가에 도움을 주고 있으며 주어야 한다는 책임과 사명의식을 가져야 합니다. 소유하려는 욕망은 철없는 생각입니다. 더 많은 경제적 혜택을 가난한 사람들에게 베풀 수 있다면 그것이 기업인의 임무가 되는 것입니다. 또 사회는 기업인들에게 소유체제를 기여체제로 발전적 전환을 할 수 있도록 이끌어야 하는 것입니다.

나는 전문적인 경제학자는 못 됩니다. 그러나 미국이 적지 않은 난관을 겪으면서도 오늘의 경제력을 창출, 유지한 데는 나름대로의 장점이 있었기 때문이라고 생각합니다. 200여 년 전 아메리카가 출범할 때는 경제가 개인들의 소유체제였습니다. 그러나 역사가 흐르는 동안 불평등의 갈등을 겪기도 했고 사회주의 정책의 도전을 받기도 했습니다. 마르크스주의의 공세도 막강한 것이었습니다. 그런 과정들을 치르는 동안에 200년이 지난 오늘의 미국 경제는 개인의 소유체제를 벗어나 기업체의 공유와 기여체제로 변질된 것입니다. 기업체의 주식화가 그 해결책이었고 세금제도가 그 뒷받침을 했습니다. 원하는 사람은 누구나 주식을 소유할 수 있고 수입이 많은 사람은 세금을 통해 사회에 기여하도록 되었습니다. 기업인들은 많이 소유하지는 못하더라도 큰 재산을 운영할 권리를 차지하며 거기에서 얻은 이윤을 보람 있게 사용할 수 있는 특권을 누리는 사회가 되었습니다.

존경받는 기업인들이 많이 배출된다는 것은 자랑스러운 일이 아닐 수 없습니다. 카네기의 말이 기억에 떠오릅니다. 가장 부끄러운 말은 내가 부자였다는 평을 받는 것이었다는 고백이었습니다. 적게 소유하고 많이 기여할 수 있는 부자와 기업인이 된다면 그들은 정치가나 학자 못지않은 존경을 받아 좋을 것이라고 생각합니다. 쉽게 말하면 부자와 기업인이 소유의 틀을 벗어나 기여정신을 실천할 수 있다면 그 이상의 길은 없다고 생각합니다. 그 정신이 사회제도와 가치관으로 승화될 수 있다면 사회경제의 바른 목적에 도달할 수 있으리라고 생각합니다.

따지고 보면 세계경제는 그런 방향과 목표를 향해 전진하고 있습니다. 그 길 이외에는 더 소망스러운 대안이 아직은 없는 것 같습니다. 우리는 그것을 경제의 인도주의적 선택이라고 보아 좋을 것 같습니다. 휴머니즘은 우리 용어로 인도주의와 통하고 있습니다. 다른 모든 영역, 즉 정치, 교육, 문화, 종교의 목표가 그러하듯이 경제도 더 많은 사람들이 인간다운 삶을 영위하는 데 보탬이 되어야 합니다. 경제는 인생의 전부도 아니며 궁극적인 목적도 못 됩니다. 한때 적지 않은 경제인들이 돌로 떡을 만들 수 있다면 그 길을 사양하지 않겠다는 자세로 임했습니다. 국가와 정부 차원에서 그 문제를 해결하려 한 집단이 공산주의자들이었고, 더 많이 소유하려는 자본주의가 그 방법을 택해왔습니다. 과정과 방법으로서의 가치를 목적과 최후의 가치로 착각했던 것입니다.

그러나 세계 역사는, 경제는 중요한 필수조건이기는 하나 절대조건도 아니며 목적조건도 못 된다는 교훈을 암시해주고 있습니다. 그것은 우리에게 윤리성과 인도주의를 경시하거나 배제한 경제관은 인류를 불행으로 이끌어간다는 가르침이었습니다.

제국주의의 배후에는 언제나 경제적 부를 위한 탐욕이 깔려 있습니다. 나는 일제 말기에 일본에서 대학생활을 했습니다. 그 당시의 일본은 천황을 우상으로 모시고 군벌과 재벌이 실권을 누리고 있었습니다. 그 결과가 제2차 세계대전을 유발했고 동양의 비극을 초래했던 것입니다. 개인들의 욕망이 합쳐져 국가적 집단의 이기주의가 되면 인간은 비참의 나락으로 떨어질 수밖에 없습니다. 인륜성과 인도주의를 배반했기 때문입니다.

나는 미국이 많은 모순이 있었음에도 불구하고 지금까지의 경제력을 창출, 유지한 데는 그들이 알게 모르게 견지하고 있는 기독교의 인도주의 정신이 뒷받침을 했다고 봅니다. 인도주의의 핵심은 사랑의 정신임은 부정할 수가 없습니다. 열심히 일하고 노력해서 부를 창출하되, 그것은 자기의 소유를 위해서가 아니라 필요로 하는 사람들을 돕기 위해서라는 기독교 정신은 휴머니즘의 경제관과 일치할 수 있었던 것입니다. 그래서 나는 존경받는 기업인과 경제인이 많은 것이 좋습니다. 그들 때문에 가난한 사람이 없어지는 사회를 키워가고 싶다는 결론을 내려보는 것입니다.

하나의 세계와 민족주의
— 우리 민족정신의 특수성과 보편성의 문제

인류의 역사는 하나의 세계를 지향해가고 있습니다. 옛날에는 인구는 적고 자연환경은 넓었기 때문에 생활의 단위가 가족, 씨족, 부족을 중심으로 운영되었습니다. 그러다가 지구의 공간은 그대로이면서 인구가 팽창했기 때문에 생활의 단위가 민족, 국가로 확장되었습니다.

20세기에 접어들면서는 삶의 공간이 급격히 협소해지기 시작했습니다. 교통의 눈부신 발달과 통신의 개발은 물론 인적 교류가 전 세계적으로 활발해지면서 지금은 생활단위가 국제화되었고 그 결과는 하나의 세계를 향한 움직임으로 성숙해졌습니다. 특히 두 차례의 세계대전을 치르고 무력 사용이 없는 냉전시대를 겪으면서는 사회의 모든 문제가 세계를 단위로 하는 국제무대에서 해결되어야 한다는 긴박한 당위성을 깨닫게 되었습니다. 경제번영과 정치적 안정, 전쟁이 없는 평화는 필수조건이 되었습니다. UN의 탄생과 기능이 그 사실을 잘 보여주고 있습니다. 언어와 문화에 있어서도 마찬가지입니다. 국제어가 등장하기 시작했고 문화의 교류는 컴퓨터를 통해 모든 장벽을 허물어버리고 말았습니다. 세계화의 물결이 가정과 민족은 물론 학문과 사상, 종교의 영역까지 들어온 상황입니다.

그러나 이러한 세계화가 보편화된다고 해서 민족과 국가의 존립성 자체가 흔들리는 것은 아닙니다. 민족들과 국가들이 합쳐서 세계가 되는 것이지 민족과 국가를 부정하는 세계는 존재할 수가 없습니다. 그것은 민족이나 국가가 소중하며 그 존립성이 강화된다고 해서 가정이 없어지지는 않는 것과 마찬가지 존재법칙입니다. 여기에 등장하는 과제가 민족주의, 국가주의와 인류 및 세계주의가 어떤 조화를 갖는가입니다. 하늘에는 많은 별들이 빛나고 산과 들에는 다양한 동식물이 있어 아름답고 풍요로운 세계가 되듯이, 세계 속에는 많은 민족과 국가들이 있어 세계는 더 값있고 보람 있는 삶과 문화를 창출하도록 되어 있습니다.

대개의 경우, 민족과 국가로 높이 성장한 선진사회는 그 영향력이 크기 때문에 세계화의 과제를 수행하게 되나, 개발도상국들은 대외적인 영향력을 발휘하기보다는 세계화의 영향을 받아 성장, 발전하는 위치에 머물게 됩니다. 그러나 후진국가들은 민족적, 국가적 성장에서 뒤지고 있기 때문에 당분간은 민족주의 또는 국가주의 과정을 밟아야 하는 것이 보통입니다. 민족이나 국가적인 성장이 없이는 스스로의 존립이 불가능해지며 그 생존 자체가 위협

을 받게 됩니다. 선진국가들이 원시민족이나 소수민족을 보호하고
육성하는 이유가 거기에 있습니다.

그렇다면 우리는 어떤 위치에 있다고 보입니까? 중국과 같은 유
구한 역사와 문화를 지닌 큰 국가로 성장하지는 못했으나 우리의
독립된 언어와 문자를 육성해왔으며 아시아에서는 중국, 일본과
더불어 문화국으로 성장해왔습니다. 동북아시대를 논하는 학자들
은 한국, 일본, 중국을 거의 동격으로 보는 시대가 되었습니다. 물
론 일본보다 선진국이라는 뜻은 아닙니다. 또 앞으로 중국보다 영
향력이 큰 국가가 되리라는 생각은 갖고 있지 못합니다. 그렇다고
그 영향력까지 가능성이 없다는 것은 아닙니다. 일본은 아직도 민
족국가주의를 고수하고 있으며 중국은 그동안의 후진성을 극복하
기 위해서라도 다민족 국가주의를 계속해갈 것입니다. 실질적으로
중국의 공산당 정책은 마르크스의 계급주의를 포기하고 있습니다.
미국, 일본, 유럽에 대응하기 위해서라도 긴 세월을 국가주의에 경
주하게 될 것입니다. 이런 상황 속에서 우리는 민족주의와 세계주
의를 동시에 소화시키며 발전시켜나가야 합니다. 민족주의에 빠져
세계화의 책임을 포기할 수도 없고 세계화의 바다에 섣불리 뛰어
들어 민족적 존재를 약화시켜서도 안 되기 때문입니다.

이때 무엇보다도 소중한 과제는 폐쇄된 민족주의로 복귀해서는
안 된다는 것입니다. 민족주의는 자칫하면 민족지상주의 또는 민
족유일관에 몰입하기 쉽습니다. 사실 우리는 지금 합리적이지 못
한 사상적 당착을 범하고 있습니다. 북에서는 주체사상 또는 유일
사상을 표방하고 있으나 그것은 변질되고 퇴색되어가고 있는 공산
주의 정권을 유지하기 위한 구호에 지나지 않습니다. 따라서 그 기

반에 깔려 있는 것은 민족주의에의 복귀입니다. 사회주의를 표면상 받아들이기는 했으나 우리 전통과 민족적 체질상 우리 것이 될 수는 없었습니다. 마침내는 남북통일이란 민족주의 기치를 내세울 수밖에 없어진 것입니다.

대한민국도 그렇습니다. 민주주의는 세계화와 통하고 있습니다. 그러나 우리의 정신적 전통과 문화를 세계의 선진국들과 비교해보면 아직도 민족과 국가적 성장이 부족함을 스스로 느끼지 않을 수 없습니다. 누구도 우리의 정치적 수준이 민주화되었다고는 보지 않습니다. 학문과 사상을 비롯한 정신문화는 개발도상국가의 위상을 벗어나지 못하고 있습니다. 한국이 알려지고는 있으나 그들에게 정신적 혜택을 주는 모범이 되는 사회라고 보는 나라는 없습니다. 다시 말하면 북한의 민족주의는 폐쇄성이 강하며 한국의 민족주의는 민주적 세계화에는 미달되고 있다는 뜻입니다. 그리고 폐쇄적 민족주의는 더 이상 존립할 수 없다는 사실을 명심해야 할 것입니다.

이런 점들을 감안해본다면 우리는 다시 한 번 우리의 현실을 인정하지 않을 수 없습니다. 즉, 세계화를 주도해가는 선진국들은 학문과 사상의 성장이 앞서고 그 뒤를 이어 사회발전이 이루어졌고 그 결과로 나타난 것이 경제개발의 순서였는데, 우리는 뒤늦게 경제개발에 뛰어들어 사회적 기반이 취약하고 정신적 가치를 창출해야 하는 학문과 사상의 빈곤을 극복하지 못했다는 현실입니다. 이 셋을 동시에 성취시켜야 한다는 역사적 부담을 안게 된 것입니다. 그리고 시급하면서도 중요한 과제는 정신적 가치관과 사회적 건설의 기본을 확립시켜야 한다는 당위성입니다. 가시적인 건설을 굳건히 할 수 있는 정신적 및 윤리적 근간을 확고히 하는 책임을 져야 합니다.

이때 문제가 되는 것은 민족적 특수성과 세계적 보편성의 관계입니다. 인류적 보편성과 위배되는 민족적 특수성은 국제적으로 수용될 수 없으며, 세계적 보편성을 지닌 것이라면 민족적 한계를 넘어 세계적인 의미를 갖게 되는 것입니다. 한때는 가장 한국적인 것이 가장 세계적이라는 생각을 했습니다. 그러나 어폐가 있는 발상입니다. 가장 일본적인 것이 가장 세계적이라는 주장은 옳지 못합니다. 가장 에스키모적인 것이 가장 세계적인 것이라고는 누구도 생각지 않습니다. 보편성을 거부한 특수성이기 때문입니다. 그 대신 가장 한국인다운 것이라든지, 가장 인간다운 것이 가장 세계적인 것이라는 뜻은 가능하며 정당성을 갖습니다. 인간적 보편성이 깔려 있기 때문입니다.

그렇다면 세계적인 것과 통하는 한국 문화의 창조가 시급한 과제가 됩니다. 그것이 없는 나라는 세계 문화에 기여할 길과 가능성을 상실하게 됩니다. 생활문화는 정신문화의 외형적 유산이라고 볼 수 있을 것입니다. 중요한 것은 그 민족이 어떤 사상과 학문과 예술을 가지고 살았는가입니다. 그것들이 없다면 그 민족은 정신적으로 속 빈 그릇과 같을 것입니다. 만일 독일인들이 칸트, 헤겔과 같은 철학사상가도 없고, 모차르트, 베토벤 같은 음악가도 없고, 괴테 등의 작가도 없고, 아인슈타인을 비롯한 과학자도 없었다면, 독일 문화와 더불어 독일은 세계에 기여할 아무것도 갖지 못했을 것입니다. 일본이 우리보다 앞섰다는 것은 그런 문화적 창조에서 선진국이 되고 있다는 뜻입니다. 최근 우리 주변에서 인문학의 필요성을 강조하는 이유가 거기에 있습니다. 인문학은 세계적 공통성을 지니면서도 민족적 특수성을 필요로 하기 때문입니다.

노벨상을 예로 들면, 옛날에는 영국, 프랑스가 많이 차지했고 한때는 독일이 그 뒤를 이었으나 지금은 미국이 거의 독점하는 상황이 되었습니다. 그 뒤를 일본이 따르고 있습니다. 세월이 지나면 중국과 우리가 경쟁 대상으로 떠오를지 모르겠습니다. 우리의 사상, 학문, 예술이 국제무대에서 수용되며 그 빛을 발할 수 있을 때 우리는 민족적 업적으로 세계무대에 기여하게 되는 것입니다. 한글문화가 세계문화의 한 자리를 차지하게 되는 것입니다.

여기에 뒤이어 등장하는 과제는 사회적 가치관의 정착입니다. 한 민족사회가 건전하게 육성, 발전되는 데는 필수적인 조건이 있습니다. 그 민족이 창출해 지니고 있는 가치관입니다. 사회의 정신과 도덕성의 근간이 되며 동시에 전 세계가 공인하고 있는 인륜성(人倫性)의 의무입니다.

한 가지 상식적인 예를 들겠습니다. 정직성이 있는 사회와 정직성이 배제되거나 결핍된 사회를 비교해보면 쉬 짐작할 수 있습니다. 미국을 비롯한 선진국가에서는 유소년기부터 인간교육의 중심을 정직에 두고 있습니다. 거짓말을 하는 어린이들은 가정과 학교에서 반드시 처벌을 받도록 하고 있습니다. 그런 습관이 국민적 공감대가 되었기 때문에 부정직이나 거짓은 사회적으로 용납되지 못합니다. 지도자의 거짓은 그 사회로부터의 배제와 처벌의 대상이 되고 있습니다. 오늘과 같은 선진국의 위상을 지키고 있는 것은 그 정직성 때문입니다. 이에 비하면 한때 세계무대를 휩쓸고 있던 공산사회는 정직을 배제한 사회였습니다. 목적은 수단을 정당화할 수 있다는 수단 방법을 성공과 승리의 무기로 삼았기 때문입니다. 그 부정직이 그 사회를 병들게 했고 스스로의 운명을 자초했던 것입니다.

이렇게 본다면 우리는 정직성 결핍 사회로 보아 좋을 것입니다. 정치계는 말할 필요도 없고 최근에는 정직성을 지켜야 하는 교육계마저도 허위 조작에 무감각해지고 있을 정도입니다. 우리와 같이 거짓이 만연된 사회가 건전한 성장과 발전을 이룩한다는 것은 불가능합니다. 오래전 도산 안창호가 "죽더라도 거짓말은 하지 말자"고 호소했던 이유를 알 수 있을 것 같습니다. 만일 우리 모두가 오늘부터 정직과 정직의 뿌리가 되는 진실을 지킬 수 있다면 세상이 어떻게 달라질 것인가 하고 생각해보면 그 결과는 놀라움을 금치 못할 것입니다. 세상이 바뀌는 것 같은 변화가 일어날 것입니다.

이런 점에서 우리는 건전한 사회를 위해서는 지키고 따라야 할 가치관이 필요한 것입니다. 그리고 그 중심이 되는 것은 윤리성입니다. 윤리성이란 인륜의 원리입니다. 더 많은 사람들이 인간다운 삶을 영위하기 위해 필요한 가치관을 찾아 설정, 실천하는 길입니다. 정의와 공익성도 그 요청에 따른 것이며 이기심과 집단이기주의를 배제함도 필수조건입니다. 폐쇄적인 지역감정, 학벌, 문벌, 때로는 정당까지도 그 함정에 빠질 수 있습니다. 버릴 것을 버리지 못하면 더 귀중한 것을 찾아 누리지 못하는 법입니다. 선으로 악을 이겨나가려는 의지와 용기가 없다면 그 민족은 불행과 고통을 되풀이할 뿐입니다. 그런 뜻에서 본다면 사랑과 봉사와 희생의 정신은 인륜의 기반인 동시에 대들보와 같은 것입니다. 사랑이 없으면 봉사가 불가능합니다. 봉사적 희생은 죽어가는 한 알의 밀과 같은 역할을 감당하게 됩니다. 밀이 죽지 않으면 한 알 그대로 있다가 스스로의 생명도 잃게 됩니다. 사실 우리 역사는 그런 정신적 소유자에 의해 유지, 발전되어온 것입니다. 그런 정신적 노력이 있는 사회가 소망스러우며 우리는 그것을 생명과 희망의 가치관이라고 부르고 싶은 것입니다.

이런 윤리적 과업이 굳건히 자리 잡히면서 정치의 민주성은 물론 경제적 성장이 지속된다면 우리는 민족적 과업을 다하면서도 세계 선진무대에 동참할 수 있는 자격을 갖추게 될 것입니다. 지도자들은 앞으로의 세계는 정치적, 경제적 영향력보다 정신적, 문화적 업적이 높이 평가받는 사회가 될 것이라고 말합니다. 정치와 경제는 그 자체가 목적은 아니지만 정신적 가치와 유산은 인류의 공동목표가 될 수 있기 때문입니다. 우리 민족이 바라는 것도 인류문화에 기여할 수 있는 민족적 책임을 다하며 세계의 어떤 나라보다도 인간적 삶을 영위하는 사회로 발전시켜가고 싶은 것입니다.

어떤 이들은 그런 나라가 되기에는 국토가 너무 협소하고 인구가 적다고 말합니다. 그러나 정신문화를 창조해낸 민족과 국가들은 큰 나라가 아니었습니다. 영국은 섬나라로 있을 때 세계에 영향을 주는 문화를 창출했고, 미국도 정신적 지도력은 초창기에 형성되었습니다. 옛날의 그리스나 로마를 키워준 정신문화도 좁은 도시국가에서 탄생되었습니다. 우리도 더 늦기 전에 통일을 앞당기며 국제무대를 향해 공헌할 수 있는 민족적 성장을 게을리해서는 안 되겠습니다. 더 늦출 수 없는 우리 시대의 의무와 사명이라는 인식을 새로이 해주시기 바랍니다.

우리 민족의 이상은 무엇인가

— 선조들의 꿈을 더듬어보면서

　오래전에 있었던 일입니다. KBS 방송국이 서울 남산에 있을 때였고, TV 방송은 이야기도 없었던 시절이었습니다.

　국영방송인 KBS가 큰 기대를 걸고 추진한 프로그램이 하나 있었습니다. 우리 민족의 꿈과 이상은 무엇인가를 찾아보자는 의도에서 기획되었던 내용이었습니다.

　매 주말마다 각 분야의 전문가들이 출연해서 우리 민족의 이상에 관하여 발표를 하고 충분한 주장이 전개된 후에, 최종 종합토론이 벌어지게 되었습니다. 출연자들은 물론 전화를 통해 국민들의 견해와 의견을 반영시키는 긴 시간의 대토론 형식을 취하게 되어 있었습니다.

　그 자리에 동참했던 국사학자인 이선근 교수는 신라시대의 화랑 정신이 가장 소망스럽다는 주장을 했습니다. 서울대의 김기석 교수(철학)는 3·1운동 당시의 선언문이 어디에 내놓아도 떳떳한 민족적 이상이 되어 좋다는 설명을 했습니다. 후에 홍익대 총장이 된 이항녕 교수는 천도교의 인내천(人乃天) 정신이 우리 민족의 정신이며 세계에 없는 특수성을 지니고 있다는 견해였습니다. 내가 기억하기로는 불교, 유교, 기독교의 교훈이나 정신을 얘기하는 이는 없었던 것 같습니다. 기성종교보다는 민족적 자주성을 더 높이 평가했기 때문이 아닌가 싶었습니다.

전화를 통해서 시청자들의 주장도 여럿 접수되었으나 크게 호응을 얻지는 못했습니다. 그러던 중, 누구의 제언으로 발단이 되었는지는 잘 모르겠으나, 최남선 선생이 제기했던 '밝은 사회'라는 의견이 나오게 되었습니다. 그리고 다음과 같은 설명이 추가되었습니다.

우리 민족의 아득한 문화적인 선조는 몽골 지역에 살고 있었을 것입니다. 그들 중에서 좀 더 밝고 따뜻한 곳으로 옮겨가 살 수는 없을까를 염원한 사람들이 태양이 떠 올라오는 동쪽을 향해 이동하기 시작했습니다. 만주 지역까지 이주해 온 그들의 일부는 바다를 건너 북미 지역으로 진출해 아메리카 인디언이 되었고, 일부는 압록강과 두만강을 건너 한반도로 남하하기 시작했을 것입니다. 한반도에 정착한 선조들은 여기가 밝고 따뜻한 금수강산이라고 생각했을 것이며 그들이 고대 역사를 개척하게 되었다는 설명이었습니다.

그 사실을 밝힐 수 있는 몇 가지 중요한 내용은 그 당시부터 지금까지 전수된 고유명사나 개념들의 많은 부분이 '밝음'과 통하고 있다는 점입니다. 나라의 이름이 그렇습니다. 신라, 백제, 고구려 등 모두가 밝음의 뜻을 지니고 있습니다. 흰 백(白)이나 백 백(百)은 통하는 발음입니다. 신라에는 최초의 국민의회가 있었던 셈인데 화백(和白)이라고 불렀습니다. 고려도 높고 수려하다는 뜻을 지니고 있으며 조선도 그렇습니다. 아침의 밝음과 고요하고 선명한 개념을 풍겨줍니다. 국호의 대부분이 '밝음'과 연관성을 갖고 있습니다.

나라를 세운 임금들의 호칭도 비슷한 면이 많습니다. 박혁거세는 밝게 다스린다는 뜻이라고 합니다. 동명성왕(東明聖王)도 그렇습니다. 동쪽은 언제나 태양이 뜨는 밝은 방향을 가리킵니다. 지명들도 그렇습니다. 백두산, 태백산맥, 소백산맥, 한라산 등이 같은 뜻을 지니고 있으며, 박달나무의 이름도 그런 신화적인 내용을 가질지 모른다는 것이었습니다.

그런 정신을 갖고 살아온 때문인지 우리 민족은 유달리 흰색을 좋아하며 즐겨 사용했습니다. 백의동포라는 개념은 옛날부터 있었고 내가 어렸을 때만 해도 그랬습니다. 내가 자란 고향 마을에는 개신교 예배당이 있었고 일요일이 되면 주변 마을에서 예배를 드리러 수백 명이 모이곤 했는데 모두가 흰옷을 입고 있었습니다. 흰옷을 입은 행렬을 지금도 기억에 떠올리곤 합니다. 관혼상제가 있을 때는 흰옷이 예복이었습니다.

우리나라의 문화재 가운데 가장 널리 알려진 것 중의 하나는 도자기일 것입니다. 도자기 중에서도 고려청자는 중국에서 전래된 것입니다. 그러나 그 특수성은 흑백 상감과 우아하고 밝은 색깔에서 엿볼 수 있습니다. 중국 청자에서는 찾아볼 수 없는 밝은 청색입니다. 그러나 가장 한국적인 도자기는 조선의 백자입니다. 다양한 성격과 모양의 도자기가 제작되었으나 그 바탕은 흰색입니다. 우리가 친밀감을 가지면서도 높이 평가하는 도자기는 백자 항아리입니다. 아마 세계 어디에서도 그 유례를 찾아볼 수 없을 것입니다.

그런 전통 때문이겠습니다만 우리 민족의 기질도 결백성이 뚜렷합니다. 옳고 그른 것을 가릴 줄 알고 의리감이 강한가 하면 청백(淸白)이라는 기풍이 남다르다고 보입니다. 밝음에서 오는 성격과 민족성일 것 같습니다. 중국 문헌에도 "동방예의지국"이라는 표현이 있습니다. 예의 바르고 깨끗한 삶을 영위한다는 뜻일 것입니다.

이런 밝은 사회의 이상이 우리 민족의 꿈이었고 긴 역사를 통해 이어진 잠재의식이 아니었겠는가라는 화두가 떠오르게 되었습니다. 그리고 그 '밝은 사회'라는 해설을 들은 방청자와 토론에 참석했던 교수들 모두가 쉽게 공감할 수 있게 되었습니다. 그래서 일단은 우리 민족의 이상은 '밝게 살아가는 따뜻한 사회'로 결론이 지어졌던 것입니다. 내 이야기를 들은 여러분도 적지 않이 공감해주셨으리라고 생각합니다.

이런 공감대가 형성되었다면 좋은 일이기는 합니다. 그러나 문제는 더욱 심각해질 수 있습니다. 그런데 어째서 그 밝고 따뜻한 사회가 이루어지지 않았는가라는 것입니다. 누가 보든지 지금의 우리 사회가 밝은 사회라고는 생각되지 않습니다. 또 성숙된 선진 사회에 비교해보았을 때 따뜻한 사회가 되었다고는 믿어지지 않습니다. 물론 부분적으로는 그런 면을 인정받고 있습니다. 그러나 전체적으로는 여전히 뒤떨어진 사회라는 평가를 벗어나지 못하고 있는 것이 사실입니다.

지금 우리 주변에서 벌어지고 있는 많은 현상이 그러합니다. 일상생활을 좌우하는 경제계가 투명해졌다고 보는 이들은 없습니다. 밝은 정치가 이루어지고 있다고 자부하는 정치가나 국민은 찾아보기 어렵습니다. 선진국에 비하면 우리가 정직하고 약속을 지키는 국민이라는 평은 해당되지 않습니다. 서로 돕고 위해주는 따뜻한 사회라고 인정받지도 못하고 있습니다. 더 놀라울 정도로 이상한 것은 국민의 대부분이 종교적 신앙을 갖고 있으며 대학교육을 받은 국민이 큰 비중을 차지하고 있음에도 불구하고, 밝고 따뜻한 사회에는 도달하지 못하고 있다는 사실입니다. 어딘가 병든 사회라는 지적을 하지 않을 수 없는 현실이기도 합니다.

그 원인이 무엇이라고 보아야 좋겠습니까? 어떤 사람들은 지나친 결백관이 흑백논리를 조장시켜 사회의 분열을 초래했고 자기만이 정당하고 옳다는 독선과 배타적 사고를 당연시하게 되었다고 설명합니다.

이런 문제에 관심이 깊었던 윤태림 교수(사회심리학)는 사대부들과 유림들의 흑백논리가 사회적 병폐의 근원을 만들었다고 보았습니다. 조선왕조 초기부터 우리 사회를 풍미했던 주자학은 대단한 형식논리로 이루어져 있습니다. 형식논리는 현실적 경험론보다는 논리적 관념론을 창출했고 그것이 유교의 교조주의와 결합되면서 흑백논리를 심화시켰다는 것입니다. 일단 그런 사고에 빠지게 되면 그 연구 업적은 존중시되지만 그것이 우리 사회를 불행으로 이끌 수 있고 또 현실이 그렇게 되었다는 것입니다. 마치 독일의 논리적 관념론에서 극단의 절대주의적 사상인 공산주의가 탄생되었던 것과도 비교해볼 수 있을지 모릅니다. 영국과 같은 경험주의나 현실논리에서는 공산주의와 같은 극단적 이념은 산출되지 못했을 것입니다.

사실 따져보면 우리들의 현실사회와 생활에는 흑과 백이 존재하는 것이 아닙니다. 색채를 연구하는 학자들은 네 가지 원색인 빨강, 노랑, 파랑, 녹색이 밝은 방향으로 올라가 완전히 조화되며 하나의 정점을 이룬 것을 백(색)으로 보고, 네 원색이 빛을 상실해가면서 어둠으로 몰입해 마침내는 아무 색도 없는 것을 흑(색)으로 설명하고 있습니다. 이때 위아래의 두 정점과 백과 흑은 이론상으로는 가능하나 실제로 파악되며 존재하는 색은 못 된다는 것입니다.

100까지 선하고 0이 되도록 악한 사람이나 행위는 있을 수 없습니다. 완전히 정의롭고 의로운 요소는 하나도 없는 절대 불의는 생활과 행위 속에는 없습니다. 99까지 선하고 1까지 악한 현실도 어렵고, 99가 불의이고 1이 정의라는 생각은 할 수 있어도 실제로는 파악할 수가 없습니다. 존재하는 것은 1에서 99까지의 회색이 있을 뿐입니다. 그리고 우리들의 지식과 판단, 행동의 평가, 생활의 가치도 비교적 선하거나 비교적 악할 뿐입니다. 밝은 선으로 향하도록 노력하며 어두운 악으로 떨어지지 않도록 경계하면서 사는 것이 우리들의 삶, 즉 인생인 것입니다.

그런데 우리들의 사고와 판단이 흑백논리에 빠지게 되면 중간이 없는 모순이론을 받아들이게 됩니다. 내가 옳으면 상대방은 틀리게 되어 있습니다. 나와 상대방의 중간이 없어집니다. 그러니까 자신도 모르게 독선적이고 배타적이 되며, 어떤 때는 나는 남고 상대방은 없어져야 한다는 극단적 사고와 투쟁도 불사하게 됩니다.

조선왕조 500년의 역사가 바로 그런 성격으로 이어져왔습니다. 파쟁과 파벌의식이 해소된 바가 없고 모든 대립은 결사적인 극한성을 띠게 되었습니다. 임금에게 목숨을 걸고 충언하는 내용도 대부분이 받아들일 수 없는 일방적 주장입니다. 신하는 사물을 부분적으로 보며 자신의 위치에서 판단하게 되어 있습니다. 임금은 높은 위치에서 전체적으로 관찰하는 것이 보통입니다. 그렇다면 신하는 "제가 생각하기에는 이것이 가장 좋은 방도라고 믿게 되었습니다. 참고하시고 긍정적인 방향으로 헤아려주시기 바랍니다"라고 제언하는 것이 타당합니다. 신하가 임금에게 "이렇게 하지 않으면 절대로 안 됩니다"라고 말하는 것은 있을 수 없는 일입니다. 더 좋은 방법은 있을 수 있어도 절대로 옳은 방법은 없는 법입니다. 그것이 우리의 사회와 생활의 현실입니다.

그런 문제는 세계적으로도 비교해볼 수 있습니다. 영국을 비롯한 앵글로색슨 민족은 일찍부터 경험주의와 현실논리를 택해왔습니다. 심리학과 경험과학을 존중시켰습니다. 그 정신이 공리주의로 발전해 최대다수의 최대행복을 추구하는 가치관을 형성시켰습니다. 그 결과로 탄생된 것이 정치에 있어서는 의회민주주의로 발전했고 경제에 있어서는 복지정책을 굳건히 해 오늘에 이르고 있습니다. 그런 전통이 미국으로 이어지면서는 상대주의적 방법론인 실용주의로 발전해 오늘의 영국, 미국, 호주, 뉴질랜드, 캐나다의 영어 문화권을 형성하게 되었습니다. 이에 비하면 비슷한 선진국인 독일은 합리주의적 전통을 견지했고 논리적 관념론을 발전시켰습니다. 그에 따르는 장점도 많았으나 자신들도 모르게 형식논리와 절대주의적 사고방식에 몰입하게 되었습니다. 그 결과의 하나로 탄생된 것이 마르크스주의가 되었고, 두 차례의 세계대전을 일으키는 역사적 비운을 초래하는 결과를 만들었습니다. 6백만 명의 유대인 학살은 인류 역사의 씻을 수 없는 죄악으로 남게 되었습니다.

그 절대관념론의 흐름을 따라 창출된 것이 공산주의입니다. 공산주의는 철저한 흑백논리와 통하고 있습니다. 마르크스의 철학은 절대적인 철학과 진리로 받아들여지고 있기 때문에 그들은 언제나 우리는 100이고 상대방은 0이라는 사고를 버리지 못하고 있습니다. 그리고 불행하게도 그 가치관과 사고방식이 북한 정권과 동포에게 깔려 있기 때문에 오늘날 북한이 세계 유일의 폐쇄사회로 남게 되었습니다. 유일, 절대라는 관념의 울타리를 넘어설 가능성을 상실하고 있는 것입니다.

그렇다면 이러한 역사적 과정을 겪은 우리로서는 어떻게 해서 우리 선조들이 꿈꾸어온 밝고 따뜻한 사회를 되살려갈 수 있겠습니까? 불가능하지는 않습니다. 그러나 그 길은 많은 반성과 노력을 필요로 할 것임에 틀림이 없습니다. 우리는 그런 문제의 해결을 위해 근대 역사를 밝은 사회로 이끌어온 선진국가들이 어떤 선택과 노력을 해왔는지를 찾아보는 것이 좋은 방법의 하나일 것이라고 생각합니다.

이제 우리는 세계적으로 자타가 공인하는 선진사회가 어떤 과정을 밟아 육성되어왔는가를 살펴보고 싶은 것입니다. 그 국가들이 현대사회에 있어서는 비교적 밝은 사회와 삶을 개척해왔기 때문입니다. 그리고 현재에도 우리에게 그 영향을 끼치고 있는 선진국으로 인정받고 있습니다. 쉽게 말하면 우리가 배우고 뒤따라야 하며 언젠가는 그들보다도 더 살기 좋은 사회를 만들어야 하는 것이 우리의 책임이기도 합니다.

밝고 따뜻한 사회로 가는 길은 선하고 아름다운 인간관계를 육성하는 데서 시작되어야 합니다. 그 일을 위해서는 인간목적관이 확립되어야 하며 인간적 가치가 온갖 사회생활의 출발과 목표가 되어야 함은 재언할 필요가 없습니다. 그러나 그런 기본적 과제는 오늘의 주제를 넘어서는 부분들입니다.

우리들의 정신사적 전통과 인습으로 미루어 가장 중요한 것은 흑백논리적 사고방식을 바꾸어가는 노력입니다. 그러기 위해서는 대화할 줄 아는 사회로 탈바꿈해야 합니다. 그 선례를 우리는 선진 사회에서도 발견하고 있습니다. 독일이 제2차 세계대전 이후에 일으킨 운동 가운데 하나는 단절되고 파괴된 인간관계를 회복하는 데 있었습니다. 히틀러의 나치 정권 때 온 국민은 불신과 상호간의 적대관계가 팽배해 있었습니다. 서로 믿을 수 있고 협력할 수 있는 사회풍토가 복원되지 않고는 새로운 독일의 건설이 불가능하다는 사실을 절감하게 되었던 것입니다. 그 결과로 나타난 것이 복음아카데미운동이었습니다. 기독교 전통의 사회였기 때문에 반(反)기독교적인 나치 정권을 버리고 기독교 정신을 되찾아야 한다는 선택이었습니다. 그 운동 중에서 태어난 것이 기독교민주당이 되었고 정신적 지도자들은 아카데미운동을 계승해나갔습니다. 그 운동의 핵심과 중심과제는 대화운동이었습니다. 서로 의견과 주장이 다르기 때문에 대화를 해야 하며 그것이 분열과 투쟁을 극복하는 유일한 방법으로 받아들여졌던 것입니다.

그 성과가 독일의 민주주의와 경제적 기적은 물론 사회 전반에 영향을 끼치게 되었습니다. 교육의 방법이 대화교육으로 개편되기도 했습니다. 그래서 독일은 대화가 부족하거나 봉쇄되고 있는 후진국가들에 그 대화운동을 보급하는 일에도 착수하게 되었습니다. 서울 우이동에 설립된 아카데미하우스도 독일의 도움을 받았고 수원에 있는 대화의 집도 같은 경로를 밟아 이루어졌습니다. 독일은 필요하다고 느껴지는 다른 사회에도 도움을 주었습니다.

그러한 대화운동을 독일보다 먼저 개척해온 사회가 미국입니다. 미국은 19세기 후반부터 실용주의 사상과 철학이 보급되면서 그 영향력이 미국 교육계를 개혁하는 계기가 되었습니다. 그 변화를 단적으로 표현한다면 대화교육으로 등단한 것입니다. 우리나라 교육계의 선구자 역할을 담당했던 김활란, 장리욱, 오천석 등이 수입해 들여온 존 듀이의 교육철학이 바로 그 실용적 대화교육이었습이다. 물론 우리는 그 당시로서는 시기상조였으나, 지금은 주입식이며 강의 중심의 교육방법이 점차로 대화와 토론 중심의 방향으로 전환되고 있습니다.

그리고 이러한 대화의 필요성은 정치, 경제를 비롯한 사회 전반으로 확대되어가고 있습니다. 전 세계가 대화의 장으로 바뀌고 있으며 지도자들은 대화세계에서 그 영도력을 발휘하고 있습니다. 그 가장 대표적인 기관이 바로 UN입니다. 그와 반대로 대화를 거부하거나 봉쇄한 사회들은 독재국가가 되거나 국제무대에서 소외되는 결과를 면치 못하고 있습니다. 대화가 없는 사회는 폐쇄사회가 되며 폐쇄사회는 스스로의 종말과 파국을 초래하는 운명에 놓이게 되었습니다. 북한과 공산주의 사회가 보여준 현실이 그런 것이었습니다,

옛날에는 대화가 변증론으로 등단한 때도 있었고 많은 사회에서는 토론의 형식을 밟았습니다. 그러나 대화는 가장 기초적이면서도 초보적인 토론과 변증법의 방법입니다. 상대방의 의견과 주장을 받아들이면서 나의 주장과 견해도 밝히는 일입니다. 그렇게 되면 내 것과 상대방의 주장을 포함하면서도 더 소망스러운 제3의 결론이 창출됩니다. 그 얻어진 제3의 목표를 위해 협력하며 건설적인 노력을 쌓아가게 됩니다. 오래전 철학자들은 그것을 정(正), 반(反), 합(合)의 과정으로 보았습니다. 나와 너를 합치고도 넘어선 객관적 가치를 추구해가는 과정입니다. 우리 선조들과 기성세대들은 이러한 대화의 길을 밟지 못했기 때문에 대립과 싸움을 앞세웠고 마침내는 열린 건설의 길을 스스로 좁혀왔던 것입니다.

밝고 따뜻한 사회를 위해 누구나 실천해야 할 초보적인 과제의 하나는 우리의 언어와 대화를 좀 더 선하고 아름다운 방향으로 이끌어가는 일입니다. 그리고 그 책임은 사회 지도층 사람들에게 있다는 점을 지적하지 않을 수 없습니다. 우리는 정치를 책임 맡고 있는 정당의 대변인들이 국민들에게 호소하는 말을 듣고 얼굴을 돌리고 싶어지는 때가 있습니다. 어떤 경우에는 공영방송을 통해서도 같은 표현에 접하는 일이 있습니다. 점잖은 사람들은 삼가는 용어들, 교양이 있는 가정에서는 들을 수 없는 욕설들이 스스럼없이 흘러나오기도 합니다. 모든 사회 구성원들이 그런 식으로 발언

하고 상대방을 타도한다면 그 결과는 어떻게 되겠습니까? 욕설이 난무하는 세상이 어떻게 밝고 따뜻한 사회생활을 높여갈 수 있겠습니까?

밝고 따뜻한 인간관계와 사회를 위해서는 거짓이 없는 정직한 사회가 되어야 하겠습니다. 아직 어떤 통계를 갖고 있지는 못하지만 선진국 중에는 우리만큼 정직하지 못한 사회는 없을 것입니다. 사회가 온통 거짓으로 가득 차 있는 것 같은 생각이 들기도 합니다. 도산 안창호는 "죽더라도 거짓말은 하지 말자"고 호소하곤 했습니다. 정직을 위해서는 목숨을 바쳐도 좋다는 경고입니다. 그가 여러 나라들을 다녀본 결과 우리와 같이 허위로 가득 찬 사회는 볼 수 없었기 때문일 것입니다. 누구에게나 그 책임은 있습니다. 그러나 사회 각계의 지도층 인사들은 정직해야 합니다. 특히 정신적 지도자들은 더욱 반성해야 할 것입니다. 일부 경제인들이나 정치가들이 이해관계에 따라 허위를 용납하는 경우가 있다고 해도 종교계나 교육계의 인사들은 정직이 생명이며 정직이 애국심임을 잊어서는 안 됩니다. 정직한 사회가 되지 못하는 가장 큰 원인은 (이기적인) 목적을 위해서는 어떤 수단과 방법을 써도 좋다는 잘못된 사고방식입니다. 정치인들은 정권을 위해서, 경제인들은 이권을 위해서 수단 방법을 가리지 않는 사회가 되었고 그 수단 방법이 유능한 지혜로움으로 둔갑되고 있는 것이 우리 사회입니다. 어떤 때는 대표적 언론기관이나 신문들까지 그런 잘못된 과오를 부추기는 경우가 있습니다.

우리의 사고(思考)에는 원칙이 있습니다. 사실을 사실대로 파악해서 진실을 찾아내고 그 진실에 입각해서 가치판단을 내리는 일입니다. 진실이 아닌 것을 진실로 오도하며 이기적 목적을 위해 허위를 조작한다면 그것은 언제 어디서나 죄악입니다. 그리고 죄악은 반드시 역사의 심판을 받도록 되어 있습니다. 진실을 사랑하고 정직을 위해 노력하는 개인과 사회가 밝고 따뜻한 사회를 키워갈 수 있습니다.

쉽게 말하면 후진사회는 병든 사회입니다. 거기에는 밝음도 따뜻함도 없습니다. 그 대신 이기적인 힘이 모든 것을 좌우하고 있습니다. 이때의 힘은 개인적인 폭력일 수도 있고 사회적인 권력이기도 합니다. 정치권력이 자행되기도 하며 경제적인 이권이 그 사회를 불행으로 이끌어가기도 합니다. 그 어두움과 정신적 공포를 해결짓기 위해 등장한 것이 정의를 위한 법치사회입니다. 정의를 위한 법의 대행자는 사법기관이며 그 법을 존중시하는 사회가 밝은 사회로 성장할 수 있습니다. 법은 사회적 평등을 유지, 육성하는 기능을 담당하며 권력사회를 법치사회로 발전시켜가는 노력이 사회적 공정성과 공명성 즉 밝은 사회를 위한 필수조건이 되고 있습니다. 정치기능의 중심이 그 목적을 위해 존립해야 합니다.

그러나 무엇을 위한 정의인가라고 물으면 두 가지 대답이 가능합니다. 평등을 위한 정의라고 보는 견해가 있습니다. 마르크스는 그 점을 절대시했습니다. 미국 같은 나라에서는 정의는 평등과 더불어 자유를 보장하는 것으로 여겨져왔습니다. 그러나 모든 도덕과 종교는 정의는 인간애(人間愛)를 위한 책임과 의무라고 믿습니다. 정의의 궁극적인 목적은 인간을 인간답게 살도록 돕는 노력으로 보고 있습니다.

그 노력은 옛날부터 있었습니다. 휴머니즘 운동이 바로 그것입니다. 이렇게 되면 법은 우리 사회를 어느 정도 밝게는 해줄 수 있어도 따뜻하게 만들기는 어렵습니다. 정이 있어 따뜻한 사회는 인간애에 입각한 사랑이 있어야 합니다. 다시 말하면 정의를 위한 법치사회와 더불어 사랑의 질서가 공존하는 사회가 되어야 밝음과 따뜻함을 함께 누릴 수 있는 것입니다. 사랑은 법으로 채워지는 것은 아닙니다. 정의가 없는 사랑도 완전하지는 못하나 사랑이 없는 정의도 행복과 따뜻함은 약속해줄 수 없습니다.

사랑은 서로를 위해주는 삶입니다. 때로는 희생을 요청하기도 하며 나보다도 상대방을 위해주는 봉사의 길이 되기도 합니다. 이러한 사랑이 법이 다 채우지 못한 삶의 공간을 충족시켜줄 수 있을 때 밝음과 따뜻함은 완성될 것입니다.

물론 지금까지의 이야기로 모든 문제가 다 해결되는 것은 아닙니다. 그러나 최소한 지금과 같은 의무와 책임은 우리 모두가 감당해야 할 과제가 아닐 수 없습니다.

김형석(金亨錫)

1920년 평안남도 대동에서 태어났다. 일본 조치(上智)대학교 철학과를 졸업하고 미국 시카고대학교, 하버드대학교 연구교수와 연세대학교 철학과 교수를 역임하였다. 현재 연세대학교 명예교수이며 집필과 강연 활동을 하고 있다.

주요 저서로 『현대인의 철학』, 『우리는 어떻게 살아야 하는가』, 『인생의 의미를 찾기 위하여』, 『오늘을 사는 지혜』, 『영원과 사랑의 대화』, 『고독이라는 병』, 『종교의 철학적 이해』, 『자기답게 살아라』, 『인생이여 행복하라』, 『예수: 성경 행간에 숨어 있던 그를 만나다』, 『나는 아직도 누군가를 사랑하고 싶다』 등이 있다.

사랑과 **희망**이 있는 **이야기**들

1판 1쇄 인쇄	2016년 1월 5일
1판 1쇄 발행	2016년 1월 10일

지은이	김 형 석
발행인	전 춘 호
발행처	철학과현실사

등록번호	제1-583호
등록일자	1987년 12월 15일
	서울특별시 종로구 동숭동 1-45
	전화번호 579-5908
	팩시밀리 572-2830

ISBN 978-89-7775-789-9 03800
값 12,000원